루쉰문고

0
4

방황

루쉰문고 04 방황

초판 1쇄 인쇄 _ 2011년 7월 1일
초판 1쇄 발행 _ 2011년 7월 10일

지은이 · 루쉰
옮긴이 · 서광덕

펴낸이 · 유재건 | 주간 · 김현경
편집 · 박순기, 주승일, 태하, 임유진, 김혜미, 강혜진, 김재훈, 고태경, 김미선, 김효진
디자인 · 서주성, 이민영 | 마케팅 · 정승연, 황주희, 이민정, 박태하
영업관리 · 노수준, 이상원, 양수연

펴낸곳 · (주)그린비출판사 | 등록번호 · 제313-1990-32호
주소 · 서울시 마포구 동교동 201-18 달리빌딩 2층 | 전화 · 702-2717 | 팩스 · 703-0272

ISBN 978-89-7682-134-8 04820 978-89-7682-130-0 (세트)
이 도서의 국립중앙도서관 출판시도서목록(CIP)은 e-CIP 홈페이지(http://www.nl.go.kr/
ecip)와 국가자료공동목록시스템(http://www.nl.go.kr/kolisnet)에서 이용하실 수 있습니다.
(CIP제어번호 : CIP2011002696)

그린비출판사 **나를 바꾸는 책, 세상을 바꾸는 책**
홈페이지 · www.greenbee.co.kr | 전자우편 · editor@greenbee.co.kr

방황

彷徨

서광덕 옮김

그린비

| 차례 |

| 일러두기 |

1 이 책은 중국에서 출판된 『魯迅全集』 1981년판과 2005년판(이상 北京: 人民文学出版社) 등
  을 참조하여 우리말로 옮긴 책이다.
2 각 글 말미에 있는 주석은 기존의 국내외 연구성과를 두루 참조하여 옮긴이가 작성한
  것이다.
3 단행본·전집·정기간행물·장편소설 등에는 겹낫표(『 』)를, 논문·기사·단편·영화·연
  극·공연·회화 등에는 낫표(「 」)를 사용했다.
4 외국의 인명이나 지명, 작품명은 〈국립국어원〉에서 펴낸 '외래어 표기법'에 근거해 표기
  했다. 단, 중국의 인명은 신해혁명(1911년) 때 생존 여부를 기준으로 현대인과 과거인으
  로 구분하여 현대인은 중국어음으로, 과거인은 한자음으로 표기했으며, 중국의 지명은
  구분을 두지 않고 중국어음으로 표기하는 것을 원칙으로 했다.

방
황

『방황』(彷徨)은 루쉰이 1924년부터 1925년까지 지은 소설 11편을 수록한 소설집이다. 1926년 8월 베이징 베이신서국(北新書局)에서 처음 출판되었고, 작자 자신이 엮은 '오합총서'(烏合叢書) 가운데 한 권이다

아침에 수레를 타고 창오를 떠나   朝發軔於蒼梧兮

저녁에 나는 현포에 도착했네.   夕余至乎縣圃

잠시 이 천문天門에 머물고자 하나,   欲少留此靈瑣兮

날이 어느덧 저물려 하네.   日忽忽其將暮

나는 희화에게 채찍을 멈추게 하고,   吾令羲和弭節兮

엄자 쪽으로 가까이 가지 못하게 했네.   望崦嵫而勿迫

길은 까마득히 아득하고 먼데,   路曼曼其脩遠兮

나는 오르내리며 찾아 구하고자 하네.   吾將上下而求索

—굴원屈原의 「이소」離騷 중

축복[1]

음력 세모歲暮가 역시 가장 세모답다. 시골과 읍내 안은 말할 것 없고 하늘에도 새해의 기상氣象이 뚜렷하다. 회색빛의 무거운 저녁 구름 사이로 간간이 섬광이 비치고 이어서 둔중한 소리가 울리는데 그것은 조왕신을 보내는[2] 폭죽 소리다. 가까이서 터뜨리면 더욱 강렬하여 귀청을 울리는 소리가 사라지기도 전에 공기 속에는 벌써 희미한 화약 냄새가 가득 퍼진다. 나는 바로 이날 밤 나의 고향 루전魯鎭으로 돌아왔다. 고향이라고 하지만 살던 집은 벌써 없어졌고 그래서 루쓰 나으리[3]의 집에서 며칠간 묵기로 했다. 나의 일가이며 나보다 항렬이 하나 높아서 "넷째 아저씨"四叔라고 불러야 할 이 사람은 성리학性理學을 가르치던 옛 국자감생[4]이었다. 그는 약간 늙은 것 빼고는 이전과 크게 달라진 곳이 없었다. 하지만 여전히 수염은 기르지 않았고, 인사말을 나누고 난 뒤에 나보고 "살이 쪘네"라고 말하고 나서는 신당[5]에 대해 욕을 퍼붓기 시작했다. 그러나 나는 이것이 나를 빗대어 놓고 욕하는 것이 아니라는 것을 안다. 그가 욕하는 것은 여전히 캉유웨이[6]이기 때문이다. 하지만 나누는 얘기도 통하지 않아서 오래지 않아 나는 서재에 혼자 남게 되었다.

이튿날 나는 아주 늦게 일어났다. 점심을 먹은 뒤 몇몇 친척과 친구들을 만나 보러 나갔다. 사흘째도 매한가지였다. 그들 역시 뭐 큰 변화는 없었고, 좀 늙었을 뿐이었다. 어느 집 할 것 없이 다 바쁘게 '축복'[7]을 준비하고 있었다. 이것은 섣달 그믐날 루전의 큰 행사로 정성을 다해 예를 올리고 복신福神을 맞이하여 다음 해 일 년의 행운을 기원하는 것이다. 닭을 잡고, 거위를 잡고, 돼지고기를 사고 정갈하게 씻는다. 이 때문에 아낙네들의 팔은 모두 찬물에 불어서 벌겋게 되었다. 은으로 만든 팔찌를 차고 있는 이도 있었다. 이 고기들을 푹 삶은 뒤 여기저기 젓가락을 꽂아 놓는데, 이것을 이름하여 '복례'福禮라고 한다. 새벽 네 시쯤 이것들을 상에 차려 놓은 다음 촛불과 향불을 피워 놓고 공손히 복신들을 모셔서 향용토록 한다. 절은 남자들만 하게 되어 있고 절이 끝나면 의례히 폭죽을 터뜨린다.

매년 어느 집에서나 이렇게 했다──복례와 폭죽 같은 것을 살 수만 있다면 올해도 물론 이렇게 할 것이다──. 하늘이 더욱 어두워지더니 오후에는 마침내 눈이 내리기 시작했다. 매화꽃만 한 큰 눈송이가 온 하늘에 춤추듯 날리고 거기에 뿌연 연기와 분주한 분위기까지 뒤섞이어 루전은 그야말로 북새통이었다. 내가 넷째 아저씨네 서재로 돌아왔을 때 지붕 위는 이미 눈으로 하얗게 덮였고, 그것이 방 안을 밝게 비추어 벽에 걸린 진단[8] 노인이 쓴 붉은색으로 탁본한[9] 커다란 '수'壽 자가 선명하게 보였다. 대련의 한쪽은 떨어져 긴 탁자 위에 말린 채 놓여 있었고, 다른 한쪽은 아직 걸려 있었는데 "사리를 통달하면 마음이 편안하다"[10]라고 쓰여 있었다. 나는 또 무료하여 창 아래의 책상머리로 가서 그 위에 쌓아 놓은 책을 뒤적거려 보았다. 완본이 아닌 듯한 『강희자전』 더미와 『근사록집주』, 『사서친』[11]이었다. 아무튼 나는 내일 떠날 작정이었다.

더구나 어제 만난 샹린댁[12]의 일을 생각하자 편안하게 있을 수가 없었다.

그것은 어제 오후의 일이었다. 마을 동쪽에 사는 친구를 만나고 돌아오는 길에 나는 강가에서 우연히 그녀를 만났다. 크게 부릅뜬 그녀의 눈을 보고서 나를 향해 온다는 것을 직감했다. 내가 이번에 루전에 와서 만난 사람 가운데 그녀만큼 크게 변한 사람은 없었다. 5년 전의 희끗희끗하던 머리카락은 이젠 완전히 하얘져서 마흔 살 전후의 사람으로 보이지 않았다. 야위고 누런 핏기 없는 얼굴은 이전에 보이던 비애의 표정조차 사라져 마치 나무토막 같았다. 간혹 도는 눈동자만이 그녀가 살아 있는 물체라는 것을 말해 주었다. 그녀는 한 손에 대바구니를 들고 있었는데, 안에는 깨진 빈 그릇이 있었다. 다른 한 손에는 자기 키보다 큰 대나무 막대를 쥐고 있었는데, 아래쪽은 쪼개져 있었다. 그녀는 완전히 거지였다.

나는 그녀가 와서 구걸할 걸로 알고 멈춰 섰다.

"돌아오셨어요?" 그녀가 먼저 이렇게 물었다.

"네."

"마침 잘됐어요. 당신은 글자를 알고 바깥세상도 본 사람이니 아는 것이 많겠지요. 한 가지 물어볼 것이 있어요.——" 생기 없던 그녀의 눈이 갑자기 빛났다.

그녀가 이런 말을 할 줄 생각도 못했던 나는 이상하여 서 있었다.

"그것은——" 그녀는 두어 걸음 다가와서는 비밀을 얘기하듯이 낮은 소리로 절절하게 물었다. "사람이 죽은 뒤에 영혼이 있나요, 없나요?"

나는 몸이 오싹해졌다. 그녀의 눈이 나를 주시하자 등을 가시에 찔린 듯했다. 학교에서 예고도 없이 시험을 치면서 선생님이 자기 바로 옆에 서 있을 때보다 더 당황스러웠다. 영혼의 유무有無에 대해서는 나 자신도 전혀 생각해 보지 않았다. 그렇지만 이때 그녀에게 어떻게 대답해야 좋을까? 나는 한순간 머뭇거리면서 생각을 해보았다. 이 마을 사람들은 으레 귀신을 믿는다, 그런데 그녀는 의심을 하고 있다.——아니 뭔가를 바라고 있는 것이 아닐까. 영혼이 있기를 바라든가, 아니면 없기를 바라든가……. 인생의 마지막 길에 들어선 사람에게 괴로움을 보탤 필요는 없겠지. 그녀를 위해서 차라리 있다고 말하는 편이 나을 것이다.

"아마도 있겠지요.——내 생각에는"이라고 나는 우물쭈물 대답했다.

"그렇다면, 지옥도 있습니까?"

"아! 지옥?" 깜짝 놀란 나는 어물어물 대답했다. "지옥은?——이치로 본다면 당연히 있어야지요.—— 허나 꼭 있을지는 모르겠어요,⋯⋯아무도 그것을 본 적이 없으니⋯⋯."

"그렇다면 죽은 집안사람을 만날 수 있을까요?"

"아아, 만날 수 있을지 없을지⋯⋯?" 이때 나는 자신이 완전히 멍청한 사람이라는 것을 깨달았다. 어떤 망설임과 어떤 궁리도 이 세 가지 물음을 당해 낼 수 없었다. 나는 갑자기 겁이 나서 방금 했던 말을 뒤집어엎고 싶었다. "그건⋯⋯사실 말이지 난 잘 모르겠어요⋯⋯영혼이 있는지 없는지 나도 정확히 몰라요."

나는 그녀의 질문이 이어지지 않는 틈을 타서 성큼성큼 그녀의 곁을 떠나 총총히 넷째 아저씨의 집으로 돌아왔는데, 마음이 너무 불안했다. 나는 나의 대답이 그녀에게 어떤 위험을 가져다주지 않을까 걱정이 되었다. 다른 사람들이 축복으로 분주한 탓에 그녀 스스로 적막을 느꼈기 때문이겠지, 그런데 뭔가 다른 생각이 있는 것은 아닐까?—혹시 어떤 예감이라도? 만약 다른 뜻이 있었다면, 그리고 그때문에 무슨 일이 생긴다면 나의 대답은 정말로 일말의 책임을 져야할 것이 아닌가⋯⋯. 그러나 뒤이어 자신이 우스웠다. 우연한 일이며 본래 무슨 깊은 뜻은 없을 거라고 생각했다. 세세하게 되짚어 보는 것이 바로 교육가들이 말하는 신경병 증상이라고 해도 무리가 아니라고 여겨졌다. 하물며 "잘 모른다"고 분명하게 말해 내 대답을 부정했으니 무슨 일이 일어난다 한들 나와는 아무 상관없는 것이다.

"잘 모른다"는 한마디는 아주 유용한 말이다. 세상 경험이 적은 용감한 청년은 종종 사람들에게 과감히 의문을 해결해 주려고도 하고 아픈 사람에게 의사를 청해 주기도 하지만 만일 결과가 좋지 않으면 도리어 원망의 대상이 되기 쉽다. 하지만 잘 모른다는 한마디로 결론을 지으면 만사가 무탈하다. 나는 이때 이 말의 필요성을 느꼈다. 비록 상대가 걸식하는 여자라고 하더라도 절대로 생략해서는 안 될 일이었다.

그래도 나는 여전히 불안했다. 하룻밤이 지났는데도 무슨 불길한 예감이 드는 것처럼 수시로 생각이 났다. 눈 내리는 음산한 날에 무료한 서재에 틀어박혀 있자니 이 불안은 더욱 심해졌다. 차라리 떠나는 것이 나을 성싶었다. 내일 성城안으로 가자. 푸싱러우福興樓의 삶은 상어지느러미탕은 한 그릇에 1원으로 값도 싸고 맛도 좋았는데, 지금은 가격이 더 올랐을까? 전에 같이 놀던 친구들은 이미 뿔뿔이 흩어졌지만 상어지느러미만은 먹어 보지 않을 수 없다. 나 혼자서라도……. 아무튼 나는 내일 떠나기로 마음먹었다.

그렇게 되지 않기를 바라며 또 그렇게 되지 않겠지 하고 생각한 일이 매번 그렇게 되고 마는 것을 늘상 봐 온 나는 이번 일도 그렇게 되지 않을까 두려웠다. 과연 뜻밖의 일이 일어났다. 저녁때쯤 나는 사람들이 안방에 모여서 얘기하는 것을 들었는데, 뭔가 의논하는 듯했다. 그러나 얼마 뒤에 말소리가 그치더니 넷째 아저씨만 방에서 나오며 큰소리로 말했다.

"공교롭게 하필 이런 때에 ──거 정말 못된 종자야!"

나는 처음에 의아했다. 이어서 아주 불안해졌는데 이 말이 나와 관계가 있는 것 같았다. 문밖을 내다보았으나 아무도 없었다. 저녁 먹기 전 이 집의 날품팔이꾼이 차를 가지고 왔을 때, 겨우 소식을 물을 수 있었다.

"방금, 넷째 나으리는 누구 때문에 화가 났어요?" 나는 물었다.

"샹린댁 아닙니까?" 그 날품팔이꾼은 짧게 대답했다.

"샹린댁이? 어찌 되었는데요?" 나는 다급하게 물었다.

"죽었어요."

"죽었다구요?" 갑자기 심장이 쪼그라들더니 격하게 뛰는 듯했고 얼굴색도 변했다. 하지만 그 날품팔이꾼은 시종 고개를 들지 않아서 전혀 눈치채지 못했다. 나 역시 마음을 진정시키고 이어서 물었다.

"언제 죽었어요?"

"언제요?——어젯밤 아니면 오늘 새벽일 겁니다.——나도 확실히는 모르겠어요."

"왜 죽었대요?"

"왜 죽었냐구요?——그야 굶어 죽지 않았겠어요?" 그는 무덤덤하게 대답하더니 여전히 나를 쳐다보지도 않고 나가 버렸다.

하지만 내가 놀란 것은 잠시뿐이었다. 오고야 말 일이 왔다가 이내 사라져 버렸다는 생각이 들었다. 억지로 나의 "잘 모르겠다"라는 말과 날품팔이꾼의 "굶어 죽었다"는 말에 위로를 받을 필요도 없이 마음은 벌써 점점 가벼워졌다. 그러나 문득 마음이 무거워질 때도 없지는 않았다. 저녁상이 차려지고 넷째 아저씨와 엄숙하게 맞상을 했다. 나는 샹린댁 일을 묻고 싶었다. 하지만 그가 "귀신은 음양의 자연스런 변화의 산물이다"[13]를 읽고 있으면서도 금기로 여기는 바가 너무 많은 데다가 축복이 가까워 오는 때는 절대로 죽음이니 질병이니 하는 말을 입에 올리지 않는다는 것을 알고 있었다. 부득이할 경우는 대신할 은어隱語를 사용해야 하는데 애석하게도 나는 알지 못했다. 그래서 몇 차례 물어볼 생각도 했으나 끝내 그만두고 말았다. 나는 그의 엄숙한 얼굴에서 문득 내가 공교롭게도 바로 이때에 그를 귀찮게 하고 있으니 나쁜 종자라고 생각지 않을까 하는 의심이 들었다. 그래서 그를 안심시킬 요량으로 내일 루전을 떠나 성안으로 갈 거라고 알려 주었다. 그도 굳이 말리지 않았다. 이렇게 무거운 분위기 속에서 저녁 식사를 마쳤다.

겨울 해가 짧은데 눈까지 내리다 보니 어둠은 어느새 온 마을을 뒤덮었다. 사람들은 모두 등불 아래서 바쁘게 일을 하고 있었지만 창밖은 조용하기만 했다. 두텁게 쌓인 눈 위에 떨어져 내리는 눈송이들이 귀를 기울이면 사락사락 소리를 낼 것 같아 사람의 마음을 더욱 쓸쓸하게 하였다. 나는 노란빛을 내는 기름등불 앞에 혼자 앉아서 의지할 데 없던 샹린댁을 생각하였다. 그녀는 사람들에게 쓰레기더미 속에 던져진 싫증 난 낡은 장난감과 같은 존재였다. 그래도 예전에는 몸뚱이를 쓰레기더미 속에서 드러내고 있었으니 재미있게 살아가는 사람들이 볼 때는 그녀가 어째서 아직도 살려고 하는지 이상하게 여겨졌을 것이다. 하지만 지금은 무상[14]에 의해 아주 깨끗이 쓸려 버렸다. 영혼의 유무에 대해서 나는 모른다. 그러나 현세에서 살아 봤자 별수 없는 자가 죽는다는 것은 보기 싫던 자가 보이지 않는 것만으로도 남을 위해서나 자신을 위해서나 모두 좋은 일이다. 나는 창밖에 사락사락 소리를 내면서 내리는 눈에 귀를 기울이며 이렇게 생각하니 오히려 마음이 한결 후련해졌다.

그리고 이전에 보고 들었던 그녀의 반평생 삶의 흔적이 지금 하나로 연결되는 것이었다.

그녀는 루전 사람이 아니었다. 어느 해 초겨울 넷째 아저씨네 집에서는 하녀를 바꾸려고 했는데 그때 중개꾼인 웨이衛 노파가 그녀를 데리고 왔다. 머리를 하얀 끈으로 묶고 검정 치마에 남색 겹저고리, 옅은 남색 조끼를 입고 있었는데, 나이는 대략 스물예닐곱쯤 되어 보였으며 얼굴색은 푸르죽죽했으나 양쪽 볼만은 붉었다. 웨이 노파는 그녀를 샹린댁이라고 불렀는데, 자기 친정집 이웃에 사는 여인으로 남편이 죽어서 일하러 나왔다고 했다. 넷째 아저씨는 미간을 찌푸렸다. 넷째 아주머니는 남편이 그녀가 과부라는 점을 마음에 들어 하지 않는다는 것을 알았다. 하지만 그녀의 모습이 아주 단정하고 손과 발도 크고 튼튼하며 또 순종하는 눈빛으로 한마디도 하지 않는 것이 분수를 알고 참을성이 있는 사람 같았다. 이에 넷째 아저씨의 찌푸린 미간에도 불구하고 그녀를 머물게 했다. 시험 삼아 일하는 것을 두고 보는 동안에도 그녀는 쉬는 것이 무료한 듯 하루종일 일을 했다. 또 힘이 세어서 웬만한 남자 한 사람 몫의 일을 거뜬히 해냈다. 그래서 사흘째 되는 날 정식으로 일하는 것으로 하고 매달 500문文의 급료를 주기로 했다.

모두들 그녀를 샹린댁이라고 불렀지만 아무도 그녀의 성이 무엇인지 물어보지 않았다. 그렇지만 소개한 사람이 웨이자산衛家山 사람이고 이웃이라고 했기 때문에 대체로 성이 웨이衛씨일 거라고 생각했다. 그녀는 얘기하는 것을 그다지 좋아하지 않았다. 다른 사람들이 물어야 겨우 대답하는 정도였고 대답도 길지 않았다. 십여 일이 지난 뒤에야 비로소 그녀의 이력을 차츰 알 수 있게 되었다. 그녀의 집에 사나운 시어머니가 있고, 또 땔나무나 할 수 있는, 여남은 살 먹은 어린 시동생이 하나 있으며, 그녀의 남편은 올봄에 죽었고 원래는 남편도 나무꾼이었는데 그녀보다 나이가 열 살 적었다는 것이었다. 사람들이 아는 것은 이것뿐이었다.

세월은 빨리 흘러갔다. 하지만 그녀는 일을 조금도 게을리하지 않았고 먹는 것도 가리지 않았으며 무슨 일이든지 힘을 아끼지 않았다. 사람들은 모두 루魯씨 넷째 나으리 집에서 고용한 하녀는 일 잘하는 남자보다 낫다고들 얘기했다. 세모가 되면 청소를 하고 마당을 쓸고 닭을 잡고 거위를 잡고 철야로 삶으며 밤새 복례福禮 음식 장만을 혼자 도맡아 해서 날품팔이꾼을 고용할 필요가 없었다. 그런데도 그녀는 도리어 흐뭇해했고, 입가에는 차츰 미소가 번지고 얼굴도 하얗게 살이 올랐다.

설이 막 지난 뒤였다. 그녀가 강가에서 쌀을 씻고 돌아오더니 갑자기 얼굴색이 변하며 방금 강가 저쪽 건너편에서 한 남자가 서성거리고 있는데, 아무래도 시댁의 큰아버지 같다며 자기를 찾아온 것 같다고 말했다. 넷째 아주머니는 깜짝 놀라 사세하게 사연을 물어보았지만 그녀는 대답하지 않았다. 넷째 아저씨가 이 일을 알고는 얼굴을 찌푸리며 말하기를,

"이거 안 되겠어. 그 여자 도망쳐 온 모양이야."

그녀는 정말 도망쳐 왔던 것이다. 오래지 않아 이 추측은 사실로 드러났다.

십여 일이 지나서 모두들 지난 일을 잊어 갈 무렵, 웨이 노파가 불쑥 서른 여남은 돼 보이는 여인을 데리고 와서 샹린댁의 시어머니라고 했다. 그 여자는 시골티가 나긴 했지만 응대하는 폼이 침착하고 말도 제법 잘하는 편이었다. 인사를 나눈 뒤에 죄송하다는 말을 하고는 그녀의 며느리를 불러서 집으로 데리고 돌아가겠다고 했다. 봄이 되어 일이 많은 데다 집안에는 늙은이와 어린 것뿐이어서 일손이 부족하다고 했다.

"시어머니가 며느리를 데리고 가겠다는데 무슨 할 말이 있겠어"라고 넷째 아저씨가 말했다.

그래서 품삯을 계산하니 모두 1,750문이었다. 샹린댁은 주인집에 전부 맡겨 두고 한 푼도 쓰지 않았다. 모두 그녀의 시어머니에게 내주었더니 그 여자는 옷까지 챙겨 가지고 고맙다는 인사를 하고는 가 버렸다. 그때가 벌써 정오였다.

"아니, 쌀은? 샹린댁이 쌀을 일러 가지 않았나⋯⋯?" 한참 뒤에야 넷째 아주머니는 놀라며 소리쳤다. 아마 시장해서 점심 생각이 났던 것이다.

그래서 모두들 쌀 이는 조리를 찾기 시작했다. 넷째 아주머니는 먼저 부엌으로 가 보고 다음에는 안채로 가 보고 침실에도 가 보았으나 조리는 그림자도 보이지 않았다. 넷째 아저씨가 대문 밖으로 나가 보았으나 그래도 보이지 않자 강가에까지 가 보았다. 강가에 조리가 반듯하게 놓여 있었고, 옆에는 채소도 한 포기 있었다.

직접 본 사람들의 말에 의하면, 오전부터 강가에는 흰 뜸을 친 배 한 척이 떠 있었는데, 뜸으로 완전히 덮여 있어서 안에 어떤 사람이 있는지 알 수 없었고, 일이 일어나기 전에는 아무도 주의를 기울여서 보지 않았다는 것이다. 샹린댁이 쌀을 일러 나와 막 앉으려고 하사 그 배에서 갑자기 산골사람 같은 두 남자가 뛰쳐나와 한 사람은 그녀를 안고, 다른 한 사람은 거들어 배로 끌고 갔다고 했다. 샹린댁의 울부짖는 소리가 몇 번 들리더니 입을 틀어막았는지 더 이상 아무런 기척도 없었다는 것이다. 이어서 두 여인이 걸어왔는데 한 사람은 모르는 사람이었고, 다른 한 사람은 바로 웨이 노파였다고 했다. 배 안을 엿보았지만 잘 보이지 않았는데 아마 샹린댁은 몸이 묶인 채 바닥에 누워 있는 듯했다는 것이다.

"괘씸하군! 그러나……" 하고 넷째 아저씨가 말했다.

이날은 넷째 아주머니가 손수 점심밥을 지었고, 아들 아뉴阿牛는 불을 땠다.

점심을 먹고 나자 웨이 노파가 또 찾아왔다.

"괘씸하군!" 넷째 아저씨가 말했다.

"자네 무슨 생각이야? 무슨 낯으로 우리를 보러 왔나." 넷째 아주머니는 그릇을 씻다가 웨이 노파를 보자마자 화가 나서 말했다. "자네가 소개해 데리고 와서는 저쪽과 짜고서 빼돌리다니 남들 보기에 이 무슨 꼴인가, 자네 우리 집을 웃음거리로 만들 셈인가?"

"아이고, 그게 아니라, 저도 감쪽같이 속았어요. 그래서 이참에 분명하게 말씀드리러 왔습니다. 그녀가 저보고 일할 곳을 소개해 달라고 했을 때 전들 시어머니를 속이고 온 줄 생각이나 했겠습니까. 죄송하게 됐습니다. 나으리 그리고 마님. 제가 미련한 탓에 조심하지 않고 단골댁에 폐를 끼쳐 드렸습니다. 고맙게도 댁에서는 늘 넓은 도량으로 봐주시고 소인을 꾸짖지 않으셨지요. 이 다음에는 꼭 좋은 사람을 소개해서 용서를 구할까 합니다……."

"허나……." 넷째 아저씨가 말했다.

이렇게 해서 샹린댁 사건은 일단락이 되었고 오래지 않아 잊혔다.

그러나 넷째 아주머니만은 뒤에 고용한 하녀들이 대체로 게으르지 않으면 게걸스럽고, 혹은 게걸스러운 데다가 게으르기까지 하니 도무지 마음에 들지 않아서 샹린댁이 또 생각났다. 이럴 때마다 그녀는 종종 혼잣말로 "샹린댁은 지금 어떻게 지내고 있을까?" 했다. 그녀가 다시 와 주었으면 하는 말이었다. 그러나 두번째 설에는 그녀도 단념하고 말았다.

음력설이 거의 지나갈 무렵 웨이 노파가 새해인사를 하러 왔는데, 이미 술에 얼큰하게 취해 있었다. 웨이자산의 친정에 가서 며칠 있다 보니 늦게 찾아뵈었다고 했다. 두 사람이 대화를 하는 사이에 자연스레 샹린댁 얘기를 하게 되었다.

"그 여자 말이죠?" 웨이 노파가 신이 나서 말하기를 "지금은 운이 트였어요. 시어머니가 그녀를 끌고 갔을 때 이미 허씨 마을의 허라

오류賀老六에게 주기로 약속이 되어 있었대요. 그래서 집에 돌아간 뒤 며칠 안 돼 꽃가마에 태워졌지요."

"아니, 그런 시에미가 다 있어⋯⋯!" 넷째 아주머니는 놀라며 말했다.

"아이구, 우리 마님! 참말로 대갓집 마나님다운 말씀입니다. 우리 같은 산골 가난뱅이들이야 그런 일이 뭐 대수겠어요? 그녀에겐 어린 시동생이 있는데 장가를 보내야 했지요. 그녀가 시집가지 않으면 어디서 목돈을 마련해 결혼을 시키겠어요? 그녀의 시어머니는 여간내기가 아니어서 계산을 해보고는 그녀를 두메산골로 시집보냈어요. 만일 한마을 사람에게 보내면 예단을 많이 받지 못해요. 두메산골로 시집가려는 여자가 적다 보니 그 시어머니는 팔십 천문¹⁵⁾을 받았대요. 이번에 둘째 며느리를 맞아들이는데 예단비로 오십을 썼고, 또 잔치 비용을 제하더라도 십여 천문은 남았을 거예요. 그러니 얼마나 계산을 잘합니까⋯⋯?"

"그래, 샹린댁은 결국 하자는 대로 했어⋯⋯?"

"따르고 안 따르고가 어디 있습니까.──누구라도 한바탕 소란은 피우는 법이지요. 밧줄로 묶어 꽃가마에 태워 남자의 집으로 메고 가서 화관을 씌우고 서로 맞절시킨 다음 신방에 넣고 방문을 닫아 버리면 끝이지요. 하지만 샹린댁은 보통이 아니었던 모양이에요. 얼마나 소동을 피웠는지 모두들 유식한 집안에서 일을 했기 때문에 다르긴 다르다고 말했어요. 마님, 우리들은 많이 보았지요. 개가를 하면서 울부짖는 여자도 있었고, 죽느니 사느니 하면서 소란을 피우는 이도 있었으며, 남자집에 가서도 천시신명에게 예를 못 올리는 여자도 있고, 화촉까지 때려 부수는 여자도 있었습니다. 하지만 샹린댁은 여느 여자들과는 달랐어요. 그들 말에 의하면, 그녀가 오는 도중에 줄곧 소리치고 욕을 해서 허씨 마을에 도착했을 때는 목이 다 쉬었다고 하더군요. 가마에서 끌어내려 두 장정과 시동생이 힘껏 그녀를 붙잡고 절을 시키려 했지만 끝내 하지 못했답니다. 그들이 방심하여 손을 풀었더니, 아이구 이를 어째, 글쎄 그녀가 예식상 모서리에 머리를 들이받고 머리가 터져 선혈이 낭자했대요. 터진 곳에 두 묶음이나 되는 향 재를 붓고 붉은 천으로 두 겹이나 쌌지만 피가 멈추지 않더래요. 여러 사람이 달라붙어 그녀를 남자와 신방에 처넣고 문을 잠갔는데도 여전히 욕을 하고, 아이구 나 참……." 웨이 노파는 머리를 절레절레 흔들며 눈을 내리깔고는 입을 다물었다.

"그 뒤로 어떻게 되었어?" 넷째 아주머니가 물었다.

"그다음 날도 일어나지 않았대요." 그녀는 눈을 뜨며 말했다.

"그다음에는?"

"다음에는요? ──일어났지요. 연말에는 사내아이도 낳았어요. 새해가 되었으니 이젠 두 살이네요. 제가 친정에 며칠 머물면서 허씨 마을에 갔다 온 사람 얘기를 들으니 애기엄마도 몸이 불고 애도 포동포동하더래요. 시어머니도 없지 남편은 가진 것은 힘뿐이라 일도 잘하지 집도 자기 집이지. ──아, 그녀는 정말 운이 트였어요."

그후로 넷째 아주머니도 다시는 샹린댁 이야기를 꺼내지 않았다.

그런데 어느 해 가을, 샹린댁이 운이 트였다는 소식을 들은 뒤 두 번의 설을 쇤 때였다. 그녀가 다시 넷째 아저씨의 집 안채에 서 있었다. 둥근 광주리가 탁자 위에 놓여 있고, 처마 밑에는 작은 이불보따리가 놓여 있었다. 그녀는 여전히 흰 끈으로 머리를 묶고 검정 치마에 남색 겹저고리, 옅은 남색의 조끼를 입었다. 얼굴은 검푸르고 누르스름한 빛이 감돌고 두 볼에는 이미 혈색이 사라지고 없었다. 내리감은 눈가에는 눈물자국이 보였으며 눈빛도 예전과 같이 그렇게 활기차지 않았다. 이번에도 웨이 노파가 그녀를 데리고 와서는 아주 딱하다는 표정을 지으며 장황하게 넷째 아주머니에게 말했다.

"……이거야말로 정말 '세상일은 한 치 앞도 모른다'는 격이지요. 이 사람 서방은 견실한 사람으로 젊고 팔팔했는데 장티푸스에 걸려 죽을 줄 누가 알았겠어요? 원래는 다 나았었다는데 찬밥을 먹고는 다시 재발했다지 뭐예요. 아들이 있는 것이 다행이었지요. 이 사람도 땔나무를 하고 찻잎을 따고 양잠도 하고 무슨 일이든 할 수 있어 원래 그애를 키울 수 있었는데, 그만 그 아이가 이리에게 물려 갈 줄 누가 알았겠어요? 봄철도 다 지났는데 마을에 이리가 나타날 줄 누가 짐작했겠어요? 지금 이 사람은 외톨이가 되었어요. 게다가 시아주버니가 와서 집을 빼앗고 이 사람을 내쫓았어요. 정말 갈 곳이 없어서 어쩔 수 없이 옛 주인을 찾아왔지요. 다행히 이 사람은 더 이상 걸리는 것도 없고, 마님댁에서도 마침 사람을 바꾸려고 한다고 해서 제가 데리고 왔습니다.——제 생각에 잘 아는 집이라 풋내기보다 사실 더 낫지 않을까 해서……."

"저는 정말 바보였어요, 정말." 샹린댁은 멍한 눈을 들고 이어서 말했다. "저는 눈 내릴 때는 산속에 먹을 것이 없어 야수가 마을에 내려올 수 있다는 것은 알았지만, 봄에도 그럴 줄은 몰랐어요. 저는 아침 일찍 일어나 대문을 열고 작은 바구니에 콩을 가득 담아서 우리 아마오阿毛에게 문지방에 앉아서 그걸 까라고 했어요. 말을 잘 듣는 아이여서 내가 시키자 들고 나갔어요. 나는 집 뒤에서 장작을 패고 쌀을 일어 솥에 안친 다음, 콩을 찌려고 아마오를 불렀는데 대답이 없었어요. 그래서 나가 보니 콩이 땅바닥에 흩어져 있을 뿐 우리 아마오는 보이지 않았어요. 우리 애는 다른 집에 가서 잘 놀지도 않았지만, 그래도 혹시나 해서 이집 저집 다니며 찾아보았으나 결국 아무 데도 없었어요. 저는 마음이 초조해져서 사람들에게 찾아봐 달라고 부탁했어요. 반나절 내내 찾아다니다가 산속에서 가시덤불 위에 걸린 우리 애의 신발 한짝을 발견했어요. 모두들 그걸 보고 틀렸다, 이리가 물어 간 거라고 말했어요. 그래 좀더 들어가 봤더니 그 애는 과연 풀숲에 누워 있었는데, 뱃속의 오장은 이미 다 파먹혀서 비어 있었고, 손에는 그 작은 바구니를 꼭 쥐고 있었어요……." 샹린댁은 계속해서 흐느껴 울기만 할 뿐 제대로 말을 잇지 못했다.

넷째 아주머니는 처음에는 좀 망설였으나 그녀의 말을 듣고 나자 눈주위가 점점 붉어졌다. 생각을 좀 해보고는 둥근 광주리와 이불 보따리를 들고 아랫방에 두라고 했다. 웨이 노파는 무거운 짐을 내려놓은 듯 길게 숨을 내쉬었다. 샹린댁은 처음 왔을 때에 비해 기분이 좀 나아져서 가르치지 않아도 스스로 익숙하게 이불짐을 갖다 놓았다.

그녀는 이때부터 다시 루전에서 식모살이를 하게 되었다.

사람들은 여전히 그녀를 샹린댁이라고 불렀다.

그런데 이번에는 그녀의 처지가 크게 달라졌다. 일을 시작한 지 사나흘이 되어서 주인들은 그녀의 손발이 이전처럼 민첩하지 않고, 기억력도 많이 나빠졌음을 눈치챘다. 죽은 사람 같은 얼굴에는 하루종일 웃음기 하나 없었다. 넷째 아주머니의 말투에서 벌써 불만이 터져 나왔다. 그녀가 왔을 때 넷째 아저씨는 이전과 똑같이 미간을 찌푸렸지만 여태까지 하녀를 고용하는 데 애를 먹었던지라 크게 반대하지 않았다. 다만 넷째 아주머니에게 몰래 주의를 주며 말하기를, 이런 사람은 불쌍하기는 하지만 풍속을 해치는 이들이니 거들게 하는 것은 좋으나 제사 때는 일에 그녀가 손을 대게 해서는 안 되며 음식은 손수 만들어야지, 그렇지 않으면 불결해서 조상이 먹지 않을 것이라고 했다.

넷째 아저씨의 집안에서 가장 큰 일은 제사이고, 샹린댁이 예전에 가장 바빴던 때도 제사를 지낼 때였으나 이번에는 한가하였다. 제상을 대청 한가운데에 놓고 상보를 펴 놓고 나니, 그녀는 전에 하던 대로 술잔과 젓가락을 놓으려고 했다.

"샹린댁, 그만둬. 내가 놓을 테니."

넷째 아주머니가 황급히 말했다.

샹린댁은 어색한 듯 손을 거두고 또 촛대를 가지러 갔다.

"샹린댁, 그만둬. 내가 가져오지."

넷째 아주머니는 또 황망히 말했다.

그녀는 몇 바퀴 빙빙 돌기만 하다가 끝내 아무 할 일이 없어서 하는 수 없이 영문을 모른 채 물러났다. 그녀가 이날 할 수 있었던 일은 부엌에서 불을 때는 것뿐이었다.

루전 사람들도 여전히 그녀를 샹린댁이라고 불렀지만, 말투는 예전과 아주 달랐다. 또 그녀와 얘기는 하지만 웃는 모습은 차가웠다. 그녀는 그런 걸 전혀 깨닫지 못했다. 단지 눈을 똑바로 뜨고 자나 깨나 잊을 수 없는 자신의 얘기를 사람들에게 들려주었다.

"나는 정말 바보였어요, 정말로." 그녀는 말했다. "전 그저 눈 내릴 때라야 산속에 먹을 것이 없으니 야수가 마을에 내려올 수 있다는 것은 알았지만, 봄에도 그럴 줄 몰랐어요. 저는 아침 일찍 일어나 대문을 열고 작은 바구니에 콩을 가득 담아 우리 아마오를 불러 문지방에 앉아서 그것을 까라고 했어요. 말 잘 듣는 우리 애는 내가 뭐라고 하자 듣고 나갔어요. 나는 집 뒤에서 장작을 패고 쌀을 일어 솥에 안친 다음, 콩을 찌려고 아마오를 불렀는데 대답이 없었어요. 나가 보니 콩이 땅바닥에 흩어져 있을 뿐 우리 아마오는 보이지 않았어요. 여기저기 찾아보았으나 아무 데도 없었어요. 저는 마음이 조급해져서 사람들에게 찾아봐 달라고 부탁했어요. 반나절 동안 몇 사람이 산골짜기를 찾아다녔는데 가시덤불 위에 우리 애의 신발 한 짝이 걸려 있는 것을 발견했어요. 사람들은 모두 틀렸다, 이리를 만난 거라고 말했어요. 다시 가 보자 그 애는 과연 풀숲에 누워 있었는데, 뱃속의 오장은 이미 먹혀서 비어 있었고, 가엾게도 손에는 그 작은 바구니를 꼭 쥐고 있었어요……." 그녀는 눈물을 흘리면서 흐느끼는 것이었다.

이 이야기는 효과가 있었는지 남자들은 여기까지 듣다가 웃음을 거두고 무표정하게 가 버렸다. 여인들은 그녀의 처지를 동정할 뿐만 아니라 얼굴에서 바로 무시하던 표정을 바꾸고 함께 따라 울기까지 했다. 거리에서 그녀의 이야기를 듣지 못한 몇몇 나이 많은 여자들은 일부러 찾아가서 그녀의 이 비참한 얘기를 들으려고 했다. 그녀가 흐느끼는 대목까지 이야기를 듣고 나서는 그들도 눈가에 맺혀 있던 눈물을 흘리고 탄식을 하며 이런저런 의견들을 내놓으면서 흡족해하며 돌아갔다.

그녀는 이렇게 되풀이해서 사람들에게 자신의 비참한 얘기를 들려주었고, 그럴 때마다 늘 네댓 사람이 모여들어 그녀의 얘기를 들었다. 하지만 오래지 않아 모든 사람들이 귀에 못이 박히도록 들어 버려서 자비심이 많고 늘 염불을 외는 노부인들에게서도 더는 눈물자국을 볼 수 없게 되었다. 뒤에는 온 마을 사람들이 그녀의 말을 외울 수 있을 정도가 되어 그 얘기만 들어도 머리가 아플 지경이었다.

"나는 정말 바보였어요, 정말로"라고 그녀가 말을 꺼내면 사람들은 바로, "그래, 자네는 눈 내릴 때라야 산속에 먹을 것이 없어 야수가 마을에 내려올 수 있는 줄만 알았지"라며 그녀의 말을 잘라 버리고 가 버렸다.

그러면 그녀는 입을 헤벌리고 서서 눈을 멍하니 뜬 채 그들을 바라보다가 자신도 재미가 없다고 느낀 것인지 발길을 옮겼다. 하지만 그녀는 또 다른 일에서, 이를테면 작은 바구니나 콩이나 남의 아이들로부터 자기 아마오의 얘기를 끄집어내려고 애를 썼다. 두세 살 난 아이들을 보기만 하면 이렇게 말했다.

"아아, 우리 아마오가 살아 있다면 이만큼 컸을 텐데……."

아이들이 그녀의 눈을 보고 놀라며 엄마의 옷자락을 끌어당기며 가자고 졸랐다. 그렇게 되면 다시 그녀는 혼자 남게 되고 결국 재미가 없는 지 돌아갔다. 나중에는 모두들 그녀의 버릇을 알게 되어서 아이가 보이기만 하면 그 아이를 가리키며 웃는 듯 마는 듯한 표정을 짓고 선수를 치며 그녀에게 묻는 것이었다.

"샹린댁, 아마오가 지금 살아 있다면 이만큼 컸지 않았을까?"

그녀는 아직도 자신의 슬픈 이야기가 여러 날 많은 사람들의 입에 오르내리며 저작咀嚼이 되어 이미 찌꺼기로 변해서 싫증 나고 타기할 만한 것에 지나지 않게 되었음을 잘 모르고 있었다. 하지만 사람들의 웃는 모습에서 어딘가 차갑고 또 날카로운 느낌을 받았고 자신도 더 이상 얘기할 필요가 없음을 깨달았다. 그래서 그녀는 그들을 힐끗 쳐다볼 뿐 한마디도 대꾸하지 않았다.

루전은 언제나 설을 지내기 위해 섣달 스무날부터 바빠진다. 넷째 아저씨의 집에서는 이번에 임시로 남자 일꾼을 고용했으나 여전히 일손이 모자라 또 류柳씨 어멈을 불러서 일손을 돕게 했다. 닭을 잡고 거위를 삶아야 하는데, 류씨 어멈은 불교 신자로서 채식을 하고 살생을 하지 않는 사람이라 그릇만 닦으려고 했다. 샹린댁은 불을 지피는 것 외에 할 일이 없어서 한가롭게 앉아 류씨 어멈이 그릇 씻는 것을 보고만 있었다. 가는 눈이 내리고 있었다.

"아아, 나는 정말 바보였어." 샹린댁은 하늘을 보고 탄식을 하며 혼잣말을 하였다.

"샹린댁, 너 또 시작이니?" 류씨 어멈이 지겹다는 듯이 그녀의 얼굴을 바라보며 말했다. "내 하나 물어보자, 너 이마의 흉터는 그때 부딪혀서 생긴 거지?"

"글쎄요." 그녀는 모호하게 대답했다.

"그럼 묻겠는데, 너는 그때 어떡하다 뒤에 허락을 했어?"

"내가요……?"

"그래 너 말이야. 결국 너 자신이 원했으니까 그랬겠지. 그렇지 않으면……"

"아이구, 그건 그 사람 힘이 얼마나 센지 몰라서 하는 소리예요."

"그건 못 믿어. 너도 그렇게 힘이 센데 그를 못 이긴다고 틀림없이 결국에 제가 좋아서 허락해 놓고는 그가 힘이 세다고 변명하는 거지."

"아이고 참, 당신도…… 자기도 한번 그런 일을 당해 봐……" 하며 그녀는 웃었다.

류씨 어멈의 주름진 얼굴도 웃는 바람에 호두처럼 쭈글쭈글 오그라들었다. 메마른 작은 눈으로 샹린댁의 이마를 한번 보고 다시 그녀의 눈을 빤히 쳐다보았다. 샹린댁은 쭈뼛쭈뼛하며 웃음을 거두고 눈길을 돌려 눈송이를 바라보았다.

"샹린댁, 너는 정말 수지가 맞지 않았어." 류씨 어멈이 무슨 비밀을 얘기하듯이 말했다. "좀더 끝까지 버티든가 아니면 아예 어디 부딪혀 죽든가 하는 게 나았어. 지금 보면 너는 두번째 남자와 2년도 채 못 살고서 큰 죄명만 뒤집어썼어. 생각해 봐, 네가 훗날 죽어서 저승에 가면 그 죽은 두 남자 귀신이 임자를 두고 서로 다툴 텐데 너는 누구에게 가겠나? 염라대왕도 어쩔 수 없이 너를 찢어 두 귀신에게 나누어 주겠지. 내 생각에 그건 참……."

이렇게 말하자 그녀의 얼굴에 두려운 기색이 역력했다. 그것은 산골 마을에서는 들어 보지 못했던 말이었다.

"나는 자네가 일찌감치 액땜을 하는 것이 낫다고 봐. 토지묘에 가서 문지방 하나를 기증하여 그걸 자네 몸 대신 천 명의 사람들이 밟게 하고, 만 명의 사람이 타고 넘도록 해 이 세상에서 지은 죄를 씻으면 죽은 뒤에도 고통을 면할 수 있을 거야."

샹린댁은 그 자리에서는 아무런 대답을 하지 않았으나 이 문제를 두고 한참 고민한 모양이었다. 다음 날 아침 일어났을 때 두 눈 가장자리가 거무죽죽했다. 아침을 먹은 뒤 그녀는 마을 서쪽에 있는 토지묘에 가서 문지방을 하나 시주하겠다고 했다. 묘지기[16]는 처음에는 승낙하지 않았으나, 그녀가 다급해하며 눈물을 흘리며 사정하자 마지못해 허락해 주었다. 가격은 대전[17] 12천문이었다.

샹린댁은 이미 오래전부터 사람들과 얘기를 하지 않았는데, 사람들이 아마오의 얘기에 싫증을 느꼈기 때문이었다. 하지만 류씨 어멈과 잡담을 한 것이 퍼져 나가서 많은 사람들이 다시 새로운 흥미를 느끼고 또 그녀에게 얘기해 달라고 조르기도 했다. 제목도 물론 새로운 형태로 바뀌었는데, 주로 그녀의 이마에 난 흉터에 관한 것이었다.

"샹린댁, 물어보자, 자네는 그때 어떻게 따르게 되었어?" 한 사람이 이렇게 물었다.

"아, 애석하게도 머리를 헛부딪혔네그려." 다른 사람이 그녀의 흉터를 보고 맞장구를 치며 말했다.

그들의 웃음과 말소리에서 또 자신을 비웃고 있다는 것을 알아차린 샹린댁은 눈을 부릅뜨고 그들을 바라볼 뿐 한마디도 대꾸하지 않았으며 나중에는 돌아보지도 않았다. 그녀는 하루 종일 입을 꽉 다물고 사람들이 치욕의 기호라고 생각하는 그 흉터를 그대로 드러내놓고 묵묵히 거리를 뛰어다니고, 땅바닥을 쓸고, 채소도 씻고, 쌀도 일었다. 어느덧 1년이 지났고 그녀는 넷째 아주머니에게서 그동안 일해서 모은 급료를 타서 그것을 멕시코 은화[18] 12원으로 바꾸고는 휴가를 얻어 마을의 서쪽으로 갔다. 그러나 한나절도 안 되어서 돌아왔는데, 기분도 좋아지고 눈빛도 의외로 빛났다. 넷째 아주머니에게 토지묘에 가서 문지방을 시주하고 왔다고 신이 나서 말했다.

동지冬至 제사 때가 되자 그녀는 더욱 열심히 일했다. 넷째 아주머니가 제수용품을 갖추고 아뉴와 함께 제상을 대청 가운데로 옮기는 것을 보고 그녀는 아무 생각 없이 술잔과 나무젓가락을 가지러 갔다.

"가만 둬. 샹린댁!" 넷째 아주머니는 황급히 소리쳤다.

그녀는 포락炮烙[19]의 형을 받은 것처럼 손을 움츠리고 얼굴색도 금세 잿빛으로 변하더니 더 이상 촛대를 가져가지도 않고 정신이 나간 듯이 서있었다. 향을 피울 때가 되어 넷째 아저씨가 나가라고 해서야 그녀는 밖으로 나갔다. 이번에는 그녀의 신상에 아주 커다란 변화가 일어났다. 이튿날 그녀는 눈이 움푹 들어갔을 뿐만 아니라, 정신도 온전하지 않았다. 게다가 겁이 아주 많아져서 캄캄한 밤과 검은 그림자를 무서워했을 뿐만 아니라 사람을 보아도 무서워했다. 심지어 자신의 주인을 보아도 두려워 벌벌 떠는 것이 마치 대낮에 굴에서 나와 돌아다니는 쥐새끼 같았다. 그렇지 않으면 나무로 만든 허수아비처럼 멍하니 앉아 있었다. 반년이 안 되어 머리카락도 희끗희끗해졌고, 기억력은 더욱 나빠져 늘 쌀을 일러 가는 것도 잊어버렸다.

"샹린댁, 어쩌다 이렇게 되었어? 그때 차라리 집안에 들이지 말걸." 넷째 아주머니는 때때로 경고하듯이 맞대 놓고 이렇게 말하기까지 했다.

그렇지만 그녀는 종래 이런 상태였고 영리해질 가망은 전혀 없어 보였다. 그래서 그들은 그녀를 웨이 노파에게 돌려보낼 생각을 했다. 그러나 내가 루전에 머물고 있을 때는 그저 이런 얘기를 하고 있을 뿐이었는데, 지금에 와서 보니 그후 그 말대로 한 모양이었다. 하지만 그녀가 넷째 아저씨 집에서 나간 뒤 거지가 되었는지 아니면 웨이 노파 집에 먼저 갔다가 거지가 되었는지는 나로서는 알 수 없다.

근처에서 요란하게 터지는 폭죽소리에 놀라 깬 나는 콩알만 한 노란 등불을 바라보았다. 이어서 톡톡탁탁 하는 폭죽소리가 들려왔다. 그것은 넷째 아저씨집에서 '축복' 제사를 지내고 있기 때문이었다. 벌써 새벽 네 시가 가까웠다는 것을 알았다. 나는 몽롱한 가운데 멀리서 끊이지 않고 터지는 폭죽소리를 어렴풋이 듣는다. 온 하늘에 가득찬 음향이 짙은 구름과 합쳐져 무리 지어 흩날리는 눈송이와 함께 온 마을을 감싸 안은 듯하다. 이 번잡한 소리에 안긴 나는 나른하고 또 편안해진다. 대낮부터 초저녁까지 품고 있던 의혹과 근심은 이 축복의 공기에 씻겨 사라졌다. 오직 천지간의 신들이 바친 제물과 술과 향불 연기에 거나하게 취해 하늘을 비틀비틀 거닐면서 루전의 사람들에게 무한한 행복을 약속해 주는 것만 같았다.

1924년 2월 7일

주)_____

1) 원제는 「祝福」, 1924년 3월 25일 상하이에서 발간된 반월간 『동방잡지』(東方雜誌) 제 21권 제6호에 처음 발표되었다.

2) "조왕신을 보내는"(送竈) 일은 옛 풍속의 하나이다. 음력 12월 24일은 조왕신이 승천 하는 날로서 이날 혹은 하루 전에 조왕신을 전송하는 제사를 지냈다.

3) 루쓰 나으리(魯四老爺). 루(魯)씨 집안의 웃어른 가운데 나이 순으로 위에서 네번째인 사람을 가리키는 존칭. 뒤의 넷째 아저씨(四叔)는 아버지 세대이나 아버지보다 나이 가 적은 이에 대한 호칭.

4) 국자감생(國子監生). 국자감은 원래 봉건시대 중앙의 최고학부였는데, 청대 건륭(乾 隆) 이후에는 국자감에서 공부를 하지 않아도 재산을 기부하고 '감생'이란 명의를 얻 을 수 있었다. 감생은 국자감 생원의 준말.

5) 신당(新黨). 청말에 유신을 주장하거나 그런 경향을 가진 사람을 가리키는 말이다. 신 해혁명을 전후하여 혁명당인이나 혁명을 지지하는 사람들을 '신당'이라고 하였다.

6) 캉유웨이(康有爲, 1858~1927)는 자가 광샤(廣厦), 호는 창쑤(長素)이며, 광둥(廣東) 난 하이(南海) 사람이다. 청말 유신운동(維新運動)의 지도자로서 변법유신을 제창하여 군주전제를 군주입헌제로 바꿀 것을 주장하였다. 1893년 담사동(譚嗣同), 량치차오 (梁啓超) 등과 함께 광서제(光緖帝)에게 등용되어 정사에 참여하였는데 변법을 실시 하려다가 서태후(西太后)를 비롯한 보수파의 강력한 반대로 인해 실패하고 말았다. 변법이 실패하자 국외로 도망하여 보황당(保皇黨)을 조직하고 쑨원(孫文)이 이끄는 민주주의혁명운동을 반대하였으며, 신해혁명 후에는 또 군벌 장쉰(張勳)과 손을 잡

고 청조의 폐제 푸이(溥儀)를 부추겨 복벽하려 하였디.

7) 축복(祝福). 옛날 강남 일대에서 행해졌던 섣달 그믐날의 풍속이다. 청대 사람 범인
(范寅)의『월언』(越諺) 「풍속」(風俗)에서 "섣달 그믐에 한 해의 평안에 감사하고, 신과
조상에 감사하는 것을 축복"이라고 했다.

8) 진단(陳摶).『송사』(宋史) 「은일열전」(隱逸列傳)에 의하면 진단은 오대(五代) 때 사람
으로 과거에 급제하지 못해 무당산(武當山)과 화산(華山)에 은거하면서 도를 닦았다.
후세 사람들은 그를 신선으로 간주하였다.

9) 주탁(朱拓). 은주(銀朱; 수은을 태워서 만든 주석) 등 붉은 색 안료를 사용하여 비석면
을 딴 탁본을 가리킨다.

10) "사리를 통달하면 마음이 편안하다"(事理通達心氣和平). 주희(朱熹)의『논어집주』
(論語集注)에 나오는 말이다. 주희는 「계씨」(季氏)편의 "시경(詩經)을 익히지 않고는
말을 못 한다"와 "예기를 익히지 않고는 출세를 못 한다"라는 구절 밑에 다음과 같은
주를 달았다. "사리를 통달하면 마음이 편한 고로 말을 할 수 있다", "범절이 밝고 덕
성이 높은 고로 출세한다."

11)『강희자전』(康熙字典). 청대 강희 연간에 장옥서(張玉書), 진정경(陳廷敬) 등이 어명
을 받고 편찬한 대형자전. 강희 55년(1716)에 간행되었다.

『근사록집주』(近思錄集注). 도학(道學)의 초학서적. 송조 때 주희와 여조겸(呂祖謙)
이 주돈이(周敦頤), 정호(程顥), 정이(程頤), 장재(張載) 네 사람의 글을 골라 편집한
것으로 도합 14권으로 되어 있다.

『사서친』(四書襯). 청대 사람 낙배(駱培)의 저서로서 사서(『논어』,『맹자』,『중용』,『대
학』)를 해석한 책이다.

12) 샹린댁(祥林嫂). 수(嫂)는 비교적 젊은 기혼 여성을 가리키는 말. 샹린(祥林)은 남편
의 이름이다.

13) "귀신은 음양의 자연스런 변화의 산물이다"(鬼神者二氣之良能也). 이것은 송대 사람
장재(張載)의『장자전서』(張子全書) 「정몽」(正蒙) 그리고『근사록』에 나오는 말이다.

14) 무상(無常). 불교 용어로서 본뜻은 모든 사물은 다 변하고 훼멸·파괴되는 과정에 있
다는 뜻인데, 뒤에는 죽음의 뜻으로 또 미신적 전설에서 혼을 빼 가는 사자의 이름으
로 사용되었다.

15) 팔십 천문(八十千文). 옛날에 일천문(一千文)을 일관(一貫) 혹은 일조(一吊)라고 불
렀다. 그래서 천문을 관, 조라고 했다. 그러나 지방에 따라서는 바로 천문이라고 불

렀다. 팔십 천문은 곧 팔십 조(吊)이고, 대략 팔만 문(文)이다.

16) 묘지기(廟祝). 옛날 묘에 살면서 향불을 관리하는 일을 맡은 사람을 가리킨다.

17) 대전(大錢). 보통의 동화(銅貨)보다 큰 것으로 화폐가치도 그만큼 높다.

18) 표면에 매의 도안이 그려져 있는 멕시코의 은화(鷹洋)는 아편전쟁 뒤 대량으로 중국
에 유입되었다.

19) 포락(炮烙). 포격(炮格)이라고도 쓴다. 은(殷)나라 주왕(紂王) 때 혹형의 하나이다.
배인(裴駰)의 『사기집해』(史記集解) 「은본기」(殷本紀)에서 인용한 『열녀전』(列女傳)
에 다음과 같은 기록이 있다. "동주(銅柱)에 기름을 붓고 그 밑에 숯불을 놓은 뒤 그
위를 죄인이 걸어가게 하고 숯불 위에 떨어지는 것을 보더니 달기(妲己; 주왕의 왕
비)가 웃었다. 이름하여 포락의 형(刑)이라고 했다."

술집에서[1]

나는 북쪽에서 동남쪽으로 여행을 하던 도중에 길을 돌아 고향을 방문하고 S시에 다다랐다. 이 시는 나의 고향에서 30리밖에 떨어지지 않았다. 작은 배를 타면 반나절도 채 안 되어 도달하는데, 나는 전에 이곳의 학교에서 1년간 선생 노릇을 했었다. 한겨울 눈이 내린 뒤 풍경은 쓸쓸하기만 한데 나른하기도 하고 또 회고의 심사가 뒤섞여 잠시 S시의 뤄쓰(洛思) 여관에 머물기로 했다. 이 여관은 예전에는 없던 것이다. 원래 크지 않은 시내인지라 만날 수 있으리라 생각한 몇 명의 옛 동료들을 찾아 나섰으나 다들 어디로 흩어져 갔는지 한 사람도 만날 수 없었다. 학교 문 앞을 지나는데 이름도 바뀌고 모습도 달라져서 내게는 좀 낯설었다. 두 시간도 되지 않아 나의 흥취는 이미 사라졌고 괜한 일을 했다고 몹시 후회하였다.

내가 머물던 여관은 방만 세를 놓고 밥은 팔지 않았다. 그래서 식사는 꼭 다른 곳에서 시켜 주었는데 맛이 얼마나 없는지 입에 넣으니 흙을 씹는 것 같았다. 창밖을 내다보니 땟자국으로 얼룩덜룩한 담장이 있고 그 위에 말라죽은 이끼가 붙어 있었다. 그 위로 생기 없는 잿빛 하늘에서는 눈발이 흩날리고 있었다. 점심을 배불리 먹지 못한 데다 또 딱히 할 일도 없어서 자연스럽게 예전에 자주 다니던 이스쥐一石居라는 이름의 작은 술집이 생각났다. 여관에서도 멀지 않은 것 같아 곧 방문을 걸어 잠그고 거리를 나서 그 술집을 향해 갔다. 사실은 잠시 객의 무료함을 달랠 생각이었지 술을 사 마시려고 한 것은 아니었다. 이스쥐는 그대로 있었고, 좁고 우중충한 모습과 너덜너덜한 간판 모두 변함이 없었다. 하지만 주인부터 종업원에 이르기까지 낯익은 사람은 하나도 없었다. 나는 이 이스쥐에서 완전히 낯선 손님이 되어 버렸다. 그래도 나는 전에 늘 오르내리던 구석 계단으로 해서 곧장 2층으로 올라갔다. 그곳에는 예나 다름없이 다섯 개의 작은 탁자가 놓여 있었고, 바뀐 것이라고는 원래 나무창살이던 뒤쪽 창문에 유리가 끼워져 있다는 것뿐이었다.

"사오싱주紹興酒 한 근.——안주는? 기름에 튀긴 두부 열 개 하고 고추장 듬뿍 내오게!"

따라 올라온 종업원에게 이렇게 이르고는 뒤쪽 창문 쪽으로 가서 창가에 붙어 있는 탁자 옆에 앉았다. 2층은 '텅텅 비어 있었고' 그래서 나는 마음대로 아래의 황폐해진 정원을 바라볼 수 있는 가장 좋은 자리를 골라 앉을 수 있었다. 이 정원은 술집 것은 아닌 듯했다. 나는 예전에도 여러 번 내려다본 적이 있었는데, 어떤 때는 눈이 내리는 날도 있었다. 그러나 북방 생활에 익숙한 나의 눈에는 지금 이 정원이 아주 경이로웠다. 몇 그루의 늙은 매화나무가 눈과 싸우며 나무 가득 꽃을 피우는 것이 엄동설한을 개의치 않는 듯했다. 무너진 정자 옆에 서 있는 한 그루 동백나무는 짙은 녹색의 무성한 잎에서 십여 개의 붉은 꽃을 드러내고 있었다. 눈 속에서 불꽃처럼 밝게 빛나는 꽃송이들은 분노하는 듯 오만한 듯 멀리 떠돌아다니는 여행자의 마음을 비웃는 것 같았다. 나는 이때 촉촉하여 무엇에 들러붙으면 잘 떨어지지 않고 투명하게 반짝이는 이 고장의 눈은 바람만 불면 흩날리어 안개처럼 온 하늘을 뒤덮는 북방의 마른 눈과는 전혀 다르다는 것을 문득 깨달았다…….

"손님, 술이요……."

종업원은 무뚝뚝하게 말하면서 잔과 젓가락, 술병과 그릇 등을 놓고 갔다. 술이 온 것이다. 나는 탁자 쪽으로 돌아앉아 잔과 그릇 등을 바로 놓은 다음 술을 따랐다. 북방은 원래 나의 고향이 아니지만 남쪽으로 와도 나그네일 수밖에 없으니, 북쪽의 마른 눈이 어떻게 흩날리든 이곳의 부드러운 눈이 어떻게 마음을 끌든 간에 모두 나와는 아무런 상관도 없었다. 나는 애수에 잠기기는 했으나 기분좋게 술 한 잔을 마셨다. 술은 향기로웠고, 두부도 잘 튀겨졌다. 고추장이 너무 싱거운 것이 좀 아쉽다. 본래 S시 사람들은 매운 것을 먹을 줄 몰랐다.

오후라서 그런지 이곳이 술집이라고 하지만 술집 분위기는 조금도 나지 않았다. 나는 벌써 술 세 잔을 마셨지만 아직도 탁자 네 개는 텅 비어 있었다. 나는 황폐해진 정원을 보면서 점차 고독감을 느끼기 시작했다. 하지만 다른 술손님들이 올라오는 것을 원하지도 않았다.

우연히 계단에서 발걸음 소리가 들리면 까닭 없이 약간 언짢아지고, 종업원임을 알고 나면 다시 안심이 되었다. 이렇게 또 술 두 잔을 마셨다.

나는 이번에는 분명 술손님이라고 생각했다. 그 걸음걸이가 종업원에 비해 훨씬 느리게 들렸기 때문이었다. 그 사람이 계단을 거의 다 올라왔다고 짐작했을 때 나는 불안한 듯이 머리를 들고 나와는 무관한 사람을 쳐다보았고 동시에 깜짝 놀라며 일어섰다. 나는 여기서 뜻밖에도 친구를 만나리라고 전혀 생각지 못했다.──만약 그가 지금 내가 그를 친구라고 부르는 것을 허락한다면 말이다. 올라온 사람은 분명 나의 옛 동창이며 또 교사 노릇을 할 때 옛 동료이기도 했다. 모습은 꽤 바뀌었지만 첫눈에 알아볼 수 있었다. 그런데 행동은 유달리 느려진 것이 옛날의 날쌔고 용맹한 뤼웨이푸呂緯甫는 아니었다.

"아──웨이푸, 자넨가? 여기서 자넬 만날 줄은 꿈에도 생각 못했네."

"아, 자네구면? 나도 정말 뜻밖일세……."

내가 그에게 동석하자고 하자 그는 약간 주저한 뒤에야 자리에 앉았다. 나는 처음에는 이상하다고 생각했으나 곧이어 약간 서글퍼졌고 또 불쾌했다. 그의 모습을 자세히 살펴보니 덥수룩하게 기른 머리와 수염은 전과 다름이 없었으나 창백한 장방형의 얼굴은 수척해 보였다. 차분해 보였으나 의기소침한 것 같기도 했고, 짙고 검은 눈썹 아래의 눈도 정기를 잃은 듯했다. 천천히 사방을 둘러보다가 황폐해진 정원을 내다볼 때 그의 눈에서는 갑자기 옛날 학창 시절에 남을 쏘아

보던 때의 그런 빛이 번득였다.

"우리가," 나는 반갑게 그러나 꽤 어색하게 말했다. "우리가 헤어진 지 아마 10년은 되었을 거야. 난 자네가 지난濟南에 있다는 말을 듣고서도 게으른 탓에 끝내 편지 한 통 보내지 못했네……."

"피차일반 아닌가. 지금은 타이위안太原에 살고 있네. 이미 2년이 넘었어. 어머니와 함께 있다네. 어머니를 모시러 왔을 때는 자넨 벌써 이사한 뒤였네. 어떤 흔적도 남기지 않고."

"자네는 타이위안에서 뭐 하나?" 하고 내가 물었다.

"학생들을 가르쳐. 한 고향사람 집에서."

"그전에는?"

"그전에 말인가?"

그는 주머니에서 담배 한 가치를 꺼내어 불을 붙여 물고는 입에서 뿜어져 나오는 연기를 바라보며 생각에 잠긴 듯이 말했다.

"뭐, 변변찮은 일을 했지, 아무 일도 안 한 거나 매한가지야."

그도 나에게 헤어진 뒤의 상황에 대해 물었다. 나는 그에게 대강 얘기해 주면서 종업원을 불러 먼저 술잔과 젓가락을 가져오라고 일렀다. 그에게 술을 한 잔 권하고 나서 술 두 근을 더 시켰다. 그 사이에 또 요리를 주문했다. 우리는 전에는 조금도 체면 같은 것을 차리지 않았는데, 지금은 서로 사양을 하느라 무엇을 주문해야 할지 정하기 어려웠다. 그래서 나중에는 종업원이 불러주는 것 가운데 회향두茴香豆, 얼린 고기凍肉, 기름에 튀긴 두부와 말린 생선 네 가지를 주문했다.

"여기 돌아와 보니 자신이 우습다는 생각이 들어." 그는 한 손에는 담배를 들고 다른 손에는 술잔을 들고 웃는 듯 마는 듯한 표정으로 내게 말했다. "나는 어렸을 때 벌이나 파리가 한곳에 정지해 있다가 무언가에 놀라자 바로 날아가더니 작은 원을 한 바퀴 그리고는 다시 돌아와 같은 곳에 앉는 것을 보고 사실 아주 우습다고 또 가련하다고 생각했었지. 그런데 의외로 지금 나 자신도 날아 되돌아왔어. 작은 원을 그리고 말이야. 그리고 뜻밖에도 자네 역시 되돌아왔네그려. 자넨 좀더 멀리 날아갈 수 없었나?"

"말하기 곤란하지만, 아무튼 작은 원을 좀 돈 것은 틀림없네." 나도 웃는 듯 마는 듯한 표정을 짓고 말했다. "그런데 자네는 왜 되돌아온 거야?"

"하찮은 일 때문이지." 그는 단숨에 술 한 잔을 다 털어 넣고 담배를 몇 모금 빨더니 눈을 더 크게 떴다. "하찮은 일이지만──이야기해보도록 함세."

종업원이 새로 주문한 술과 안주를 가져와 탁자 위에 가득 차려 놓았다. 2층에는 담배연기와 튀김두부의 뜨거운 김이 서려 활기가 생겼고, 바깥에는 눈이 더 세차게 내리고 있었다.

"자네도 아마 알고 있을 거야" 하고 그는 말을 이었다.

"내겐 어린 동생이 하나 있었는데, 세 살 때 죽어서 이곳에 묻었네. 난 그 애의 모습조차 잘 기억나지 않는데, 어머니는 무척 귀여운 아이고 나와도 사이가 좋았다고 하시면서 지금도 그 애 말만 나오면 울려고 하시네. 올봄에 사촌형님이 편지를 보냈는데 그 애 무덤 주위에 물이 스며들어 얼마 안 있어 강물에 잠길지도 모르니 빨리 조치를 취하라는 내용이었어. 어머니는 듣자마자 초조해하시면서 며칠을 잠도 잘 주무시지 못했어 ——어머니도 편지를 읽으실 줄 알거든. 그러나 내가 무슨 방법이 있어야지? 돈도 없고 시간도 없고, 당시는 아무런 방법이 없었네."

"지금까지 미루다가 연말 휴가를 이용해 무덤을 이장해 주려고 이곳 남쪽으로 돌아오게 된 거야." 그는 또 술 한 잔을 쭉 마시고 나서 창밖을 내다보면서 말했다. "과연 남쪽이야. 저쪽에서야 어디 이와 같을 수 있나? 눈 속에서도 꽃이 피고 눈 속의 땅도 얼지 않으니. 그저께 나는 성안에 가서 작은 관을 하나 샀네. ——땅속에 묻힌 것은 벌써 썩었을 거라고 생각했기 때문에 말이지 ——솜과 이불을 들고 인부 네 명을 데리고 고향으로 이장을 하러 갔어. 나는 그때 왠지 기분이 들떠 있었어. 나와 아주 의가 좋았던 어린 동생의 뼈를 보고 싶었네. 나는 아직 이런 일을 경험하지 못했거든. 무덤에 가 보니 과연 강물이 밀어닥쳐 무덤에서 두 자 거리까지 차 있더군. 가엾은 무덤은 2년 동안 흙을 북돋워 주지 않아 평평하게 되어 있었네. 나는 눈 속에 서서 무덤을 가리키며 일꾼들에게 '파시오!'라고 결연하게 말했네. 나는 평범한 사람이야. 그때 난 내 목소리가 좀 이상하다고 느꼈네. 이 명령이야말로 내 일생에서 가장 위대한 명령이라는 생각이 들더군. 하지만 일꾼들은 조금도 이상하다고 여기지 않고 파기 시작했어. 묘혈까지 파내려 갔을 때 다가가 들여다보니 과연 관의 나무는 이미 썩어서 나무부스러기와 나무조각이 한 무더기 남아 있었어. 나는 떨리는 마음으로 그것을 조심스럽게 파헤치며 어린 동생을 보려고 했네. 하지만 의외였어! 이불도 옷도 뼈도 그 어떤 것도 없었네. 이런 것은 모두 사라졌겠지만, 머리카락은 잘 썩지 않는다는 말을 들어서 그것만은 남아 있을 거라고 생각했지. 그래서 곧 엎드려 베개가 놓여 있던 자리로 짐작되는 곳의 흙을 자세히 들여다보았으나 없었어. 흔적조차도 없었네!"

나는 문득 그의 눈 주위가 약간 붉어진 것을 보았다. 그러나 그것은 취기가 올라서 그런 것이었다. 그는 안주를 거의 먹지 않고 술만 자꾸 마셨는데, 벌써 한 근 이상을 마셨다. 안색과 거동이 활발해지면서 점차 예전에 보았던 뤼웨이푸의 모습에 가까워졌다. 나는 종업원을 불러 다시 술 두 근을 더 시킨 뒤 몸을 돌려 술잔을 들고 마주보면서 묵묵히 그의 얘기를 들었다.

"사실, 일이 이렇게 되었으니 다시 이장할 필요는 없었지. 흙을 다시 메우고 관을 팔아 버리기만 하면 끝날 일이었어. 관을 판다는 것이 좀 괴상하지만, 값만 싸게 해주면 본래 판 집에서 도로 사려고 할 것이니 적어도 술값 몇 푼은 건질 수 있어. 하지만 나는 그렇게 하지 않았네. 시체가 놓였던 자리의 흙을 솜에 싸서 그것을 이불로 감싼 뒤 새 관에 넣어 가지고 우리 아버지 무덤 옆에 가져와서 묻었네. 어제는 관 주위를 벽돌로 둘러쌓는 일을 감독하느라고 반나절을 바쁘게 보냈어. 아무튼 이렇게 해서 일을 마무리짓고 어머니께 잘 말씀드리면 마음을 놓으실 수 있을 거라고 생각했어.──아아, 자네는 내가 어째서 예전과 아주 달라졌는지 이상해서 그런 눈으로 나를 보는 거지? 그래, 나도 우리들이 함께 성황당[2]에 가서 신상神像의 수염을 뽑았던 일과 연일 중국 개혁의 방법에 대해 논의하다가 그 때문에 서로 싸우기도 했던 일들을 아직도 기억하고 있네. 하지만 지금 나는 이 모양으로 어물어물 두루뭉술하게 살아가고 있네. 나도 때론 옛 친구들이 나를 본다면 내가 친구였다는 사실을 인정하지 않을 거라고 생각하네.──아무튼 지금 내 꼴은 이렇다네."

그는 또 담배 한 가치를 꺼내어 입에 물고 불을 붙였다.

"자네 안색을 보니 아직도 나에게 어떤 기대를 하고 있는 것 같은데,──나는 지금 많이 둔감해졌지만, 그 정도는 알아챌 수 있어. 이것이 나를 감격케 해. 하지만 또 나를 아주 불안하게 하기도 하네. 나에 대해 호의를 갖고 있는 옛 친구들의 기대를 저버리지는 않을까 하고……." 그는 갑자기 말을 멈추더니 담배를 몇 모금 빨고는 다시 느릿느릿하게 말했다. "바로 오늘, 이 이스줘에 오기 직전에 또 한 가지 쓸데없는 짓을 했네. 하지만 내 자신이 원한 일이야. 전에 우리가 살던 집 동쪽에 장푸長富라는 뱃사공이 살고 있었는데, 그에게는 아순阿順이라는 딸이 있었네. 자네도 그때 우리집에 왔으니 아마도 본 적이 있을 거야. 그러나 그때 그녀가 너무 어렸으니 눈여겨보지는 않았겠지. 뒤에 커서도 그다지 예쁘지는 않았네. 수수하게 생긴 갸름한 얼굴에 누런 피부색이었지. 두 눈만은 유별나게 크고 속눈썹도 아주 길었네. 또 눈의 흰자위도 맑은 밤하늘처럼 푸르렀네. 북방의 바람 없는 맑은 하늘과 같이 말일세. 이곳에서야 그렇게 맑은 하늘을 볼 수 없지. 그 애는 얼마나 야무진지 열 몇 살에 어머니를 잃은 뒤 어린 두 남동생과 여동생을 보살피고 또 아버지 시중도 들었어. 게다가 하는 일 모두 빈틈이 없었고 또 살림도 잘해서 집안이 점차 안정을 찾았어. 이웃들도 칭찬하지 않는 이가 없었고, 장푸도 늘 자랑하고는 했지. 이번에 내가 여기로 간다고 했을 때 어머니는 또 이 애 얘기를 하시더군. 노인네가 기억력이 너무 좋아. 어머니는 아순이 어떤 사람의 머리에 붉은 벨벳 꽃이 꽂혀 있는 것을 보고 자기도 하나 있었으면 했지만 그렇게 되지 않자 울어 버렸는데 한밤중까지 울다가 아버지한테 한 대 얻어맞고는 뒤에 눈언저리가 이삼 일 동안 빨갛게 부었던 일이 있었다고 하시더군. 이런 벨벳 꽃은 다른 지방에서 만든 것이어서 S시에서는 살 수 없는 거였다네. 그러니 그녀가 어디서 그걸 구할 수 있었겠는가? 이번에 남쪽으로 가는 길에 나보고 두 개를 사서 그녀에게 주고 오라고 하셨어.

"이 심부름을 나는 귀찮다고 여기지 않았고, 오히려 아주 즐거웠어. 아순을 위해 나는 사실 뭔가 해주고 싶었거든. 재작년 어머니를 모시러 왔을 때의 일이네. 어느 날 장푸가 집에 있었고, 어떡하다 나는 그와 한담을 하게 되었어. 그는 나보고 메밀범벅을 먹으라고 권했고 또 안에 들은 것이 설탕이라고 알려 주었어. 자네, 생각해 보게, 집안에 설탕이 있는 뱃사공이라면 살림이 그렇게 가난한 것은 아니지 않겠나. 그러니 먹는 것도 괜찮을 수밖에 없지. 그가 하도 권하는 바람에 하는 수 없이 먹겠다고 했어. 단 작은 그릇에 달라고 했어. 장푸도 세상 물정을 잘 아는지라 아순에게 '선비들은 많이 먹지를 않으니까 작은 그릇에 담고 설탕을 많이 넣어 드려라!' 하고 이르더군. 그런데 차려 온 걸 보고 깜짝 놀랐네. 큰 그릇에 가득 담아 왔는데 내가 하루는 족히 먹을 수 있는 양이었어. 하지만 장푸가 먹는 그릇에 비하면 내 것은 분명 작은 그릇이었지. 나는 그때 난생처음 메밀범벅을 맛보았는데 사실 입에 맞지는 않고 너무 달았어. 나는 두어 숟가락 떠먹고는 그만 먹을 생각이었으나 무의식중에 문득 아순이 멀리 저쪽 구석에 서 있는 것이 보였어. 그 바람에 젓가락을 내려놓을 용기가 사라졌지 뭐야. 그녀의 표정에는 자기가 잘 만들지 못한 게 아닌가 하는 걱정과 우리들이 맛있게 먹어 주었으면 하는 기대가 나타나 있었어. 내가 반 이상 남긴다면 아순은 분명 실망하고 또 미안해할 것 같았지. 그래서 난 결심을 했네. 목구멍을 쫙 벌리고 부어 넣기로 말이야. 거의 장푸와 비슷한 속도로 빨리 먹었어. 나는 그때 비로소 음식을 억지로 먹는 것이 얼마나 고통스러운지 알았네. 어려서 회충약 가루에 설탕을 넣어 한 종지 가득 먹은 적이 있었는데 그와 비슷한 괴로움이었어. 그러나 나는 조금도 원망스럽지 않았네. 왜냐하면 빈 그릇을 치우려고 왔을 때 자랑스러움을 감추지 못하는 아순의 웃는 얼굴이 벌써 나의 고통을 보상하고도 남았기 때문이었어. 그날 밤 너무 배가 불러서 잠을 잘 수가 없었고 또 악몽을 꾸었지만 그녀의 일생이 행복하도록 빌었고 그녀를 위해 세상이 좋아지기를 빌었네. 하지만 이런 생각도 지난날 꾸었던 꿈의 흔적에 지나지 않아서 이내 자신을 비웃고 얼마 안 가서 금세 잊어버렸지.

"난 예전에 아순이 벨벳 꽃 때문에 얻어맞은 적이 있다는 것을 전혀 몰랐어. 어머니 얘기를 듣고 갑자기 메밀범벅을 먹던 일이 생각났고 뜻밖에 바빠졌다네. 나는 우선 타이위안시에서 두루 찾아다녔으나 살 수가 없었어. 그러다 지난에 가서……."

창밖에서 후두둑 소리가 나며 동백나무 가지가 휘도록 쌓여 있던 눈이 굴러 떨어졌다. 그러자 나뭇가지는 다시 곧게 뻗어서 검은 빛이 도는 윤기 있는 잎과 핏빛처럼 붉은 꽃이 유난히 선명하게 드러났다. 잿빛 하늘은 더욱 짙어졌고, 새들이 짹짹 울어 대는 걸 보니 황혼이 가까워지는 모양이었다. 모든 게 눈으로 뒤덮여 땅에서 먹을 것을 찾을 수 없으니 서둘러 둥지로 돌아가 쉬려는 것이겠지.

"지난에 가서야 말이지." 그는 창밖을 한 번 보고 몸을 돌려 술 한 잔을 비우고 담배를 몇 모금 빨더니 이어서 말했다. "나는 간신히 벨벳 꽃을 샀네. 아순이 두들겨 맞아 가면서도 갖고 싶어 했던 것이 이것인지 확실하진 않지만 아무튼 벨벳으로 만든 것이었다네. 그녀가 짙은 색을 좋아할지 아니면 연한 색을 좋아할지 그것도 알 수 없어서, 짙은 붉은색으로 하나, 분홍색으로 하나를 사서 이곳으로 왔네."

"바로 오늘 오후, 나는 밥을 먹고 나서 곧장 장푸를 만나러 갔지. 난 이 일 때문에 하루를 지체했네. 그의 집은 그대로 있었으나 웬지 음산한 느낌이 들었네. 물론 이것은 나 혼자만의 느낌일 수도 있네. 그의 아들과 둘째 딸──아자오阿昭가 문앞에 서 있었는데 많이 컸더군. 아자오는 언니와는 전혀 딴판이었는데 정말 귀신 같았어. 내가 자기 집을 향해 오는 것을 보고는 재빨리 집 안으로 뛰어들어 갔어. 그 사내아이에게 물어서야 장푸가 집에 없다는 것을 알았네. '너네 큰누나는?' 하고 물었더니 그 녀석은 눈을 부라리며 무슨 일로 찾는지 연신 묻질 않겠나. 당장 달려들어 잡아먹을 듯이 표독한 눈빛을 해가지고 말이야. 그래서 난 우물쭈물하며 물러나왔네. 지금 난 이처럼 어물어물 살아가고 있어……."

"자넨 모를 거야, 내가 예전보다 더 사람들 찾아다니길 두려워한
다는 사실을 말일세. 나는 이미 자신에 대한 혐오를 잘 알고 있다네.
그래 자기 자신조차도 싫어하면서 굳이 남을 암암리에 불쾌하게 해서
야 되겠나? 그래도 이번 심부름만은 하지 않을 수 없었어. 그래서 생
각 끝에 그 집 맞은편에 있는 장작 파는 가게를 찾아갔네. 그 가게 주
인의 어머니는 나이 많은 할머니인데 아직 살아 있었고, 게다가 나를
알아보고는 가게 안으로 들어오라고 하더군. 우리들이 몇 마디 인사
를 나눈 뒤에 내가 S시에 돌아와 장푸를 찾는 연유를 설명했더니, 뜻
밖에도 그 할머니는 탄식하며 이렇게 말했네.

"'애석하게도 아순은 이 벨벳 꽃을 달아 볼 복이 없구나.'

"그러고 나서 그 할머니는 상세하게 나에게 알려 주었네. '아마도
지난해 봄부터였을 거야. 그 애 얼굴이 노래지고 여위기 시작하더니
나중엔 늘 눈물을 흘리길래 그 까닭을 물었더니 대답을 하지 않았다
오. 어떤 때는 밤새도록 우는 거야. 울어서 장푸가 성질을 참지 못하고
그 다 큰 애에게 미치기라도 했냐고 욕을 해댔지. 그런데 가을철에 접
어들자 처음에는 가벼운 감기인 것 같더니 끝내는 드러누웠지 않았겠
나. 그 뒤로 일어나지 못했어. 죽기 며칠 전에야 자기 엄마처럼 늘 피
를 토하고 식은땀을 흘린다고 아버지한테 실토를 했다오. 그러나 아
버지가 알면 걱정할까 봐 숨겼다는 거지. 어느 날 밤에는 그 애의 큰아
버지인 장경長庚이 또 돈을 빌리러 왔다오.──이런 일이야 늘상 있는
일이지만──그 애가 돈을 주지 않으니까 장경은 차갑게 웃으면서 너

무 깔보지 마라, 네 사내는 나보다 더 못할 테니! 하며 욕을 퍼붓고 갔다오. 그 애는 이때부터 수심에 잠겼지. 또 부끄러워 물어볼 수도 없으니까 그저 울기만 했다오. 장푸가 당황하여 네 신랑감은 아주 착한 사람이라고 타일렀지만 때는 이미 늦었어. 그 애는 그 말을 믿지도 않고, 기왕 몸이 이렇게 되었으니 아무래도 좋다고 그랬다는군.'

"그 할머니는 계속해서 말했어. '그 애의 신랑감이 정말로 장경보다 못하다면 그것은 정말 두려운 일이 아니겠어? 닭을 훔치는 좀도둑보다 못하면 그게 도대체 뭐란 말이오? 하지만 그 사내가 장례식에 왔을 때, 내 두 눈으로 보았는데 옷차림도 단정하거니와 사람이 의젓하더라구. 또 눈물을 글썽거리면서 자기가 반평생 배를 몰면서 고생고생하며 모은 돈으로 겨우 색시 맞을 준비를 했는데 갑자기 죽어 버렸다고 하잖겠소. 그가 정말 좋은 사람이며 장경의 말이 새빨간 거짓말이라는 것을 알겠더군. 그런데 아순은 그런 도둑놈의 미친 말을 믿고서 헛되이 목숨을 버렸으니 너무 안타까워.——허나 누구를 탓하겠소. 그저 아순이 복이 없다고 할 도리밖에.'

"그건 그렇고, 아무튼 내 일은 끝났네. 그런데 갖고 있는 두 벨벳 꽃은 어떻게 했겠나? 그래, 그 할머니께 부탁하여 아자오에게 보냈네. 이 아자오는 나를 보자마자 도망을 쳤는데 아마도 나를 한 마리 이리 따위로 생각했겠지. 나는 사실 그녀에게 주고 싶지는 않았어.——하지만 나는 그녀에게 줘 버렸어. 이머니께는 아순이 보고 너무 좋아하더라고 말하기만 하면 되는 거지. 이런 하찮은 일이 뭐라고! 적당히 얼버무리면 되는 거야. 그저 어물어물 설을 쇠고, '공자 가라사대 시詩에 이르기를' 따위나 가르치러 가면 되는 걸세."

"자네가 가르치는 것이 '공자 가라사대 시에 이르기를' 이런 건가?" 나는 기이하게 생각되어 이렇게 물었다.

"물론이지. 자네는 내가 가르치는 것이 ABCD인 줄 알았나? 내게는 두 명의 학생이 있는데, 하나는 『시경』[3]을 읽고, 다른 하나는 『맹자』를 읽지. 최근에는 한 명이 늘었는데 여자애라 『여아경』[4]을 읽고 있어. 산수 같은 것은 가르치지 않아. 내가 가르치지 않는 것이 아니라, 그 애들이 배울 필요가 없다는 거야."

"자네가 그런 책을 가르치고 있을 줄은 생각도 못했네……."

"그 애들 아버지가 그들에게 이런 것을 읽히고 싶어 하는데 제삼자인 내가 안 한다고 할 수 있나. 이런 하찮은 일이 뭐 그리 대단한 거라고. 그저 하라는 대로 하면 그만인 걸……."

그는 이미 얼굴이 새빨개졌다. 많이 취한 듯했으나 눈빛만은 점점 소침해졌다. 나는 가볍게 한숨을 쉬었다. 한순간 어떤 말도 할 수 없었다. 계단에서 한바탕 떠들썩한 소리가 나더니 손님 몇몇이 올라왔다. 맨 앞 사람은 키가 작고 둥글둥글한 얼굴이며, 두번째 사람은 키가 크고 얼굴에 붉은 코가 도드라졌다. 그 뒤에도 사람들이 연이어 올라오는 바람에 작은 2층이 흔들릴 정도였다. 나는 눈을 돌려 뤼웨이푸를 보았다. 그 역시 눈을 돌려 나를 보았다. 나는 종업원을 불러 술값을 계산했다.

"자네는 그걸로 생활을 할 수 있나?"

나는 갈 준비를 하면서 물었다.

"그래,──난 매달 20원을 받아, 그럭저럭 살 만은 하네."

"그럼, 자네는 앞으로 어떻게 할 셈인가?"

"앞으로 말인가?──그건 나도 몰라. 그때 우리가 예상했던 일이 하나라도 된 것이 있었나? 난 지금 아무것도 모르겠어. 내일이 어떻게 될지 아니 당장 1분 뒤의 일도 어떻게 될지 모르고 있네……."

종업원이 계산서를 가져와서 나에게 내밀었다. 뤼웨이푸는 처음 들어섰을 때의 겸손은 사라졌고, 단지 나를 한번 흘끗 보더니 담배만 피울 뿐 내가 술값을 내도록 내버려 두었다.

우리는 같이 술집을 나섰다. 그가 묵고 있는 여관은 나와는 방향이 반대여서 술집 앞에서 헤어졌다. 나는 혼자 내 여관을 향해 걸어갔다. 차가운 바람과 눈이 얼굴을 때렸는데, 오히려 아주 상쾌하게 느껴졌다. 날은 벌써 저물었고, 집과 거리는 온통 펑펑 쏟아지는 흰 눈그물 속에 짜여지고 있었다.

1924년 2월 16일

주)_____

1) 원제는 「在酒樓上」, 1924년 5월 10일 상하이에서 발간된 『소설월보』(小說月報) 제15권 제5호에 처음 발표되었다.

2) 성황(城隍). 성지(城池 ; 도시의 성벽과 연못)를 주관한다고 간주되는 신(神).

3) 『시경』(詩經). 중국의 가장 오래된 시가 총집으로 모두 305편이 수록되어 있다. 춘추 시대에 이루어진 책인데 대체로 주(周)나라 초부터 춘추 중기에 이르는 시기의 작품

이 수록되었으며, 공자에 의해 편찬되었다고도 한다.

4) 『여아경』(女兒經). 부녀자들에게 봉건적 예교를 선전하는 통속적인 읽을거리의 하나
   이다. 판본이 많고 저자도 여럿인데, 비교적 널리 유행했던 것은 명대 조남성(趙南星)
   이 주를 단 판각본이다.

행복한 가정[1]
—쉬친원을 본받아

"……쓰든 안 쓰든 자기 뜻대로 하는 것이다. 쓰고 싶어 쓴 작품이 쇠와 돌이 부딪혀 내는 불꽃이 아니라 무한한 광원에서 용솟음치는 태양빛 같은 것이라야 바로 예술이다. 또 그런 작가라야 진정한 예술가다.——그렇다면 나는…… 도대체 뭐란 말인가……?" 여기까지 생각하고 나서 그는 침대에서 벌떡 일어났다. 이전부터 그는 몇 푼의 원고료라도 벌어 생활을 유지해야겠다고 생각하고 있었다. 투고할 곳은 우선 행복월보사幸福月報社로 정했다. 고료가 비교적 나은 편이었기 때문이다. 그러나 작품은 정해진 범위가 있었는데, 그렇지 않으면 작품이 채택되지 않을 수도 있었다. 범위가 한정되어 있다면…… 오늘날 청년들이 고민하는 큰 문제는……? 적지는 않을 테지만, 대부분은 연애, 결혼, 가정 등등…… 그래, 그들 대다수가 이런 문제로 번민하고 또 토론하고 있다.[2] 그렇다면 가정에 대해서 써 보자. 그런데 어떻게 쓰지……? 아니야, 채택이 안 될 수도 있어. 군이 재수없는 생각을 할 것까지는 없지만, 그래도…… 그는 침대에서 뛰어내려 네댓 걸음 걸어서 책상 앞으로 다가가 앉았더니 원고지 한 장을 꺼내어 약간의 망설임도 없이 그러나 자포자기 식으로 '행복한 가정'이라고 제목 한 줄을 썼다.

그의 붓은 곧 멈추었다. 그는 고개를 들어 천장을 쳐다보며 이 '행복한 가정'을 어디에 설치할까 궁리하고 있었다. 그는 "베이징? 아니야, 침체되어 있고, 공기조차도 죽어 있어. 이 가정의 주위에 높은 담을 세운다고 공기까지 가로막을 수 있겠어? 정말 안될 일이야! 장쑤江蘇와 저장浙江은 언제 전쟁이 터질지 몰라 늘 벌벌 떨고 있고, 푸젠福建은 더 말할 것도 없어. 쓰촨四川과 광둥廣東은? 현재 전쟁이 한창이다.³⁾ 산둥山東과 허난河南 같은 곳은? ──아아, 붙잡혀 인질이 될지도 몰라.⁴⁾ 만일 한 사람이라도 납치된다면 그건 불행한 가정이 돼 버리겠지. 상하이上海와 톈진天津의 조계는 방세가 비싸고,…… 그렇다고 외국으로 정한다면 우습겠지. 윈난雲南과 구이저우貴州는 어떨지 모르지만 교통이 너무 불편해." 이리저리 생각해 보았지만 적당한 곳이 떠오르지 않아서 일단 A라는 곳으로 가정하기로 했다. 그러나 또 생각해 보니 "지금 많은 사람들이 알파벳을 사용하여 인명이나 지명을 표시하는⁵⁾ 것은 독자의 흥미를 떨어뜨린다고 반대한단 말이야. 이번 투고에는 쓰지 않는 것이 안전할 것 같다. 그렇다면 어떤 곳으로 하는 게 좋을까? ──후난湖南도 전쟁 중이다. 다롄大連은 역시 방세가 비싸고, 차하얼⁶⁾ 지린吉林, 헤이룽장黑龍江은, ──마적들이 있다고 하니 역시 안 되겠어……!" 그는 다시 이리저리 생각해 보았지만 역시 마땅한 장소가 생각나지 않아 마침내 이 '행복한 가정'이 있는 곳을 A라고 부르기로 마음먹었다.

"결국 이 행복한 가정은 반드시 A에 있어야 해, 다시 생각할 필요가 없어. 물론 가정에는 부부 두 사람, 즉 남편과 아내가 있고 연애결혼을 했어. 부부간에는 사십여 개조의 조약이 체결되어 있는데 아주 상세하다. 그래서 아주 평등하고 대단히 자유롭다. 게다가 고등교육을 받아서 우아하고 고상하다……. 일본 유학생은 지금 별 것 아니다,——그렇다면 서양 유학생으로 해두자. 남편은 항상 양복을 입고, 칼라는 늘 새하얗다. 부인은 앞머리를 늘 참새둥지처럼 보글보글하게 파마를 하고, 치아는 항상 눈처럼 하얗게 드러난다. 옷만은 중국풍으로 하자……."

"안 돼, 그렇게는 안 돼요! 스물다섯 근!"

창밖에서 남자 목소리가 들려서 그는 자기도 모르게 돌아다보았다. 내려진 커튼에 비쳐 들어온 햇빛이 눈부시게 밝아서 눈이 어지러웠다. 이어서 작은 나무조각들이 땅바닥에 흩어지는 소리가 났다. "개의치 말자." 그는 다시 고개를 돌려 생각했다. "'스물다섯 근'이 뭐지?——그들은 우아하고 고상하며 문학과 예술을 사랑한다. 하지만 둘 다 어려서부터 행복하게 자랐기 때문에 러시아 소설은 좋아하지 않는다……. 러시아 소설은 하층민들을 많이 묘사하므로 사실 이러한 가정과 맞지 않는다. '스물다섯 근'? 상관하지 말자. 그렇다면 그들은 무슨 책을 읽을까!——바이런의 시? 키츠?"[7] 아니야, 모두 적절하지 않아.——아, 있다. 그들은 모두 『이상적인 남편』[8]을 애독하고 있어. 내가 이 책을 읽은 적은 없지만 대학교수까지 칭찬하고 있는 것을 보면 그들 역시 애독하고 있을 게 분명해. 너도 보고, 나도 보고,──한 사람에 한 권씩, 이 가정에는 합쳐서 두 권……." 뱃속이 좀 빈 것 같아서 그는 붓을 놓고, 두 개의 받침대로 지구본을 받치듯이 두 손으로 자기 머리를 받쳤다.

"……그들 두 사람은 점심을 먹고 있는 중이야"라고 그는 생각했다. "식탁 위에는 하얀 천이 깔려 있고, 요리사가 요리를 올린다.──중국요리다. '스물다섯 근'이 뭐지? 상관 말자. 그런데 왜 중국요리지? 서양 사람들 말로는 중국요리가 가장 진보한 것이어서 아주 맛있고 위생적[9]이라고 했지. 그래서 그들은 중국요리를 선택했다. 날라 온 것은 첫번째 요리다. 그런데 첫번째 요리는 무엇으로 하지……?"

"장작이……."

그는 깜짝 놀라서 돌아보았다. 왼쪽 어깨 너머로 자기 집 마누라가 음산한 눈길을 그의 얼굴에 고정시킨 채 서 있었다.

"뭐야?" 그는 그녀가 자신의 창작을 방해하러 왔다고 생각해 약간 화를 냈다.

"장작이 떨어졌어요. 그래서 오늘 좀 샀어요. 전번에는 열 근에 이백사십 문文[10]이었는데, 오늘은 이백육십 문이래요. 나는 이백오십 문을 주려고 하는데. 괜찮아요?"

"좋아, 그래 이백오십 문."

"근수도 손해예요. 그 사람은 분명히 스물네 근 반이라지만, 나는 스물세 근 반으로 계산하려고 해요. 어때요?"

"좋아, 스물세 근 반으로 해."

"그럼, 오오 이십오, 삼오 십오……."

"응, 오오 이십오, 삼오 십오……." 그는 더 말하지 못하고, 잠깐 멈추더니 갑자기 붓을 들고는 "행복한 가정"이라고 한 줄 써놓은 원고지 위에 계산을 하기 시작했다. 한참 계산하고 난 뒤에야 고개를 들어 말했다.

"오백팔십 문!"

"그러면 돈이 모자라요. 팔 전이나 구 전 정도가……."

그는 책상의 서랍을 열어 이삼십 개밖에 안 되는 동전을 몽땅 꺼내서는 벌리고 있는 그녀의 손바닥 위에 놓았다. 그녀가 방을 나가는 것을 보고 나서야 다시 머리를 책상 쪽으로 돌렸다. 그는 머리가 난잡하게 쌓여 있는 장작더미로 가득 차 있는 것 같았고, 오오 이십오 두뇌의 피질상에는 흩어진 수많은 아라비아 숫자가 새겨져 있는 듯했다. 그는 숨을 한번 깊이 들이쉬고는 또 힘껏 내쉬었다. 이 틈에 머릿속의 장작이며 오오 이십오의 아라비아 숫자를 쫓아내려는 듯했다. 과연 후 하고 숨을 크게 내쉬고 난 뒤로는 마음이 훨씬 가벼워졌다. 그래서 다시 원래의 명상 속으로 되돌아갔다.——

"어떤 요리로 할까? 요리는 좀 특이해도 괜찮아. 돼지고기 탕수육이나 새우알과 해삼을 섞어 끓인 탕은 사실 너무 평범해. 여기서는 아무래도 '용호투'龍虎鬪로 해야겠어. 그런데 '용호투'는 또 뭔가? 일설에는 뱀과 고양이를 말하는데, 광둥의 고급 요리라서 큰 연회가 아니면 먹을 수 없다고 하지. 그러나 나는 장쑤 요릿집의 메뉴판에서 이 이름을 본 적이 있는데, 장쑤 사람들은 뱀과 고양이를 먹지 않는다고 하니 아마도 누군가가 말한 것처럼 개구리와 뱀장어를 일컫는 것일 거야. 그렇다면 지금 이 남편과 아내를 어느 지방 사람으로 가정하지?──아무래도 상관없어. 요컨대 어느 지방 사람이건 뱀과 고양이 혹은 개구리와 뱀장어 요리를 먹는다고 해서 행복한 가정이 훼손될 리는 없어. 아무튼 이 첫번째 요리는 반드시 '용호투'로 정하고 더 이상 신경쓰지 말자.

"이리하여 '용호투' 그릇이 식탁 한가운데에 놓였고, 그들 두 사람은 동시에 젓가락을 들어 그릇 언저리를 가리키며 잔잔한 미소를 지으며 서로 마주보고⋯⋯.

"'My dear, please!'

"'Please you eat first, my dear.'

"'Oh no, please you!'

"그리고 두 사람은 동시에 젓가락을 뻗어 뱀고기를 집어,──아니야, 뱀고기는 너무 이상해, 뱀장어로 하는 것이 좋겠어. 그렇다면 이 '용호투'는 개구리와 뱀장어로 만든 거야. 그들은 동시에 뱀장어를 한 점 집는다. 크기도 같은 것을 집어 들어, 오오 이십오, 삼십오⋯⋯ 아무래도 좋아, 동시에 입에 넣는다⋯⋯." 그는 뒤돌아보고 싶은 걸 참기 어려웠다. 뒤가 너무 소란스러웠고, 누군가가 두세 차례 왔다 갔다 했기 때문이었다. 그러나 그는 꾹 참고 필사적으로 생각을 계속했다. "아무래도 좀 어색하단 말이야, 어디에 이런 가정이 있겠어? 아아, 내 머리가 왜 이렇게 혼란스럽게 되었나, 이 모처럼의 제목도 써 내지 못

할지도 모르겠어.──꼭 유학생으로 설정할 필요는 없겠어, 국내에서 고등교육을 받은 사람도 괜찮아. 그들은 모두 대학을 졸업했으며, 고상하고 우아해, 고상하고…… 남자는 문학가, 여자도 역시 문학가이든가 아니면 문학 숭배자다. 또는 여자는 시인, 남자는 시인 숭배자고 페미니스트다. 혹은……" 그는 끝내 참지 못하고 뒤돌아보았다.

등 뒤의 서가 옆에 이미 배추더미가 쌓여 있었다. 아래에는 세 포기, 중간에는 두 포기, 꼭대기에는 한 포기가 그를 향해 커다란 A자 형태로 쌓여 있었다.

"아아!" 그는 놀라서 탄식했다. 동시에 얼굴이 달아오르며 등짝에 침을 놓은 듯한 자극이 느껴졌다. "후우……" 그는 길게 숨을 한번 내쉬고 먼저 등짝의 침을 제거한 다음 생각을 계속했다. "행복한 가정은 집이 넓어야 해. 창고가 있어서 배추 같은 것은 거기에 넣어 둔다. 남편의 서재는 따로 있고 벽에는 가득히 책장이 놓여 있다. 그 옆에 무슨 배추더미 따위는 당연히 없다. 서가에는 중국 책과 외국 책으로 가득하고, 물론 『이상적인 남편』도 그 안에 있으며──합해서 두 권이다. 침실도 따로 있다. 황동 침대 혹은 약간 소박하게 제일감옥공장第 一監獄工場에서 만든 느릅나무침대도 괜찮다, 침대 밑은 아주 깨끗하고,……" 그는 여기서 자신의 침대 밑을 한번 보았다. 장작은 이미 다 써 버렸고 한 가닥의 새끼줄만 죽은 뱀처럼 놓여 있었다.

"스물세 근 반,……" 지금 당장 장작이 "시냇물이 끊임없이 흐르듯" 침대 밑으로 흘러들어 오고, 머리에도 다시 장작이 쌓이는 느낌이 들어 황급히 일어나 문 쪽으로 가서 문을 닫으려고 했다. 하지만 두 손이 막 문에 닿으려는 순간 너무 지나치다는 생각이 들어 손을 멈추고 먼지가 잔뜩 낀 커튼만 내렸다. 그러면서 이것이야말로 쇄국의 조급함도 아니고 또 문호개방의 불안도 아닌 바로 '중용의 도'[11]에 부합하는 방법이라고 생각했다.

"……그래서 주인의 서재는 항상 문이 닫혀 있다." 그는 돌아와 의자에 앉으며 생각했다. "의논할 일이 있으면 먼저 노크를 해서 허가를 얻고 들어온다. 이런 방법이 사실 옳은 거야. 만약 지금 주인이 자신의 서재에 있는데, 부인이 문예를 얘기하러 올 때도 역시 먼저 노크를 해야 한다. ──이래야만 안심이다. 그녀가 배추를 가지고 들어오는 일은 절대 없을 것이다.

"'Come in, please, my dear.'

"그러나 주인이 문예를 논할 시간이 없을 때 어떻게 하나? 그냥 개의치 말고 그녀가 바깥에서 똑똑 하며 계속 문을 두드리게 둘 것인가? 이건 안 되겠지. 『이상적인 남편』에는 모두 적혀 있을지 몰라.──이 책은 아마도 분명 좋은 소설일 거야. 원고료가 들어오면 한 권 사서……."

탁!

그의 허리뼈가 곧게 섰다. 경험에 의해 이 "탁" 하는 소리는 마누라가 손바닥으로 세 살 된 딸의 머리를 때리는 소리라는 것을 알고 있었기 때문이었다.

"행복한 가정은……" 아이의 우는 소리를 들었으나 허리를 곧게 세운 채로 생각했다. "아이는 늦게 낳는 게 좋아. 늦게 낳든가 아니면 없는 것이 좋아. 둘이서 오붓하게 사는 게 좋아.──아니면 호텔에 사는 게 좋아, 모두 그들에게 맡기고 혼자만……." 울음소리가 커지는 것을 듣고 일어나 문의 커튼을 젖히며 생각했다. "맑스는 아이들의 우는 소리를 들으면서 『자본론』을 썼어, 그래서 그는 위대한 사람이다……." 바깥으로 연결된 방을 나서서 바람막이 덧문을 여니 석유 냄새가 코를 찔렀다. 방문 오른쪽에 엎어져 있던 아이가 그를 보더니 "앙" 하고 울기 시작했다.

"자아 자아, 괜찮아 괜찮아, 울지 마라 울지 마, 우리 착한 아가야." 그는 허리를 구부리고 아이를 끌어안았다.

아이를 안고 몸을 돌리니 방문 왼쪽에 마누라가 서 있었다. 그녀 역시 허리를 뻣뻣이 세우고 게다가 두 손을 허리에 대고 화가 잔뜩 난 것이 마치 체조라도 시작할 듯한 모습이었다.

"너까지 나를 못살게 구니! 도와주기는커녕 일만 저지르고──석유등을 엎었으니 밤에 불을 어떻게 켠담……?"

"아아, 괜찮아, 괜찮아, 울지 마 울지 마." 마누라의 떨리는 목소리를 뒤로하고 아이를 안고 방으로 들어와서는 아이의 머리를 쓰다듬어주며 "우리 착한 아기"라고 말했다. 그러고는 아이를 내려놓고 자기 의자를 끌어당겨 걸터앉은 다음 아이를 무릎 사이에 세우고 두 손을 올리며 말했다. "울지 마라, 착한 애야. 아빠가 '고양이가 세수하는 것'을 보여 줄게."

그러고는 목을 길게 빼고 혀를 내밀고는 멀리서 손바닥을 핥는 흉내를 두 번 해보이고, 그 손으로 얼굴에다 둥근 원을 그렸다.

"하하하, 야옹." 아이는 웃기 시작했다.

"그래 그래, 야옹." 계속해서 몇 번이나 원을 그리고 나서야 손을 내렸다. 아이는 빙그레 웃으면서 눈물을 머금은 채 그를 보고 있었다. 갑자기 아이의 사랑스럽고 천진난만한 얼굴이 5년 전 그 아이의 엄마 모습과 닮았다는 생각이 들었다. 새빨간 입술은 특히 많이 닮았고 윤곽만 작을 뿐이었다. 그때도 어느 쾌청한 겨울날이었다. 모든 장애를 무릅쓰고 그녀를 위해 희생할 것이라고 내가 고백했을 때 그녀 역시 이렇게 빙그레 웃으며 눈물을 머금은 채 나를 바라보았었다. 그는 취한 사람처럼 망연자실하게 앉아 있었다.

"아아, 사랑스러운 입술……." 그는 생각했다.

문의 커튼이 갑자기 젖혀지고 장작이 배달되었다.

그도 불현듯 놀라 정신을 차리고 보니 아이는 여전히 눈물을 머금은 채 빨간 입술을 벌리고 자기를 보고 있었다. "입술……" 옆을 힐긋 보니 장작이 배달되고 있었다. "……아마 앞으로도 오오 이십오, 구구 팔십일이겠지!……그리고 음침한 눈으로……." 이렇게 생각하면서 바로 한 줄의 제목만을 썼을 뿐 온통 계산을 하느라 써 버린 원고지를 집어들어 구겼다가 다시 펴기를 몇 번 하더니 그것으로 아이의 눈물과 콧물을 닦아 주었다. "착한 아이지, 혼자서 놀아라." 그는 아기를 밀어내면서 말했다. 그러고는 종이뭉치를 힘껏 휴지통에 던져 넣었다.

그러나 이내 아이에게 좀 미안한 마음이 들어서 다시 고개를 돌려 아이가 쓸쓸히 나가는 것을 지켜보았다. 귀에는 나무 조각 소리가 들렸다. 그는 정신을 가다듬어 보려고 다시 고개를 돌려 눈을 감고 잡념을 끊고 조용히 앉아 있었다. 눈앞에 주황색 꽃술이 달린 평평한 원형의 검은 꽃이 떠올라 왼쪽 눈의 왼쪽 모서리에서 오른쪽으로 떠다니다가 사라졌다. 이어서 암록색의 꽃술이 달린 담록색 꽃이, 그다음에는 여섯 포기의 배추더미가 커다란 A자 모양으로 그를 향해 우뚝 쌓아 올려졌다.

1924년 2월 18일

주)_____

1) 원제는 「幸福的家庭」, 상하이 월간 『부녀잡지』(婦女雜誌) 제10권 제3호에 처음 발표되었다. 발표 시 작품 말미에 다음과 같은 작가의 '부기'(附記)가 붙어 있다. "나는 작년에 『천바오 부간』(晨報副刊)에서 쉬친원 군이 쓴 「이상적인 반려자」를 읽고 문득 이 소설의 큰 줄거리를 생각했다. 그리고 그의 필법을 따라 쓰는 것이 적합하다고 생각했다. 하지만 그때는 단지 그렇게 생각했을 뿐이다. 어제 문득 생각해 보고 다르게 할 것도 없어서 이렇게 써 보았다. 그러나 끝으로 가면서 점점 그의 필법에서 벗어났다. 너무 침울했기 때문이다. 그의 작품 결말은 이렇게 침울하지 않았던 것 같다. 그러나 대체적으로 모방한 것이 아니라고 말할 수는 없을 듯하다. 2월 18일 등불 아래 베이징에서 씀."
쉬친원(許欽文). 저장성(浙江省) 사오싱(紹興) 사람. 당시의 청년 작가로 단편소설집 『고향』 등을 썼다. 그의 「이상적인 반려자」(理想的伴侶)는 『부녀잡지』 제9권 제8호(1923년 8월)에 발표되었던 '나의 이상적인 배우자'라는 제목의 원고모집에 촉발되어 쓰여진 풍자소설로서 같은 해 9월 9일 베이징의 『천바오 부간』에 실렸다.
2) 당시 신문·잡지에 제기된 연애, 결혼, 가정 문제에 관한 일련의 토론을 가리킨다. 예

를 들어 1923년 5월과 6월 『천바오 부간』에서 진행된 '애정법칙'에 관한 토론, 『부녀 잡지』의 이상적인 배우자에 관한 원고모집, '배우자선택 특집호'(제9권 제11호) 등이 있다.

3) 장쑤, 저장 등 각지의 전쟁은 장쑤 군벌 치셰위안(齊燮元)과 저장 군벌 루융샹(盧永祥)의 대치, 즈리계(直隷系) 군벌 쑨촨팡(孫傳芳)과 푸젠 군벌 왕융취안(王永泉) 등의 전쟁, 쓰촨 군벌 양썬(楊森)의 슝커우(熊克武)에 대한 전쟁, 광둥 군벌 천중밍(陳炯明)과 구이린계(桂林系), 뎬계(滇系; 즉 윈난계雲南系) 군벌의 전쟁, 후난(湖南) 군벌 자오헝티(趙恒惕)의 탄옌카이(譚延闓)에 대한 전쟁 등을 가리킨다.

4) 방퍄오(綁票). 옛날에 도적이 사람을 납치하고 인질의 가족을 위협하여 돈을 탈취하는 것을 '방퍄오'라고 했다. 당시 산둥과 허난은 토비 두목 쑨메이야오(孫美瑤), '라오양런'(老洋人) 등의 활동 지역으로 끊임없이 이런 사건이 발생했다.

5) 알파벳을 소설의 인명, 지명에 사용하는 문제에 관해 1923년 6월부터 9월까지 『천바오 부간』에서 논쟁이 있었다. 8월 26일 동 잡지에 실린 정자오쑹(鄭兆松)의 「알파벳 문제의 작은 결론」(羅馬字母問題的小小結束)에서는 "소설 속에 알파벳을 사용하는 것은 알파벳을 모르는 대다수의 민중에게 일종의 혐오감을 느끼게 하는 것이며, 적어도 작품의 보편성을 감소시키는 원인이다"라고 기술했다.

6) 차하얼(察哈爾). 당시의 차하얼특별구를 가리킨다. 1928년에 성으로 바뀌었다가 1952년 폐지되고 허베이성(河北省), 산시성(山西省), 네이멍구(內蒙古)자치구로 나뉘었다.

7) 바이런(George Gordon Byron, 1788~1824). 영국 시인. 그는 이탈리아의 부르주아 혁명과 그리스 민족의 독립전쟁에 참가하기도 했다. 그의 작품은 전제억압자에 대한 반항과 부르주아 계급의 허위와 잔혹함에 대한 증오를 표현하고 있으며, 낭만주의 정신이 충만하다. 그는 유럽의 시가 발전에 큰 영향을 끼쳤다. 주요한 작품으로는 장편시 『돈 후안』(Don Juan), 시극 『맨프레드』(Manfred) 등이 있다.

키츠(John Keats, 1795~1821). 영국 시인. 그의 작품은 바이런과 셸리의 지지와 칭찬을 받았다. 그러나 그는 '순예술'적이고 유미주의적인 경향이 있어 바이런과 같은 일파에 넣지 않는다. 작품으로는 서사시 『라미아』(Lamia), 『이사벨라』(Isabella) 등이 있다.

8) 『이상적인 남편』(An Ideal Husband). 영국의 오스카 와일드(Oscar Wilde, 1854~1900)의 작품으로 4막극이다. 이 작품은 5·4 시기 이전에 중국어로 번역되어 『신청

년』(新靑年) 제1권 제2, 3, 4, 6호, 또 제2권 제2호에 연재되었다.

9) 서양인들의 중국요리에 대한 칭찬과 관련해서는 루쉰이 『화개집속편』(華蓋集續編)의 「마상지일기」(馬上支日記)에서 다음과 같이 기술했다. "근래 중국인과 외국인이 중국요리를 두고 얼마나 맛있고 위생적인지 세계 제일, 우주 제몇번째라고 칭찬하는 말을 듣는다. 하지만 나는 실로 어떤 것이 중국요리인지 모르겠다. 우리는 몇몇 곳에서는 파와 달래를 옥수수가루로 만든 떡과 함께 씹어 먹고, 또 다른 몇몇 곳에서는 식초와 고추 그리고 절인 채소를 반찬 삼아 밥을 먹는다. 더 많은 사람들은 검은 소금만 핥아 먹고 또 더 많은 사람들은 핥아 먹을 검은 소금조차도 없다. 국내외 인사가 맛있고 위생적이어서 제일로 삼고 제몇 위로 생각하고 있는 것은 물론 이런 것들은 아니다. 바로 부자와 상류층이 먹는 요리에 다름 아니다."

10) '이백사십 문'의 원문은 '兩吊四'. '조'(吊)는 일반적으로 일천 문(一千文)을 가리키지만, 베이징에서는 제전(制錢; 구멍이 있는 동전) 백 개(百文) 또는 동원(銅元; 동화銅貨) 열 개를 일 조(一吊)라고 했다.

11) 중용의 도(中庸之道). 유가 학설로서 송대 주희(朱熹)의 『중용장구집주』(中庸章句集注)에서 "중(中)이란 기울거나 의지하는 것이 없고, 과하거나 모자라는 것이 없음을 이르는 말이다. 용(庸)은 평상이다"라고 했다.

비누[1]

쓰밍四銘 부인은 기울어 가는 햇살 속에서 북쪽 창을 등지고 여덟 살 난 딸 슈얼秀兒과 함께 종이돈에 풀칠을 하고 있었다. 그때 문득 무겁고 느린 베신 소리를 듣고 남편 쓰밍이 돌아온 것을 알았으나 나가 보지도 않고 그대로 종이돈에 풀칠을 하고 있었다. 그런데 베신 소리가 더욱 가깝게 들리더니 그녀 옆에 와서 우뚝 멈추었다는 느낌이 들었다. 그래서 눈을 돌려 보니 쓰밍이 그녀 앞에서 어깨를 으쓱거리며 등을 구부리고는 마고자 속에 입고 있는 저고리 안주머니를 열심히 뒤지고 있었다.

그는 한참이나 뒤적거리다가 간신히 손을 빼냈다. 그의 손에는 장방형의 작은 초록색 종이 꾸러미가 있었고, 그것을 아내에게 주었다. 그것을 받아 쥔 아내는 감람橄欖 같기도 하고 아닌 것 같기도 한, 딱 부러지게 뭐라고 말하기 어려운 향기를 맡았다. 그리고 초록빛 종이 꾸러미에는 금빛 찬란한 상표가 찍혀 있고 섬세한 꽃무늬가 많이 그려져 있었다. 별안간 슈얼이 달려들어 보려고 하자 아내는 황급히 밀쳤다.

"시내에 나갔었어요……?"

아내는 종이 꾸러미를 보면서 물었다.

"응." 그는 아내가 쥐고 있는 종이 꾸러미를 보면서 대답했다.

아내는 그 초록색 종이 꾸러미를 열었다. 안에는 또 초록색의 얇은 종이가 있었다. 그 종이를 벗기자 물건의 정체가 드러났다. 반들반들하고 단단한데 이것 역시 초록색이었고, 표면에는 섬세한 꽃무늬들이 새겨져 있었다. 그리고 초록색으로 보였던 그 얇은 종이는 미색이었다. 감람 같기도 하고 아닌 것 같기도 한 뭐라고 말하기 어려운 향기가 더욱 강렬하게 코를 찔렀다.

"아아, 정말 좋은 비누네요." 아내는 두 손으로 아이를 안는 것처럼 그 초록색 비누를 코밑에 갖다 대고 냄새를 맡으면서 말했다.

"으응, 당신은 이제부터 이걸 써……."

남편이 이렇게 말하면서 눈빛이 자신의 목덜미를 쏘아보자 그녀는 광대뼈 아래쪽 얼굴이 화끈 달아오르는 것을 느꼈다. 그녀는 가끔 자신도 모르게 목덜미를, 특히 귀밑을 만져 볼 때가 있는데 그때마다 손가락 끝에 꺼칠꺼칠함이 느껴졌고 이것이 오랜 세월 쌓인 때인 줄은 알고 있었지만 지금껏 그다지 개의치 않았다. 지금 남편이 주시하는 가운데 이 초록색의 야릇한 향기를 풍기는 외제 비누를 마주 대하고 있으니 얼굴이 뜨거워지는 것을 감출 수 없었다. 얼굴의 열기는 자꾸 퍼져서 귀밑까지 화끈 달아올랐다. 그래서 그녀는 저녁을 먹은 다음이 비누로 열심히 씻어 보기로 마음먹었다.

"어떤 데는 쥐엄나무 열매만으로는 깨끗하게 씻기지가 않아요." 그녀는 혼잣말을 했다.

"엄마, 이것 나 줘!" 슈얼이 손을 뻗어 초록색 종이를 뺏으려고 했다. 바깥에서 놀던 작은 딸 자오얼招兒도 달려왔다. 쓰 부인은 얼른 밀쳐 내고 얇은 종이를 씌우고 원래대로 초록색 종이에 싸서 허리를 펴고 세면대 위에 있는 선반의 가장 높은 곳에 두고는 한 번 더 살핀 다음 제자리로 돌아와 종이돈에 풀칠을 하였다.

"쉐청學程!" 쓰밍이 한 가지 일이 생각난 듯 갑자기 소리를 길게 뽑아 아들을 부르고는 아내의 맞은편에 있는 등받이 높은 의자에 걸터앉았다.

"쉐청!" 그녀도 따라서 불렀다.

그녀는 종이돈에 풀칠하던 것을 멈추고 귀를 기울였으나 아무런 대답이 없었다. 게다가 남편이 머리를 쳐들고 초조하게 기다리는 것을 보자 약간 미안한 마음이 들어 목청을 높여 날카롭게 소리를 질렀다.

"취안얼絟兒아!"

이번에는 확실히 효과가 있었는지 구두소리가 뚜벅뚜벅 나더니 얼마 뒤 취안얼이 그녀 앞에 와서 섰다. 속옷만 입은 채로 살찐 둥근 얼굴에는 땀이 번들거리고 있었다.

"뭐 하고 있었어? 아버지가 부르시는데 못 들었니?" 그녀가 꾸짖으며 말했다.

"막 팔괘권[2]을 연습하느라고……." 이렇게 대답하고 나서 쉐청은 몸을 아버지 쪽으로 돌리고 똑바로 서서 그를 보았는데 무슨 일이냐고 묻는 듯했다.

"쉐청아, 좀 물어볼 것이 있다, '어두푸'惡毒婦가 뭐냐?"

"'어두푸'요……? 그건 '악랄한 여자'란 뜻 아니에요……?"

"무슨 엉터리 같은 소리!" 쓰밍은 별안간 화를 냈다. "그럼 내가 '여자'란 말이냐!?"

쉐청은 놀라서 두어 걸음 뒤로 물러나더니 다시 똑바로 섰다. 그는 간혹 아버지의 걸음걸이를 보고 연극의 늙은 선비 역을 맡은 배우 같다고 생각한 적은 있었으나 아버지를 여자로 생각해 본 적은 없었다. 그는 자신의 대답이 분명히 틀렸다는 것을 알았다.

"'어두푸'가 '악랄한 여자'라는 걸 몰라서 묻는 줄 아니?──이건 중국말이 아니고 양놈들 말이란 말이다. 무슨 뜻인지 모르겠니?"

"전,……전 모르겠는데요." 쉐청은 점점 더 쭈뼛쭈뼛해졌다.

"쯧쯧, 생돈을 들여서 너를 학당에 보냈는데 이런 것도 모르다니. 너네 학당은 '말하는 것과 듣는 것을 다 중요시한다'고 떠들어 대지만 아무것도 가르쳐 준 게 없구나. 이 양놈들 말을 한 아이는 기껏해야 열네댓 살밖에 안 된 너보다 더 어린 녀석이야. 그런데도 중얼중얼거리며 잘도 지껄이던데 너는 무슨 뜻인지도 모르느냐. 그래도 '전 모르겠는데요'라고 말하고 있으니 참!──얼른 가서 찾아봐!"

쉐청은 기어 들어가는 목소리로 "예" 하고 대답하고는 공손히 물러나왔다.

"이건 정말 꼴불견이야, 요즘 학생들이란." 잠시 뒤 쓰밍은 또 개탄하며 말하기를 "사실 말이지, 나도 광서光緖 연간에 누구보다 열심히 학당을 열어야 한다[3]고 주장한 사람 가운데 하나지만, 학당의 폐해가 이렇게 클 줄은 생각지도 못했어. 무슨 해방이니, 자유니 하면서 배우는 것은 없고 헛소리만 해대니 말이야. 쉐청을 위해 쓴 돈이 적지 않은데 모두 허사가 되었어. 겨우 녀석을 중국식과 서양식을 절충한 학교에 들여보내고, 영어는 또 '말하는 것과 듣는 것을 함께 중시한다'고 해서 이것으로 잘될 줄 알았는데, 흥, 일 년을 공부했으면서도 '어두푸'가 뭔지도 모른다니 여전히 죽은 글만 배운 모양이야. 흥, 학당에서 뭘 양성하겠어? 솔직히 말해 전부 없애 버리는 것이 나아!"

"그래요. 모두 문을 닫는 것이 나아요." 쓰 부인은 종이돈에 풀칠을 하면서 맞장구를 쳤다.

"슈얼 애네들도 학당에 보낼 필요 없어. '계집애가 공부는 무슨 공부?'라며 전에 아홉째 할아버지가 여자 교육에 반대했을 때 난 그래도 그분을 비판했었지. 하지만 지금 보니까 결국 나이 든 사람 말이 맞았어. 당신도 생각 좀 해봐, 계집애들이 무리를 지어 길거리에 나다니는 것만도 꼴불견인데, 머리까지 자르려고 해. 내가 제일 싫어하는 것이 바로 저 머리 자른 여학생이야. 군인과 토비 들은 그래도 용서할 구석이 있지만, 저 여학생들이야말로 천하를 어지럽히는 것들이야. 아주 엄하게 단속해야 해……."

"맞아요. 사내들이 모두 중대가리가 된 것도 부족해서 여자애들까지 비구니 흉내를 내고 있으니."

"쉐칭!"

쉐칭은 금박 테두리를 친 작고 두꺼운 책을 들고 빠른 걸음으로 들어와서는 아버지에게 건네고 한 곳을 가리키며 말했다.

"이게 좀 비슷한데요. 이것은……."

쓰밍이 받아서 보니 그것은 사전이었다. 글자가 너무 작고 또 가로쓰기였다. 그는 이맛살을 찌푸리며 책을 창 쪽으로 들어 올려 눈을 가늘게 뜨고 쉐칭이 가리킨 줄을 읽어 나갔다.

"18세기 창립된 공제조합[4] 명칭' ── 음, 아니야. ──이 발음은 어떻게 하는 거냐?" 그는 앞에 있는 '양놈 글자'를 가리키며 물었다.

"오드펠로스(Oddfellows)."

"아냐, 틀렸어. 이거 아니야." 쓰밍은 또 갑자기 화를 내었다. "네게 말한 그것은 나쁜 말이야. 남을 욕하는 말이라구, 나 같은 사람을 욕하는 말이다. 알겠어? 가서 다시 찾아봐!"

쉐칭은 아버지를 몇 번 쳐다보고는 움직이지 않았다.

"이게 무슨 수수께끼 같은 소리예요, 밑도 끝도 없이? 당신이 먼저 똑똑하게 설명을 해주고 나서 애더러 잘 찾아보라고 해야죠." 쓰 부인은 쉐칭이 난처해하는 것을 보고, 가여운 생각이 들어 끼어들면서 불만스러운 듯 말했다.

"내가 말이야, 큰길가의 광륜샹廣潤祥에서 비누를 사고 있을 때였어." 쓰밍은 숨을 한번 내쉬고 아내를 향해 얼굴을 돌리고 말했다. "가게 안에서 학생 세 놈이 물건을 사고 있었어. 그들 눈에는 내가 잔소리가 좀 많다고 보였겠지. 나는 한 번에 대여섯 가지를 꺼내 놓고 보았는데 모두 사십 전[5] 이상이어서 사지 않았어. 십 전짜리는 영 형편없고 향기도 나지 않았어. 나는 중간 정도가 좋다고 생각해 이십사 전짜리 그 초록색으로 하나 골랐지. 점원들은 원래 약삭빠른 놈들이라 눈이 이마빼기에 올라가 붙어서 일찌감치 개 주둥이같이 입을 빼물고 있더 군. 그런 데다 가증스럽게도 그 못된 학생놈들이 눈짓을 해가며 양놈 말을 지껄이면서 웃어 대질 않겠어. 그래도 난 물건을 열어 보고 난 뒤 에 돈을 치르려고 했었지. 서양 종이로 포장되어 있으니 물건이 좋은 지 나쁜지 어떻게 알 수 있겠어. 그런데 약삭빠른 놈이 안 된다면서 억 지소리를 늘어놓지 않겠어. 그러니까 학생놈들도 맞장구를 치며 조롱 하며 웃어 대더라구. 아까 그 말은 제일 작은 녀석이 나를 보면서 한 말인데 모두들 웃는 걸 보아 분명 나쁜 말임에 틀림없어." 그러고 나 서 얼굴을 쉐청 쪽으로 돌리며 말했다. "너는 '욕설 부분'만 찾아봐!"

쉐청은 기어 들어가는 목소리로 "예"라고 대답하고 공손하게 물 러나왔다.

"그들이 무슨 '신문화新文化, 신문화'라고 떠들어 대더니 여태껏 '화化하고도 아직 모자란단 말인가?" 쓰밍은 두 눈을 천정에 고정시 킨 채 계속 떠들어 댔다. "학생들에게도 도덕이 없고, 사회에도 도덕 이 없어. 다시 무슨 대책을 세우지 않으면 중국은 정말 망하고 말 거 야. ──당신도 생각해 봐, 이 얼마나 탄식할 일인지……?"

"뭐가요?" 그녀는 전혀 놀라지 않고 입에서 나오는 대로 물었다.

"효녀였어." 그는 아내에게 눈을 돌리며 정중하게 말했다. "큰길 에 거지가 둘이 있었어. 하나는 열여덟이나 아홉쯤 되어 보이는 처녀였어—사실 그런 나이에 거지행세는 어울리지 않는데도 거지노릇을 하고 있었어—. 또 하나는 앞 못 보는 육칠십 된 백발 노파로 포목점의 처마 밑에 앉아서 구걸을 하고 있었어. 사람들은 모두 그녀를 효녀라 하고, 그 늙은이를 처녀의 할머니라고 하더군. 처녀는 무엇을 좀 구걸하기만 하면 자기는 쫄쫄 굶으면서도 모두 할머니에게 주었어. 하지만 이런 효녀에게 적선하려고 하는 사람이 있겠어?" 그는 아내의 생각을 시험하려는 듯 눈빛을 아내에게 고정시켰다.

그녀는 남편이 설명해 주기를 기다리는 듯 대답도 하지 않고 남편을 빤히 바라보기만 했다. "흥, 없었어" 하고 쓰밍은 마침내 스스로 대답하면서 말했다. "내가 반나절 넘게 지켜보았는데 한 사람이 1문^{文}을 던져주었을 뿐 나머지는 빙 둘러싸고는 야유를 하더군. 그리고 불량배 두 놈은 뻔뻔스럽게도 '아파^{阿發}, 저 물건을 더럽다고 생각해서는 안 돼. 비누 두 개를 사 가지고 온몸을 뽀드득뽀드득 씻겨 보기만 하면 괜찮아!'라고 말하더군. 참, 당신 이게 할 말이라고 생각해?"

"흥," 그녀는 고개를 숙이고 한참 있다가 겨우 마지못해 "당신은 돈을 주었어요?"라고 물었다.

"나 말이야?—아니. 한두 푼은 주기가 미안하더군. 그녀는 보통 거지와 달라. 적어도……."

"흥." 그녀는 남편의 말이 끝나기도 전에 슬그머니 일어나서 부엌으로 갔다. 노을이 짙게 내리는 것으로 보니 벌써 저녁 먹을 시간이었다.

쓰밍도 일어나서 정원으로 나갔다. 바깥이 집 안보다 밝았고, 쉐청은 담구석에서 팔괘권을 연습하고 있었다. 이것은 그의 '가훈'[6]으로 밤낮이 바뀌는 시간을 효과적으로 이용하자는 것이었다. 쉐청은 거의 반년 이상을 이렇게 해왔다. 쓰밍은 대견한 듯 고개를 끄덕이더니 뒷짐을 지고 텅 빈 정원을 왔다 갔다 하며 거닐기 시작했다. 얼마 지나지 않아 하나뿐인 화분에 심은 만년청萬年靑의 넓은 잎도 어둠 속에 사라졌고, 누더기 솜 같은 구름 사이에서 별들이 반짝거리기 시작했다. 어두운 밤이 찾아온 것이다. 이맘때가 되면 쓰밍은 까닭없이 흥분되곤 했다. 그럴 때면 마치 큰일이라도 해낼 듯이 주위의 나쁜 학생과 타락한 사회를 향해 선전포고를 하곤 했다. 그의 의기는 점점 용맹스러워지고 걸음걸이도 보다 커지며 베신 소리도 더욱 힘차게 울렸다. 그 바람에 닭장 속에 잠든 암탉과 병아리들이 놀라서 꼬꼬댁, 삐악 삐악 소리를 내며 울기 시작했다.

거실에 등불이 켜졌다. 이것은 저녁식사를 알리는 봉화였다. 온 집안 식구들이 일제히 중앙의 탁자 주위로 모여들었다. 등불이 아래쪽에 놓였고, 맨 위쪽에는 쓰밍이 혼자 앉았다. 쉐청처럼 살찐 둥근 얼굴이었지만, 가느다란 팔자수염이 더 있을 뿐이었다. 요리와 탕의 열기 속에 혼자서 탁자 한쪽을 차지하고 앉아 있는 그의 모습은 사당의 재물신 같았다. 왼쪽에는 쓰 부인이 자오얼을 데리고 앉아 있고 오른쪽에는 쉐청과 슈얼이 나란히 앉았다. 그릇과 젓가락 소리가 빗방울 떨어지는 소리처럼 들렸다. 모두들 말이 없었지만 떠들썩한 저녁식사 시간이었다.

자오얼이 밥그릇을 엎질러서 탕이 식탁을 절반이나 적셔 버렸다. 쓰밍은 가는 눈을 부릅뜨고 자오얼을 쏘아보았다. 아이가 울먹거리자 그제서야 눈빛을 거두고 젓가락을 뻗어 일찍이 점찍어 둔 배추의 속잎을 집으려 했다. 하지만 그것은 보이지 않았는데, 좌우를 둘러보니 쉐청이 막 입을 크게 벌리고 쑤셔 넣고 있었다. 그래서 그는 멋쩍게 누런 이파리만 집어먹을 수밖에 없었다.

"쉐청아," 쓰밍이 그의 얼굴을 쳐다보며 말했다.

"그 말 찾아봤느냐?"

"그 말요?——아, 아직요."

"흥, 학문도 없고 세상 도리도 모르는 녀석, 아는 것이라곤 그저 먹는 것뿐이지! 그 효녀를 좀 따라 배워라. 구걸을 하지만 자기는 굶을지언정 할머니에게 효도를 다하는 그 효녀 말이다. 하지만 너희 학생놈들이 어찌 그것을 알겠느냐? 그저 제멋대로 살다가는 장차 그 불량배들처럼 되는 수가 있어……."

"이리저리 생각한 끝에 한 가지 생각이 났는데, 맞는지는 모르겠어요.——제 생각엔 그들이 말한 것이 아마도 '올드 풀'Old fool인 것 같아요.

"그래, 맞아! 바로 그거! 그놈들이 말한 것이 바로 그런 소리였어. '어두푸례.'惡毒夫咧 이건 무슨 뜻이냐? 너도 그놈들과 같은 패거리니까 알 거 아니냐."

"뜻,——뜻은 저도 잘 몰라요."

"거짓말! 날 속이려구. 네놈들은 모두 못된 놈들이야!"

"'하늘도 밥 먹는 사람은 때리지 않는다'고 했는데, 당신은 오늘

어떻게 된 게 계속 골을 내고 밥을 먹을 때도 못살게 구는 거예요? 그 어린애들이 뭘 알아요." 쓰 부인이 갑자기 끼어들었다.

"뭐라고?" 쓰밍은 말하려고 하다가 머리를 돌려 그녀의 홀쭉한 볼이 잔뜩 부었고 얼굴색이 변한 데다 세모눈이 무서운 빛을 발하는 것을 보고서는 재빨리 입을 열어 "내가 무슨 화를 내는 게 아니라 쉐청에게 사리를 알게 하려는 것뿐이야"라고 말했다.

"그 애가 당신 마음속을 어떻게 알겠어요." 그녀는 더욱 화가 났다. "그 애가 사리분별을 한다면 벌써 초롱불을 밝히고 그 효녀를 찾아왔겠죠. 마침 당신이 이미 그 효녀에게 주려고 사 놓은 비누 한 장이 여기 있으니 이제 한 장만 더 사면……."

"무슨 소리야! 그건 그 불량배들이 한 말이야."

"꼭 그런 것은 아니죠. 하나를 더 사줘서 그녀가 뽀드득뽀드득 온몸을 씻는다면 세상도 태평스러워지잖아요."

"뭔 말이야? 그게 무슨 상관이야? 나는 당신이 비누가 없는 것이 생각나서……."

"어째서 상관이 없어요? 당신이 효녀에게 주려고 특별히 사 온 것이니 뽀드득뽀드득 씻겨 주면 더 좋잖아요. 나 같은 게 비누가 가당키나 해요, 다 필요 없어요. 난 그 효녀의 덕을 보고 싶지 않아요."

"무슨 소리야 지금? 참말이지 당신네 여자들이란……." 쓰밍은 얼버무렸고, 얼굴에는 쉐청이 팔괘권을 연습하고 났을 때처럼 기름땀이 흘러내렸다. 물론 태반은 뜨거운 밥을 먹었기 때문이겠지만.

"우리 여자들이 어쨌어요? 우리 여자들은 남자들보다 훨씬 나아요. 당신네 남자들은 열여덟아홉 살 된 여학생을 욕하지 않으면 열여덟아홉 살 된 여자 거지를 칭찬하는데, 모두 무슨 좋은 마음에서 하는 것은 아니죠. '뽀드득뽀드득'이라니 참 뻔뻔스럽기도 해라!"

"내가 벌써 말하지 않았어? 그것은 불량배들이……."

"쓰밍!"

바깥의 어두운 곳에서 갑자기 아주 큰 고함소리가 들렸다.

"다오퉁인가? 곧 나감세!" 쓰밍은 그가 바로 목소리 크기로 유명한 허다오퉁何道統임을 알고는 구원을 받은 듯이 기쁨에 차서 큰소리로 말했다. "쉐청, 너 어서 불을 켜고 허 아저씨를 서재로 모셔라."

쉐청은 촛불을 켜들고 다오퉁을 안내해 서쪽 행랑채로 들어갔다. 그 뒤로 부웨이위안卜薇園이 따랐다.

"마중을 못 나가서 미안, 미안하네." 쓰밍은 밥을 씹으면서 나와서는 두 손을 모으고 인사를 했다. "누추하지만 우리 집에서 식사라도, 어떤가……?"

"벌써 먹었네." 웨이위안도 다가와 두 손을 모으고 답례하면서 말했다." 우리가 밤중에 이렇게 찾아온 것은 이풍문사移風文社의 제18차 작품모집의 제목 때문이네. 내일이 '이렛날'이 아닌가?"

"어! 오늘이 열엿새던가?" 쓰밍이 그제서야 깨달은 듯 말했다.

"이거 좀 보게, 얼마나 정신이 없는지 말이야!" 다오퉁이 큰소리로 말했다.

"그러면 오늘 밤에라도 신문사에 보내 내일 실리도록 해야겠군."

"제목은 내가 이미 달아 보았는데 어떤지 좀 봐 주게."

다오퉁은 말하면서 손수건으로 싼 것에서 종이쪽지 하나를 꺼내 쓰밍에게 주었다. 쓰밍은 촛불 앞으로 걸어가 종이를 펼치고 한자 한 자 읽어 나갔다.

"'전국 인민이 한마음으로 대총통이 경전을 중시하고 맹모[7]를 숭상하여 혼탁한 문풍을 구하고 국수를 보전하도록 특별히 명령을 내리시기를 간절히 청원하는 글'―― 좋아, 아주 좋아. 그런데 글자수가 너무 많지 않아?"

"괜찮네!" 다오퉁이 큰소리로 말했다. "계산해 봤는데 광고비를 더 내지 않아도 되겠어. 그런데 시 제목은?" "시 제목 말인가?" 쓰밍은 그 말을 듣고 갑자기 공경한 태도로 말했다. "내가 생각해 둔 것이 있는데, 바로 효녀행[8]이야. 이건 실제로 있는 일이니 마땅히 그녀를 표창해야 한다고 생각하네. 오늘 큰길에서……."

"아니, 그건 안 되네." 웨이위안은 황급히 손을 저으면서 그의 말을 끊었다. "그건 나도 보았네. 그녀는 아마 '외지 사람'일 거야. 그녀의 말을 알아들을 수 없었고, 그녀도 나의 말을 알아듣지 못하니 결국 그녀가 어느 지방 사람인지 알 수가 없어. 사람들은 그녀가 효녀라고 말하지만, 내가 그녀에게 시를 지을 수 있느냐고 물었더니 그녀는 고개를 저었어. 시를 지을 수 있다면 좋았을 텐데." "하지만 충효는 인륜의 근본이니, 시를 짓지 못하더라도……."

"그건 그렇지 않아, 누구라도 그렇지 않다는 것을 알아!" 웨이위안은 손바닥을 펴고 흔들며 쓰밍을 다그치며 말했다. "시를 지을 수 있어야 하고, 그래야 흥취가 있어." "우리들은," 쓰밍은 그를 밀어내면서 말했다. "이 제목에 설명을 덧붙여 게재하는 거야. 그러면 첫째 그녀를 표창하는 것이고, 둘째 이참에 사회를 비판하는 거야. 작금의 사회는 어떤 꼴이 돼 가고 있는가, 내가 옆에서 한나절을 지켜보았는데 돈 한 푼 주는 사람 보지 못했어. 이건 정말 인정이라고는 조금도 없는 게 아니고 뭔가……."

"아이구, 쓰밍!" 웨이위안이 또다시 나서서 말을 막았다. "자넨 정말 '중에게 대머리라고 욕하는' 격이로군. 나 역시 돈을 주지 않았어, 그때 마침 돈이 없었거든."

"달리 생각하지 말게, 웨이위안." 쓰밍은 다시 그를 밀치면서 말했다. "자네를 두고 말하는 것이 아니라 다른 사람을 두고 얘기하는 거야. 내 말 좀 들어 봐. 그녀들 앞에 한 무리의 사람들이 둘러서서 경의를 표하기는커녕 야유를 보내기만 했어. 또 불량배 두 놈은 뻔뻔스럽고 제멋대로였어. 그중 한 놈이 '아파, 너 비누 두 개 사서 온몸을 뽀드득뽀드득 씻겨 보라구. 아주 좋을 테니까!'라고 말하더군. 자네 생각 좀 해봐, 이게……."

"하하하! 비누 두 장을!" 다오퉁의 우렁찬 웃음소리가 돌연 폭발하여 사람들의 귀가 먹먹할 정도였다. "자네가 샀다구, 하하하!"

"다오퉁, 다오퉁, 자네 좀 그렇게 떠들지 마." 쓰밍은 놀라서 허둥대며 말했다.

"뽀드득뽀드득, 하하!"

"다오퉁!" 쓰밍은 어두운 얼굴을 하고서, "우리는 진지한 일을 가지고 의논하고 있는데 자넨 어떻게 허튼소리만 하여 사람들의 머리를 어지럽히나. 좀 들어 봐, 우리는 이 두 개의 제목을 택하여 바로 신문사에 보내 내일 실리도록 해야 해. 이 일은 자네 두 사람이 수고를 좀 해줘야겠네."

"그래 그래, 그거야 당연히."

웨이위안은 흔쾌히 승낙하며 말했다.

"아아, 씻는단 말이지, 뽀드득……, 히히히……."

"다오퉁!!!" 쓰밍이 화가 나서 소리쳤다.

다오퉁은 더 이상 웃지 않았다. 그들은 설명문을 초안했다. 웨이위안은 그것을 편지지에 옮겨 적고 다오퉁과 함께 신문사로 갔다. 쓰밍은 촛대를 들고 문앞까지 배웅을 하고 거실 문으로 돌아왔는데 마음이 좀 불안했다. 좀 머뭇거리다가 결국 방으로 들어갔다. 방 안에 들어서자 맨 먼저 눈에 띈 것은 방 한가운데에 있는 식탁 위에 놓인 그 초록색 비누 포장지였다. 그 종이 포장지 가운데에 찍힌 금빛 상표가 등불 아래서 밝게 빛나고 있고, 주위에는 섬세한 꽃무늬가 있었다.

슈얼과 자오얼은 식탁 아래 바닥에 쪼그리고 앉아 놀고 있었다. 쉐청은 식탁 오른쪽에 앉아 사전을 뒤적이고 있었다. 마지막으로 등불에서 멀리 떨어진 어두운 곳에 놓인 등받이가 높은 의자에 아내가 앉아 있었다. 등불에 비친 아내의 무표정한 얼굴에는 어떤 감정도 드러나지 않았고 두 눈은 아무것도 보지 않고 있었다.

"뽀드득뽀드득, 뻔뻔스러워, 뻔뻔스러워……."

등뒤에서 슈얼이 나직이 이렇게 말하는 소리를 들었다. 쓰밍이 돌아다보니 슈얼은 아무 짓도 하지 않았고, 단지 자오얼이 작은 손가락으로 자기 얼굴을 긁고 있었다.

그는 몸 둘 곳이 없어 촛불을 끄고 정원으로 나갔다. 그가 조심하지 않고 왔다 갔다 하는 바람에 암탉과 병아리들이 깨어나 꼬꼬댁, 삐악삐악 소리를 내기 시작했다. 그러자 그는 발걸음을 가볍게 떼면서 더 멀리 걸어갔다. 시간이 제법 흐른 뒤 거실의 등불이 침실로 옮겨졌다. 쓰밍은 날빛에 비친 땅을 보았는데 기운 자리 하나 없는 흰 명주천을 가득 펼쳐 놓은 듯했다. 하늘에는 하얀 구름 사이에 조금도 이지러지지 않은 옥쟁반 같은 달이 걸려 있었다.

그는 몹시 슬펐다. 그 효녀처럼 "하소연할 곳 없는 백성"[9]이 되어 외롭고 쓸쓸했다. 이날 밤 그는 아주 늦게 잠자리에 들었다.

그러나 다음 날 아침 그 비누는 벌써 사용되고 있었다. 이날 그는 평소보다 늦게 일어났다. 아내가 세면대에 몸을 구부리고 목덜미를 문지르고 있었는데, 비누 거품이 마치 커다란 게가 뿜어내는 거품처럼 두 귀 뒤까지 높이 부풀어 있었다. 이전에 쥐엄나무 열매를 쓸 때 아주 적은 흰 거품만이 났던 것에 비하면 정말 천양지차였다. 이때부터 쓰 부인의 몸에는 감람 같기도 하고 아닌 것 같기도 한 뭐라고 말하기 어려운 향기가 풍겼다. 거의 반년쯤 지나자 갑자기 냄새가 바뀌었다. 냄새를 맡아 본 이들은 모두 그것이 백단白檀의 향기 같다고 했다.

1924년 3월 22일

1) 원제는 「肥皂」. 이 글은 1924년 3월 27일, 28일 이틀에 걸쳐 베이징의 『천바오 부간』
   에 처음 발표되었다.

2) 팔괘권(八卦拳). 권술의 일종으로 손바닥을 많이 사용하며 팔괘의 특정한 형식에 따
   라 움직인다. 청말 일부 왕공대신(王公大臣)과 5·4 전후의 복고파들이 이것을 '국수'
   (國粹)라고 제창했다.

3) 광서 연간에 학당을 연다는 것은 무술변법(1898)을 전후하여 유신파들의 추동하에
   중국에서 근대교육사업을 벌이면서 학당을 개설한 것을 두고 한 말이다. 이런 학당들
   은 당시 서양의 근대적 과학, 문화 및 사회학설을 전파하는 데 일정한 역할을 하였다.

4) 원문은 '共濟講社'. 18세기 영국에서 출현한 상호 구제를 목적으로 한 비밀결사를 말
   한다.

5) 사십 전(四角). '자오'(角)는 '은원'(銀元)제의 단위로서 1원(元)의 10분의 1을 말한다.
   100분의 1은 분(分)이다.

6) 정훈(庭訓). 『논어』 「계씨」(季氏)에 "공자가 일찍이 혼자 서 있고 리(鯉; 즉 공자의 아
   들)가 정원을 지나치게 되었는데 그때 공자는 그에게 '시'와 '예'를 배워야 한다고 가
   르쳤다고 한다. 뒤에 아버지의 가르침을 일컬어 '정훈' 또는 '과정(過庭)의 훈(訓)'이
   라고 불렀다.

7) 맹모(孟母). 자녀 교육에 뛰어난 현모(賢母)라고 전해지는 맹자의 어머니를 가리킴.

8) 효녀행(孝女行). '행'은 원래 중국 민간의 가요였던 악부(樂府)의 한 형식을 일컫는다.
   예를 들어 '병거행'(兵車行), '비파행'(琵琶行) 등이 있다.

9) "하소연할 곳 없는 백성"(無告之民). 『예기』(禮記) 「왕제」(王制)에 나오는 말로 "고(孤;
   아버지가 죽은 자식), 독(獨; 늙어서 자식이 없는 사람), 환(鰥; 홀아비, 늙어서 부인이 없
   는 사람), 과(寡; 남편이 죽은 부인)는 천자의 가난한 백성으로 하소연할 곳이 없는 사
   람들"이라고 하였다.

장명등[1]

흐린 봄날 오후, 지광마을吉光屯의 유일한 찻집 안의 공기는 조금 긴장
감이 흘렀다. 사람들의 귀에는 아직도 가늘고 무거운 목소리가 남아
있는 듯했다. —— "저 불을 꺼라!"

물론 온 마을의 사람들이 다 그런 것은 아니었다. 이 마을 사람들
은 그다지 나다니지 않았다. 외출할 때마다 그들은 역서[2]를 찾아보
고, 거기에 "외출하면 좋지 않다"라고 씌어 있지는 않는지 확인하였
다. 비록 씌어 있지 않다 하더라도 먼저 복신福神이 있는 방향으로 가
서 복을 빌었다. 금기에 아랑곳하지 않고 찻집에 앉아 있는 이들은 활
달하다고 자부하는 몇 명의 청년들뿐이었다. 그러나 집 안에 틀어박
혀 있는 사람들은 마음속으로 그들 하나하나 모두 집안 망치는 자식
들이라고 간주했다.

지금도 이 찻집 안의 공기는 약간의 긴장감이 없지 않았다.

"아직도 그렇니?" 세모 얼굴이 찻잔을 들면서 물었다.

"여전히 그렇다는군." 네모 머리가 말했다. "아직도 '불을 꺼라, 불을 꺼라'라고 하고 있대. 눈빛은 더 반짝이면서 말이야. 무슨 귀신이 씐 것 같아! 이건 우리 마을의 큰 우환거리야. 그러니 작은 일로 보아선 안 돼. 어떡하든 방법을 강구해 그를 없애 버려야 해!"

"그놈을 없애는 것쯤이야 무슨 일이겠어. 그놈은 그저……. 에이, 어떻게 생겨 먹은 놈이야! 사당을 지을 때 그놈 조상도 돈을 기부했는데 지금 와서 그놈이 장명등長明燈을 끄려 하고 있으니 말이야. 그래, 이게 불초한 자손이 아니고 뭐야? 우리 현縣으로 가서 그놈을 불효자라고 고발해 버리자구!" 쿼팅闊亭이 주먹을 쥐고 탁자를 내리치면서 격분하여 말했다. 옆으로 비스듬히 덮여 있던 찻잔 뚜껑이 쨍그랑 소리를 내며 뒤집혔다.

"안 돼. 불효자로 고발하려면 그의 부모나 어머니의 형제가 아니면……." 네모 머리가 말했다.

"애석하게도 그에게는 백부 한 사람밖에 없어……." 쿼팅은 바로 의기소침해졌다.

"쿼팅!" 네모 머리가 갑자기 소리쳤다. "너 어제 마작패 어땠어?"

쿼팅은 눈을 크게 뜨고 잠시 그를 보더니 대답하지 않았다. 통통한 얼굴의 좡치광莊七光이 목청을 돋우어 떠들어 대기 시작했다.

"등불을 꺼 버리면 우리 지광마을이 무슨 지광마을이야, 다 끝난 거 아냐? 노인들 말로는 이 등불은 양무제[3]가 켠 이래 지금까지 전해 내려오면서 한 번도 꺼지지 않았다는 거야. 장발적[4]들이 반역을 일으켰을 때도 꺼지지 않았단 말이야……. 보라구, 체, 저 불빛이 파랗게 타고 있지 않나? 이곳을 지나가던 다른 지방 사람들도 한번씩 보고는 모두 칭찬을 하거든……. 쳇, 얼마나 좋아……. 그런데 그자가 지금 이렇게 소동을 피우다니 도대체 뭣 때문이야……?"

"그가 미친 거지. 아직 몰랐단 말이야?" 네모 머리는 깔보는 투로 말했다.

"흥, 너 똑똑하다!" 쾅치광의 얼굴색이 변했다.

"내 생각엔 옛날 방법으로 그를 속이는 것이 낫다고 봐." 이 찻집의 주인이자 점원으로 일하는 후이우灰五 아줌마가 옆에서 끼어들었다. 그녀는 처음에는 듣고만 있었는데, 이야기가 그녀가 생각하고 있던 원래 주제에서 벗어나는 것을 보고 얼른 나서서 말다툼을 말리는 한편 이야기를 본론으로 끌고 가려고 이렇게 말했다.

"옛날 방법이란 게 뭔데요?" 쾅치광은 의아해서 물었다.

"그놈은 전에도 미친 적이 있지 않았나? 지금과 똑같았어. 그때는 그놈의 아버지가 살아 있었을 때라 그놈을 속여서 고쳤었지."

"어떻게 속였소? 난 왜 모르지?" 쾅치광은 더 의아해서 물었다.

"자네가 어떻게 알겠나? 그때 자네들은 먹고 쌀 줄만 아는 어린 애들이었으니까. 나도 그땐 이렇지 않았어. 그 당시 내 손이 얼마나 희고 보드라웠는데……."

"지금도 희고 보드라워요……." 네모 머리가 말했다.

"무슨 소리야!" 후이우 아줌마는 눈을 흘기고는 웃으며 말했다. "허튼소리 그만해. 우리는 중요한 이야기를 하고 있는 중이니까. 그도 그때는 젊었어. 그의 아버지가 약간 정신이 나갔지. 어느 날 그의 할

아버지가 그를 토지묘로 데리고 가서 토지신과 온장군 그리고 왕령관[5]님께 절을 시켰더니 그는 겁을 먹고는 끝내 절하려 하지 않고 뛰쳐나갔는데 그 뒤부터 좀 이상해졌다고 하더군. 그러더니 지금과 마찬가지로 사람들만 보면 정전正殿에 있는 장명등을 끄자고 하더래. 그는 불을 끄면 메뚜기 피해나 질병이 사라질 거라고 하면서 이 세상에 가장 큰일인 것처럼 말했다는 거야. 아마도 몸에 귀신이 붙어서 바른 신도神道를 두려워했던 거지. 우리들이야 토지신을 보고 어디 두려워하나? 자네들 차가 식지 않았어? 뜨거운 물을 좀더 타라구. 그래, 그 뒤에 그는 혼자 들어가서 끄려고 했어. 그래도 그의 아버지는 애지중지하여 그를 가두어 두려고 하지 않았어. 아, 나중에는 온 마을 사람들이 격분하여 그자의 아버지와 다투지 않았겠어? 하지만 별 수가 없었어,──다행히 우리집의 죽은 귀신死鬼(이 마을의 촌부村婦들은 종종 자신의 죽은 남편을 이렇게 불렀다)이 살아 있을 때여서 좋은 수를 생각해 냈지. 장명등을 두꺼운 이불로 둘러싸서 캄캄하게 한 다음에 그자를 데리고 가서 보게 하고는 불을 껐다고 했단 말이야."

"허허, 거 정말 생각 한번 잘했는데요." 세모 얼굴이 숨을 내쉬고는 무척 탄복한 듯이 말했다.

"그렇게 할 것까지 뭐 있어," 쿼팅이 분기탱천하여 말하기를, "그런 놈은 때려죽이면 그만이야, 홍!" "그럴 수야 있나?" 그녀는 놀라며 그를 쳐다보고는 급히 손을 저으며 말했다. "그래서는 안 되지! 그의 할아버지는 도장을 쥐어 본 적이 있던(실결관實缺官이 되었던 적이 있음을 의미함) 사람이 아닌가?"

쿼팅 등은 서로 쳐다보았다. "그 죽은 귀신"이 생각해 낸 방법 외에는 확실히 다른 방법이 없다는 것을 알게 되었다.

"그 뒤로는 좋아졌어!" 후이우 아줌마는 입 주위의 흰 거품을 손등으로 닦고 나서 더 빠르게 말했다. "뒤에 아주 좋아졌어! 그자는 그 뒤부터 다시는 사당 문에 들어가지 않았고, 또 몇 년 동안 그런 말을 입 밖에 내지도 않았어. 그런데 어찌 된 일인지 이번에 제사를 보고 난 뒤 며칠 지나지 않아 다시 정신이 이상해지지 않았겠어. 거 참, 예전과 똑같아. 오늘 오후에 그자가 여기를 지나갔으니 분명 또 사당에 갔을 거야. 자네들이 쓰어른四爺과 의논하여 다시 한번 그를 속여 보는 것이 좋겠어. 그 등불은 양오제梁五弟[6]가 켠 것이 아니야? 저게 꺼지면 이곳은 바다로 변하고, 우리들은 모두 미꾸라지로 변한다고 하지 않았어? 자네들은 빨리 가서 쓰어른과 의논해 봐, 그렇지 않으면……."

"먼저 토지묘에 가 보자구." 네모 머리가 이렇게 말하고 위풍당당하게 나갔다.

쿼팅과 좡치광도 따라 나갔다. 세모 얼굴이 마지막에 나가면서 문입구에 서서 뒤를 돌아다보고 말했다.

"오늘 거는 내 이름으로 달아 두시오! 저이들 것까지……."

후이우 아줌마는 그러마 하고 대답하고는 동쪽 담 아래로 가서 숯 동강이를 집어 들고 담벼락에 작은 삼각형과 짧고 가는 선 아래에 두 개의 선을 더 그어 넣었다.

그들이 토지묘가 보이는 곳까지 왔을 때 과연 거기에 몇 사람이 모여 있었다. 하나는 바로 그자이고 두 사람은 구경꾼이었으며 세 명은 어린애였다.

그러나 사당 문은 굳게 닫혀 있었다.

"됐어! 문은 아직 닫혀 있어." 쿼팅은 기쁜 듯이 말했다.

그들이 가까이 가자 아이들도 담대해졌는지 그들 주위로 가까이 다가왔다. 그때까지 사당 문을 마주하고 서 있던 그자도 얼굴을 돌려 그들을 보았다.

그자는 평소와 마찬가지로 네모난 누런 얼굴에 해진 남색 무명 저고리를 입고 있었다. 짙은 눈썹 아래의 크고 긴 눈만은 이상한 광채를 담고 있었는데, 사람을 볼 때면 오랫동안 눈을 깜박이지 않았고 비분과 두려운 빛을 띠고 있었다. 짧은 머리카락에는 지푸라기 두 올이 붙어 있었는데, 그것은 아이들이 몰래 뒤에서 올려 놓은 것 같았다. 아이들이 그의 머리를 본 뒤 목을 움츠리고 웃으며 혀를 낼름 내미는 것으로 보아 알 수 있었다.

그들은 멈춰 서서 서로 얼굴을 쳐다보았다.

"너 뭐하고 있어?" 마침내 세모 얼굴이 한걸음 다가서며 따졌다.

"라오헤이老黑에게 문을 열어 달라고 했어." 그는 낮은 소리로 온화하게 말했다. "등불을 꼭 꺼야 하기 때문에 말이야. 봐라, 머리 셋에 팔이 여섯 개인 푸른 얼굴, 세 개의 눈깔, 긴 모자, 반쪽 대가리, 쇠대가리에 돼지 이빨, 모두 불어서 끄지 않으면 안 돼……. 꺼야 해. 꺼야, 그럼 우리들은 메뚜기 피해도 없고, 역병도 사라질 거야……."

"히히, 허튼소리!" 쿼팅은 비웃었다. "네가 불을 꺼 버리면 메뚜기는 더 늘어날 거고, 너도 역병에 걸릴 거야!"

"히히!" 쫭치광도 따라 웃었다.

웃통을 벗은 한 아이가 가지고 놀던 갈대를 쳐들고 그자에게 겨누고 앵두 같은 입을 벌리고 말했다. "탕!"

"자 이젠 돌아가! 가지 않으면 네 큰아버지가 네 뼈를 분질러 버릴 거야! 등불은 내가 대신 꺼 주지. 며칠 뒤에 와서 보면 알게 될 거야." 쿼팅이 큰소리로 말했다.

그의 두 눈이 더욱 번쩍거리며 못을 박은 듯 쿼팅의 눈을 뚫어지게 바라보자 쿼팅은 얼른 눈길을 피했다.

"네가 끈다고?" 그는 비웃듯이 미소를 짓더니 단호하게 말했다. "안 돼! 너희들은 필요 없어. 내가 끌 거야. 지금 당장!"

쿼팅은 술 깬 뒤처럼 힘이 없고 맥이 풀렸다. 그러자 네모 머리가 앞으로 나서서 천천히 말했다.

"넌 사리가 분명한 사람이었는데 이번에는 왜 이렇게 어리석어졌어? 내가 일깨워 줄 테니 잘 들어 보면 자네도 이해하게 될 거야. 등불을 꺼 버려도 그런 것들은 그냥 남아 있지 않을까? 그러니 이렇게 어리석게 굴지 말고 어서 돌아가! 잠이나 자!"

"불을 꺼 버려도 그것들이 그대로 있다는 것은 나도 알아." 그는 갑자기 음흉하게 웃는 얼굴을 드러내었다. 하지만 즉시 웃음을 거두고 엄숙하게 말했다. "그래도 나는 이렇게 할 수밖에 없어. 내가 먼저 이렇게 하는 것이 좋아. 내가 불을 *끄겠어*. 혼자서 *끄겠다구*!" 그는 이렇게 말하면서 몸을 돌려 힘껏 사당 문을 밀었다.

"이봐!" 쿼팅이 화를 내면서 "너도 이 마을 사람 아냐? 넌 꼭 우리 모두를 미꾸라지로 만들고 싶어? 돌아가! 밀어도 열리지 않아, 문을 열 방법이 없어! 등불도 끌 수 없어! 그러니 어서 돌아가는 게 좋아!"

"난 돌아가지 않아! 불을 꺼야 해!"

"안 돼! 넌 문을 열 수 없어!"

"……."

"너는 문을 열 수 없어!"

"그렇다면 다른 방법을 쓰겠어." 그는 그들에게 고개를 돌리고 흘끗 보더니 차분하게 말했다.

"흥, 네게 무슨 다른 방법이 있어?"

"……."

"네게 무슨 다른 방법이 있겠어!"

"불을 지를 거야."

"뭐?" 쿼팅은 자신이 잘못 들은 것은 아닌지 의심했다.

"그래, 불을 지를 거야!"

맑은 종소리가 긴 여운을 끌듯이 침묵이 흘렀다. 주위의 살아 있는 사물들이 모두 그 속에 응결된 듯했다. 그러나 이윽고 몇 사람이 소곤소곤 속삭이는가 싶더니 이내 모두 뒤로 물러났다. 그리고 두세 사람은 좀 먼발치에 가 멈춰 섰다. 토지묘의 뒷대문 담장 밖에서 좡치광이 외치는 소리가 들렸다.

"이봐, 라오헤이야, 큰일 났어! 사당 문을 단단히 잠그라구! 라오헤이, 자네 알아들었어? 문을 잘 잠가! 우리들이 방법을 강구해서 올

테니!"

하지만 그는 다른 일에는 개의치 않고 단지 강렬한 눈빛을 반짝이며 땅과 공중과 사람들의 몸을 마치 불씨를 찾고 있는 듯이 신속하게 살피고 있었다.

네모 머리와 쿼팅이 몇 집의 대문을 베틀의 북처럼 한바탕 들어갔다 나갔다 하자 지광마을은 삽시간에 술렁이기 시작했다. 많은 사람들의 귀와 마음속에는 "불을 지를 거야!"라는 무서운 소리가 들렸다. 물론 집 안 깊숙이 칩거하고 있는 몇몇 사람들의 귀와 마음에는 전혀 들리지 않았지만 말이다. 그러나 온 마을의 공기는 긴장되었고, 이 긴장을 느끼는 사람들은 모두 아주 불안했다. 자신이 미꾸라지로 변하는 것 같고, 세상도 이것으로 멸망하는 듯했다. 그들은 망하는 것이 지광마을뿐이라는 것을 어렴풋이 알고 있었으나, 지광마을이 바로 온 세상이라고 여기고 있었다.

이 사건의 핵심 인물들은 얼마 뒤에 쓰어른의 사랑방에 모였다. 상좌에는 나이 지긋하고 덕망이 있는 궈라오와郭老娃가 앉았다. 그의 얼굴은 바람에 바싹 마른 귤처럼 쭈글쭈글했고, 손으로 허연 턱수염을 금세 뽑아낼 것처럼 쓰다듬고 있었다.

"점심 전에," 그는 수염에서 손을 떼며 천천히 말했다. "마을 서쪽에 사는 라오푸老富의 아들이 제 아버지가 중풍에 걸린 것은 토지신이 불안해하기 때문이라고 했소. 이렇게 되면 장차 마을에 무슨 일이 생기면 다들 이 댁을 찾아와서……, 그래, 모두 댁으로 찾아와서 귀찮게 할 거요."

"그럴까요?" 쓰어른 역시 윗입술에 난 희끗희끗한 메기수염을 꼬면서 여유롭게 전혀 개의치 않는다는 듯이 말했다. "이 또한 그 애아비의 업보라. 그 애 아비도 살아서는 보살을 믿지 않았잖소? 그래서 그때 나와도 사이가 좋지 않았지만 어찌 해볼 도리가 없었어. 그런데 지금 내게 무슨 방법이 있겠소?"

"난 한 가지 방법이 있다고 생각하네. 그래, 한 가지 방법은 있어. 내일 그놈을 묶어서 성으로 끌고 가 거기 그 성황당城隍堂에서 하룻밤, 그래, 하룻밤을 지내게 하여 귀신을 쫓는 거요."

퀴팅과 네모 머리는 온 마을을 수호한 공로로 전에는 감히 엄두도 못내던 응접실에 처음 들어왔을 뿐만 아니라 라오와의 아래 자리와 쓰어른의 위쪽 자리에 앉게 되었고 게다가 차까지 마시게 되었다. 그들은 라오와를 따라 들어와 보고를 한 뒤 차만 마셨고 다 마신 뒤에도 입을 열지 않았다. 그런데 이때 갑자기 퀴팅이 의견을 내놓았다.

"그 방법으로는 너무 늦습니다! 지금 두 사람이 감시를 하고 있지만, 가장 중요한 것은 당장 어떻게 하느냐 하는 것입니다. 정말 불이라도 지른다면……."

귀라오와는 놀라서 아래턱이 약간 떨렸다.

"만약 정말로 불을 지른다면……." 네모 머리가 다그치듯 말했다.

"그렇게 되면," 퀴팅은 큰소리로 말했다. "큰일입니다!"

노란 머리의 여자아이가 들어오더니 차를 따라 주었다. 퀴팅은 더 이상 말하지 않았고 바로 찻잔을 들고 마셨다. 그는 몸을 한 번 떨고는 찻잔을 내려놓았다. 혀를 내밀어 윗입술을 핥은 다음 찻잔 뚜껑을 열고 후후 불었다.

"정말 골칫거리야!" 쓰어른이 손으로 탁자 위를 가볍게 쳤다. "이런 종자는 정말 죽어도 마땅해! 에잇!"

"그렇지요, 정말 죽일 놈입니다." 쿼팅이 머리를 들었다. "작년에 롄거좡連客莊에서도 한 놈 때려죽였지요. 이런 놈을 말입니다. 다같이 약속을 하고 모두가 일제히 손을 대서 누가 제일 먼저 때렸는지 알 수 없게 했더니 아무 탈 없이 무사히 넘어갔다고 하더군요."

"그건 그때 일이고." 네모 머리가 말했다.

"이번엔 사람들이 지키고 있어요. 우린 하루빨리 방법을 생각해내야 합니다. 제 생각에는……."

라오와와 쓰어른 모두 숙연하게 그의 얼굴을 바라보았다.

"제 생각에는 잠시 그를 가둬 두는 것이 좋겠습니다." "그거 좋겠구먼, 좋은 생각이야." 쓰어른이 가볍게 고개를 끄덕였다.

"좋습니다!" 쿼팅이 말했다.

"그거 확실히 괜찮은 방법이군." 라오와가 말했다. "지금 당장 그자를 댁으로 끌고 오겠소. 댁에서는 얼른 방 한 칸을 마련해 놓으시오. 그리고 자물쇠도 준비해 두시오."

"방을?" 쓰어른이 얼굴을 들고 잠시 생각하더니 말했다.

"우리 집에는 그런 빈 방이 없는데. 그리고 그 애가 언제 나을지 모르는 마당에……."

"그럼 그자가 살고 있는 집을……." 라오와가 말했다.

"우리 집의 류순六順도," 쓰어른이 갑자기 엄숙하고 슬프게 말했는데 목소리도 약간 떨렸다. "가을에는 장가를 보내야 하겠는데…….

그 애는 나이가 저렇게 많은데도 미칠 줄만 알았지 가정을 꾸릴 생각은 안 한단 말이야. 우리 동생도 저세상 사람이 되었는데 생전에 성실하게 산 것은 아니지만 그렇다고 대를 끊을 수야 없지 않을까……."

"그야 당연히 그렇죠!" 세 사람은 이구동성으로 말했다.

"류순이 아들을 낳으면 난 둘째를 그에게 양자로 보낼 생각이야. 하지만 ─ 남의 자식을 그저 받을 수야 있겠나?"

"그건 안 되지요!" 세 사람이 이구동성으로 말했다.

"그 누더기 같은 집이야 나와는 아무 상관 없어. 류순도 안중에 없을 테고. 그렇지만 배 아파 낳은 자식을 남에게 준다는 게 어미된 입장에서 잘 납득이 되겠는가?"

"그야 물론이지요!" 세 사람은 이구동성으로 말했다.

쓰어른은 말이 없었다. 세 사람은 서로 얼굴을 쳐다보았다.

"난 날마다 그 애가 낫기를 바랐네." 쓰어른은 잠시 침묵한 뒤에 천천히 말했다. "하지만 그 애는 결국 나빠졌어. 병이 낫지 않는 게 아니라 자기 자신이 좋아지려고 하지 않아. 어떻게 할 방법이 없군. 이분이 말한 것처럼 가둬 두는 것이 남에게 폐도 끼치지 않고, 제 아비 망신도 덜 시킬 테니 차라리 나을지도 모르겠어. 그래야 제 아비 볼 낯도 있을 테고……."

"그야 물론이지요," 퀴팅은 감동받은 듯 말했다.

"그렇지만 방이……."

"사당에는 빈 방이 없나……?" 쓰어른이 천천히 물었다.

"있지요!" 쿼팅이 황급히 말했다. "있어요! 대문으로 들어가서 서쪽에 빈 방이 하나 있습니다. 네모난 작은 창문이 하나 있는데 창에 격자가 끼워져 있어서 절대 빠져나올 수 없습니다. 아주 그만이에요!"

라오와와 네모 머리도 기쁜 표정을 드러냈다. 쿼팅은 한숨을 내쉬더니 입술을 뾰족이 내밀고 차를 마셨다.

저녁노을이 지기도 전에 세상은 이미 태평해졌다. 아니면 전부 잊어버린 것인지도 모른다. 사람들의 얼굴에서 긴장감이 사라졌을 뿐만 아니라 조금 전까지의 기쁜 기색도 찾아볼 수 없었다. 토지묘 앞은 사람들의 왕래가 평소보다 많았지만 그것도 얼마 안 가서 뜸해졌다. 다만 며칠 동안 문이 닫힌 탓에 아이들이 들어가 놀지 못했는데, 오늘은 마당에서 전에 없이 재미있게 놀았다. 어떤 아이들은 저녁을 먹은 뒤에도 토지묘로 달려와서 뛰어놀며 수수께끼 놀이를 했다.

"너 맞혀 봐." 제일 큰애가 말했다. "내가 한 번 더 말해 줄게.

빨간 삿대로 흰 뜸배를 저어

맞은편 강가에 가 잠깐 쉬고,

과자를 좀 먹고는,

희문戱文[7]을 한번 노래하네."

"그게 뭐야? '빨간 삿대'紅劃槳라는 거." 한 여자애가 말했다.

"내가 말해 줄게, 그건……."

"좀 가만있어 봐!" 머리에 버짐이 난 애가 말했다. "내가 맞혀 볼까, 돛단배지."

"돛단배." 웃통을 벗은 아이도 말했다.

"하하, 돛단배라고?" 제일 큰아이가 말했다.

"돛단배는 노를 젓지, 그게 어떻게 희문을 불러? 너희들은 맞히지 못했어. 내가 말하지……."

"가만있어 봐." 머리에 버짐이 난 애가 또 말했다.

"흥, 넌 못 맞혀. 내가 말하지, 그건 거위야."

"거위!" 여자애가 웃으면서 말했다. "빨간 삿대라는 게."

"그럼 흰 뜸배란 뭐야?" 웃통 벗은 애가 물었다.

"불을 지를 거야!"

아이들은 모두 놀랐으나 바로 그를 기억해 내고 일제히 서쪽 옆방을 주시했다. 한 손으로 나무 창살을 거머쥐고, 다른 한 손으로 나무 껍질을 뜯으며 그 사이로 두 눈이 번쩍거리고 있었다.

일순 침묵이 흘렀다. 머리에 버짐이 있는 아이가 갑자기 소리를 지르며 달아났다. 다른 아이들도 웃고 떠들면서 달아났다. 웃통을 벗은 아이는 갈대를 뒤를 향해 가리키며 숨을 헐떡거리며 앵두 같은 작은 입술에서 낭랑한 소리를 냈다.

"탕!"

그 이후로 완전히 정적에 휩싸였다. 저녁 어둠이 내려앉자 파란 장명등은 신전神殿과 신감神龕을 더욱 밝게 비추었다. 그리고 뜰 안이며 나무울타리의 어둠을 비춰 주었다.

아이들은 토지묘 밖으로 뛰어나가서는 멈춰 섰다. 손에 손을 잡고서 천천히 자신들의 집을 향해 걸어갔다. 모두 웃으면서 입에서 나오는 대로 지어낸 노래를 합창했다.

흰 뜸배, 건너편 강가에 쉬네.

당장 불을 끌 거야. 내가 끌 거야.

희문을 부르네.

불을 지를 테야! 하하하!

불불불, 과자를 좀 먹네.

희문을 부르네.

....

......

...

1925년 3월 1일[8]

주)_____

1) 원제는 「長明燈」. 이 글은 1925년 3월 5일부터 8일까지 베이징의 『민국일보 부간』(民國日報副刊)에 처음 연재되었다.

2) '역서'의 원문은 '黃曆'. 중국의 역서는 조정에 의해 분포되고 황색 종이에 인쇄되었기 때문에 '황력'이라고 불렀다. 여기에는 농사절기(農事節氣) 외에 '제사를 지내도 좋은 날', '외출을 삼갈 날', '여러 가지 일을 삼갈 날' 등의 미신적인 길흉, 그리고 날마다 길한 신이 있는 방향 등이 실려 있었다.

3) 양무제(梁武帝). 남조 양의 창건자 소연(蕭衍, 464~549)을 가리킨다. 중국 역사상 불교의 신봉자로서 유명한 황제다.

4) 장발적(長毛). 홍수전(洪秀全, 1814~1864)이 지도하는 태평천국군(太平天國軍)을 가리킨다. 청 정부의 체발령(剃髮令)에 반발하여 머리를 기르고 변발하지 않았기 때문에 '장모'(長毛)라고 불렀다.

5) 토지신(社老爺), 온장군(瘟將軍), 왕령관(王靈官). 모두 전설에 나오는 신들의 이름이다. 토지신은 토지를 주관하는 신이고, 온장군은 질병을 주관하는 신이며, 왕령관은 검찰을 주관하는 하늘의 장군이다. 도교의 사당에서 대체로 산신령으로 모신다.

6) 양오제(梁五弟). 양무제(梁武帝)를 잘못 말한 것. '武帝'와 '五帝'의 발음이 같다.

7) 희문(戱文). 중국 남방지역의 전통 연극에서 부르는 노래를 말함.

8) 루쉰의 『일기』에 따르면 이 글을 집필한 날짜는 1925년 2월 28일이 되어야 한다.

조리돌림[1]

수도[2] 시청西城의 큰길에는 이때 아무런 소동도 일어나지 않았다. 불꽃같은 태양이 아직 직접 내리쬐고 있지는 않았지만, 길 위의 모래는 벌써 반짝반짝 빛을 내고 있었고, 뜨거운 열기가 공기 속에 가득 차 도처에서 한여름의 위력이 발휘되고 있었다. 개들은 하나같이 혀를 축 늘어뜨리고, 나무 위의 까마귀들도 주둥이를 벌리고 헐떡거리고 있었다. 허나 물론 예외도 있었다. 저 멀리 두 개의 구리잔[3] 맞부딪히는 소리가 은은하게 들려왔다. 그 소리에 사람들은 쏸메이탕[4]을 떠올리고 서늘한 감을 조금 맛보았다. 그러나 사이를 두고 들려오는 나른한 단조單調의 금속음 소리가 도리어 정적을 한층 더 깊게 하였다.

머리 위에서 작열하는 뜨거운 태양으로부터 한시라도 빨리 도망치려는 듯 묵묵히 앞으로 달리는 인력거꾼의 발걸음소리만 들릴 뿐이었다.

"따끈따끈한 바오쯔包子[5]요! 막 쪄 낸⋯⋯."

열두어 살 먹은 뚱뚱한 아이가 길가의 점포 앞에서 눈을 가늘게 뜨고 입을 삐죽거리며 소리를 질렀다. 긴긴 여름날에 졸음이 쏟아지는 것인지 목소리는 쉬었고 졸음기도 가득 담겨 있었다. 그 애의 옆에 있는 낡아 빠진 탁자 위에는 이삼십 개의 찐빵과 바오쯔가 온기 하나 없이 차갑게 놓여 있었다.

"자, 찐빵과 바오쯔가 왔어요, 따끈따끈한……."

그 애는 갑자기 힘껏 벽에 부딪혔다가 튕겨 나오는 공처럼 큰길 저편으로 쏜살같이 달려갔다. 그때 전봇대 옆에 그 애와 마주하고서 길 쪽을 향해 두 사람이 서 있었다. 한 사람은 옅은 황색 제복에 칼을 옆에 찬 누런 얼굴의 비쩍 마른 순경으로 손에는 포승줄 한 끝을 잡고 있었다. 포승줄의 다른 한쪽 끝에는 남색 무명 두루마기에 흰 조끼를 입은[6] 남자의 팔이 묶여 있었다. 이 남자는 머리에 새 밀짚모자를 쓰고 있었는데, 모자의 챙이 축 처져서 눈 주위를 가리고 있었다. 그렇지만 키가 작은 뚱뚱한 아이가 머리를 쳐들자 그 남자의 눈과 딱 마주쳤다. 그 남자의 눈은 그 아이의 머리통을 보고 있는 것 같았다. 뚱보 아이는 얼른 눈을 내리깔고 흰 조끼를 쳐다보았다. 그 조끼에는 한줄 한줄 크고 작은 글자들이 씌어 있었다.

삽시간에 구경꾼들이 커다란 반원을 그리며 둘러쌌다. 대머리 영감이 들어서자 빈자리는 거의 메워졌는데, 그마저도 곧 웃통을 벗어붙인 붉은 코의 체격이 건장한 뚱보 사나이가 채워 버렸다. 몸집이 가로로 퍼진 뚱보는 두 사람 분의 자리를 차지해 버려, 뒤이어 오는 사람들은 하는 수 없이 뒷줄에 서서 앞사람들의 목과 목 사이로 머리를 밀어 넣을 수밖에 없었다.

흰 조끼의 정면에 서 있던 대머리는 허리를 구부리고 조끼 위에 씌인 글자들을 연구하더니 마침내 소리 내어 읽기 시작했다.

"옹嗡, 도都, 형哼, 팔八, 이而;……."

뚱뚱한 아이는 흰 조끼 입은 남자가 이 빛나는 대머리를 연구하고 있는 것을 보고 자기도 따라서 연구해 보았다. 머리는 온통 번들번들 빛나고, 귀 언저리에 회백색의 머리카락이 한 줌 남아 있을 뿐, 그밖에는 별로 신기한 것이 없었다. 그런데 뒤에 서 있던 아이를 안은 하녀가 이때다 하고 밀고 들어오려고 했다. 그러자 대머리는 자리를 빼앗길까 봐 곧장 곧추 섰다. 글자를 다 읽지 못했으나 어쩔 수 없는 일이었다. 그래서 그는 흰 조끼를 입은 남자의 얼굴을 바라보았다. 그러나 밀짚모자의 챙 아래 코 절반과 입 그리고 뾰쪽한 턱만 보였다.

또 힘껏 담벼락에 던지면 튀어나오는 공처럼 소학교 학생 하나가 쌩하고 달려왔다. 한 손으로 자기 머리 위에 쓴 새하얀 헝겊 모자를 누르고 사람들 틈을 비집고 들어갔다. 그러나 셋째 줄——혹은 넷째 줄인지——까지 들어갔을 때, 끄떡도 않는 거대한 물체에 부딪쳤는데, 머리를 들어 보니 남색 바지의 허리 위로 벌거벗은 아주 넓은 등판이 보였고, 그 등에서는 땀이 흘러내리고 있었다. 그는 어떻게 할 수가 없어서 하는 수 없이 남색 바지의 허리를 따라 오른쪽으로 이동했다. 다행히 그 끝에 빈틈이 있어 빛이 새어 들고 있었다. 소학생이 머리를 숙이고 막 뚫고 들어가려 했을 때, "뭐야" 하는 소리가 나더니 그 바지 허리 아래의 엉덩이가 오른쪽으로 움직이자 빈틈은 순식간에 닫히고

빛도 동시에 사라졌다.

하지만 얼마 뒤에 소학교 학생은 순경의 칼 옆으로 비집고 나왔다. 그 아이는 이상한 듯 사방을 둘러보았다. 바깥은 한 무리의 사람들이 둘러쌌고, 위에는 흰 조끼를 입은 사람이, 그 맞은편에는 웃통을 벗은 뚱뚱한 아이가, 그리고 뚱뚱한 아이 뒤에는 벌거벗은 붉은 코의 체격 건장한 뚱보 사내가 서 있었다. 소학생은 그제서야 조금 전 그 거대한 장애물의 정체를 깨닫고는 놀라 탄복하면서 붉은 코를 바라보았다. 소학교 학생의 얼굴을 지켜보고 있던 뚱뚱한 아이는 저도 모르게 그 애의 눈길을 따라 머리를 돌렸다. 거기에는 거대한 젖가슴이 있었고 젖꼭지 주위에는 몇 가닥의 긴 털이 나 있었다.

"저 사람이 무슨 죄를 지었어요……?"

모두들 놀라서 돌아보니 노동자 같아 보이는 사내가 대머리 영감에게 조심스럽게 묻고 있었다.

대머리는 대답을 하지 않고 눈을 크게 뜨고 그 사람을 쳐다보기만 했다. 그 남자가 공손하게 눈을 내리고 잠시 뒤에 다시 보자 대머리는 아직도 눈을 크게 뜨고 그를 쳐다보고 있었다. 게다가 다른 사람들도 모두 눈을 크게 뜨고 그를 응시하는 듯했다. 그래서 그는 자신이 무슨 죄를 지은 것처럼 쭈뼛쭈뼛해져서 결국에는 천천히 뒤로 물러나 슬그머니 내빼고 말았다. 그 자리는 양산을 겨드랑이에 낀 키다리가 메웠다. 대머리는 다시 얼굴을 돌려 흰 조끼를 보았다.

키다리는 허리를 구부리고 축 처진 밀짚모자의 챙 아래로 흰 조끼의 얼굴을 쳐다보려다가 무슨 연유인지 갑자기 허리를 폈다. 그래서 그 뒤에 선 사람들은 다시 힘껏 목을 길게 쭉 빼야 했다. 그 가운데 한 말라깽이는 죽은 농어처럼 입까지 크게 벌렸다.

순경이 갑자기 한 발을 들자 모두들 놀라서 황급히 눈길을 그의 발로 옮겼다. 그러나 그가 들었던 발을 내려놓자 모두들 다시 흰 조끼를 보았다. 키다리는 갑자기 다시 허리를 구부리고 늘어뜨려진 밀짚모자의 챙 밑을 훔쳐보려고 했으나 곧바로 일어서더니 한 손으로 머리를 썩썩 긁었다.

대머리는 재미가 없었다. 그는 아까부터 뒤쪽이 조용하지 않은 데다가 이어 귓가에서 쩝쩝 하는 소리가 들렸기 때문이었다. 그가 이맛살을 찌푸리며 머리를 돌려 보니, 그의 오른쪽에서 시커먼 손 하나가 만두 반쪽을 쥐고 고양이 얼굴을 한 사람의 입에 밀어 넣고 있었다. 그래서 그는 아무 말도 하지 않고 흰 조끼의 새 밀짚모자를 바라보았다.

갑자기 벼락 같은 일격에 몸이 옆으로 퍼진 뚱보 사나이까지 앞으로 비틀거렸다. 그와 동시에 그의 어깨 위로 그에 뒤지지 않을 살찐 팔이 뻗어 나와 다섯 손가락을 펴서 뚱뚱한 아이의 뺨을 철썩 때렸다.

"거 잘했다! 빌어먹을 놈……." 뚱보 사나이 뒤에서 미륵보살[7]처럼 그보다 더 둥글고 살찐 얼굴이 이렇게 말했다.

뚱뚱한 아이도 네댓 걸음 비틀거렸지만 넘어지지는 않았다. 한 손으로는 뺨을 만지며 몸을 돌려 뚱보 사나이의 다리 옆 빈틈으로 비집고 나가려 했다. 뚱보 사나이는 얼른 바로 서더니 엉덩이를 비틀어 그 틈을 막아 버리고 못마땅한 듯이 물었다.

"뭐하는 거야?"

뚱뚱한 아이는 덫에 걸린 쥐새끼마냥 어찌할 바를 몰라 하다가 갑자기 소학교 학생 쪽으로 쌩 달려가 그 애를 밀어제치고 돌진해 나갔다. 소학교 학생도 몸을 돌려 따라 나갔다.

"하, 요 어린 것들이……." 대여섯 사람이 동시에 이렇게 말했다.

다시 조용해지자 뚱보 남자는 흰 조끼를 입은 사내를 바라보았다. 그런데 흰 조끼가 얼굴을 들어 그의 가슴팍을 보고 있음을 알아채고는 얼른 고개를 숙이고 자신의 가슴팍을 내려다보았다. 두 젖가슴 사이의 골짜기에 땀이 흠뻑 고여 있었다. 그래서 그는 손바닥으로 땀을 털어 냈다.

그런데 형세는 아무튼 그다지 평온하지 않은 것 같았다. 아이를 안은 하녀는 소동이 났을 때 사방을 둘러보다가 조심하지 않아 까치 꼬리처럼 쪽 진 '쑤저우식 머리'[8]를 곁에 서 있는 인력거꾼의 콧대에 부딪혔다. 인력거꾼이 그 하녀를 밀친다는 것이 그만 아이를 밀치고 말았다. 아이가 몸을 뒤로 뻗대면서 사람들이 둘러선 밖을 가리키며 집으로 가자고 징징댔다. 비틀거리던 하녀는 몸을 바로 가누고는 아이를 돌려 안고서 흰 조끼 쪽을 향해 손가락으로 가리키며 말했다.

"자, 저것 봐라! 정말 재밌지……!"

그 틈새로 갑자기 밀짚모자를 쓴 학생 같은 머리가 나오더니 수박씨 같은 것을 입 안에 넣고 아래턱을 위로 움직여 깨물고는 물러가 버렸다. 그 자리는 땀범벅에 먼지를 뒤집어 쓴 타원형 얼굴이 채웠다.

겨드랑이에 양산을 낀 키다리도 성이 나서 한쪽 어깨를 기울이고 미간을 찌푸리며 어깨 너머로 뒤에 서 있는 죽은 농어를 쏘아보았다. 그렇게 큰 입에서 뿜어내는 열기만 해도 견디기 어려운데 무더운 여름날인지라 더더욱 참기 어려웠다. 대머리는 전봇대에 붙어 있는 붉은 간판에 씌어진 네 개의 흰 글자를 아주 흥미 있다는 듯이 쳐다보고 있었다. 뚱보 남자와 순경은 하녀의 전족형纏足型 신발코를 곁눈질로 관찰하고 있었다.

"잘한다!"

어디선가 별안간 몇 사람이 동시에 소리를 질렀다. 모두들 무슨 일이 일어났다는 것을 알고 일제히 머리를 돌렸다. 순경과 그가 끌고 온 범인까지도 몸을 움직였다.

"막 나온 바오쯔요! 자, 따끈따끈한⋯⋯."

길 맞은편에서는 뚱뚱한 아이가 머리를 삐딱하게 하고는 잠에 취한 듯한 소리를 길게 뽑았다. 길에는 인력거꾼들이 내리쬐는 뙤약볕을 한시라도 빨리 벗어나려는 듯 묵묵히 달리고 있었다. 사람들은 모두 실망하였다. 다행히 사방을 둘러본 결과 마침내 십여 집 떨어진 곳에 인력거 한 대가 서 있었고, 인력거꾼 하나가 막 일어서려고 하는 것을 발견했다.

둘러쌌던 둥근 원이 바로 무너지고 모두들 뿔뿔이 흩어져 갔다. 뚱보 사나이는 절반도 못 가서 길가의 홰나무 밑에서 쉬었고, 대머리와 타원형 얼굴보다 걸음이 빨랐던 키다리는 거의 다다랐다. 인력거에 탄 손님은 그냥 앉아 있었고, 인력거꾼은 일어나긴 했으나 아직도 무릎을 주무르고 있었다. 주위에는 대여섯 사람이 서서 히히덕거리며 구경하고 있었다.

"괜찮소?" 인력거꾼이 인력거를 끌려고 하자 손님이 물었다.

인력거꾼은 머리를 끄덕이고는 인력거를 끌고 갔다. 모두들 그를 멍하니 전송했다. 처음에는 넘어졌던 그 인력거를 알아볼 수 있었지만, 다른 인력거들과 뒤섞이고 난 뒤에는 구별할 수 없게 되었다.

개 몇 마리가 혀를 늘어뜨리고 헐떡거리고 있을 뿐 길거리는 조용했다. 뚱보 남자도 홰나무 그늘 아래서 아주 빠르게 오르내리는 개의 뱃가죽을 바라보고 있었다.

하녀는 아이를 안고 처마 그늘 밑에서 나와 비척비척 걸어갔다. 뚱뚱한 아이는 머리를 삐딱하게 하고 눈을 가늘게 뜨고는 잠에 취한 소리를 길게 뽑는다.

"따끈따끈한 바오쯔요! 자!…… 금방 쪄 낸……."

1925년 3월 18일

주)_____

1) 원제는 「示衆」. 1925년 4월 13일 베이징의 주간 『위쓰』(語絲) 제22기에 처음 실렸다.

2) 원문은 '首善之區'. 수도를 가리킨다. 『한서』「유림전」(儒林傳)에 "고로 교화를 행함에 수선(首善)을 건설하여 경사(京師)에서 시작한다"라고 기록되어 있다. 여기서는 베이양 군벌 시대의 수도 베이징을 가리킨다.

3) 구리잔(銅盞). 잔 모양의 작은 구리그릇(銅器). 옛날 북경에서 쏸메이탕을 파는 장사꾼이 늘 구리잔 두 개를 서로 부딪혀 가락이 있는 소리를 내어 손님을 모았다.

4) 쏸메이탕(酸梅湯). 청매(靑梅)와 얼음사탕을 끓여서 차게 식힌 청량음료. 여름 베이징의 명물이다.

5) 바오쯔(包子). 속을 넣고 찐 빵을 말한다. 만두(饅頭)는 속이 없는 빵이다.

6) 조리돌림을 할 때 죄인에게 입힌 형의(刑衣)를 가리킨다. 표에 죄상이 적혀 있다.

7) 미륵보살(彌勒佛). 불교 보살의 하나. 불경에는 그가 석가모니의 불교적 지위를 계승
   하여 성불(成佛)이 되었다고 함. 늘상 보는 미륵불의 조상(彫像)은 살찌고 둥근 웃는
   얼굴에 가슴과 배를 드러내어, 속칭 배불뚝이 미륵불이라고 한다.

8) 쑤저우식 머리(蘇州俏). 옛날 부녀자들이 머리를 빗는 형태의 하나. 쑤저우 일대에서
   먼저 유행하여 이런 명칭이 붙었다.

가오 선생[1]

이날 아침부터 오후까지 그는 『중국 역사 교과서』를 읽어 보고 『원료범강감』[2]을 뒤지는 데 온 시간을 써 버렸다. 실로 "사람이 글자를 알게 되면서 우환이 시작된다"[3]고 하더니, 갑자기 세상사에 불만을 갖게 되었다. 더구나 지금까지 이런 불만을 느껴 본 적이 없었다.

무엇보다도 먼저 그는 지난날 부모들이 자식들에게 너무도 관심을 갖지 않았다고 생각했다. 그는 어렸을 적에 뽕나무에 기어올라가 오디 따먹는 것을 무척 좋아했다. 그래도 부모들은 전혀 보살펴 주지 않아서 한번은 나무에서 떨어져 머리를 다친 적이 있었는데 잘 치료해 주지 않아 지금도 왼쪽 눈썹 위에 영원히 지워지지 않을 쐐기 모양의 흉터가 남았다. 지금 그는 유달리 머리를 길게 길러서 좌우로 갈라 빗어 내린 덕분에 가까스로 가릴 수 있게 되었지만, 쐐기의 끄트머리만은 가릴 수 없었다. 아무튼 이것도 약점인 것은 분명하니 만일 여학생들이 발견하는 날에는 무시당하는 것은 피할 수 없게 되었다. 그는 거울을 내려놓고 원망스러운 듯이 한숨을 지었다.

다음은 『중국 역사 교과서』의 편자가 교원의 입장을 전혀 고려하고 있지 않은 점이었다. 이 교과서는 『요범강감』과 부합하는 곳도 있었으나 태반은 부합하지 않았다. 부합하는 듯하면서도 부합하지 않는 듯도 하여 강의를 할 때 어떻게 연결시켜야 할지 알 수 없었다. 더구나 그 교과서 속에 끼여 있는 쪽지를 발견하고 나서는 중도에 사직한 역사 교원이 원망스러웠다. 거기에는 "제8장 「동진東晉의 흥망」에서부터"라고 씌어 있었기 때문이었다.

만일 전임자가 삼국시대 부분을 다 강의하지 않았더라면 강의 준비가 이렇게까지 힘들고 고통스럽지는 않았을 것이다. 그가 가장 잘 아는 것이 바로 삼국시대 부분이었다. 예를 들어 도원에서 세 호걸이 결의형제를 맺는 것이라든지, 제갈공명이 계략으로 화살을 빼앗은 대목이라든지, 세 번이나 주유를 화나게 했던 대목이라든지, 황충이 딩준산定軍山에서 하후연을 벤 것이라든지, 그 밖에도 얘깃거리는 무궁무진해서 아마 한 학기에 다 하기 힘들 것이다. 당나라에 이르러서는 진경秦瓊이 말을 파는 일화 같은 게 있는데 이에 대해서도 자신 있게 강의할 수 있었다. 그런데 하필이면 동진 때부터 강의하게 될 게 뭔가. 그는 원망스러워 한숨을 쉬었고 다시 『요범강감』을 집어 들었다.

"어이, 이 사람, 밖에서 보는 것도 모자라 집 안에 틀어박혀서까지 들여다보는 거야?"

이런 말소리와 함께 등 뒤에서 어깨 너머로 손이 쑥 나오더니 그의 아래턱을 건드렸다. 그러나 그는 전혀 움직이지 않았다. 목소리와 거동으로 보아 몰래 들어온 마작 친구 황싼黃三이라는 것을 눈치챘기 때문이다. 그의 오랜 친구인 황싼은 일주일 전까지만 해도 그와 함께 마작을 하고 연극을 보고 술도 마시고 여자의 뒤를 쫓아다녔다. 그러나 그가 『대중일보』大中日報에 「중화국민은 모두 국사國史를 정리할 의무가 있음을 논함」이라는 인구에 회자되는 명문을 발표하고 이어서 셴량여학교賢良女學校의 초빙을 받은 뒤로는 이 황싼이 하나도 잘난 곳 없는 비천한 인간으로 느껴졌다. 그래서 그는 고개를 돌리지 않고 정색을 하고는 무뚝뚝하게 대답했다.

"허튼소리 그만해! 난 지금 강의 준비를 하고 있어……."

"자네 입으로 라오보老鉢에게 말하지 않았나, 선생이 된 건 여학생 얼굴을 보고 싶어서라고 말이야?"

"라오보의 미친 소리를 믿지 말라구!"

황싼은 그의 책상 옆에 앉더니 책상 위를 흘끔 쳐다보았다. 거울과 어지럽게 널린 책들 사이에서 펼쳐진 채로 있는 붉은 종이의 문서를 발견하고는 집어다가 눈을 크게 뜨고 한 자 한 자 읽어 나갔다.

초빙장

가오얼추(高爾礎) 선생을 본교의 역사 교사로 초빙하여 매주 수업 4시간, 매 시간당 강사료로 은화 30전을 드리기로 약속함.

중화민국 13년 음력 구월 초하루[4)]
셴량여학교 교장 허완수전[5)]

"'가오얼추 선생'이라? 이게 대체 누구야? 자넨가? 자네 이름 바꿨어?" 황싼은 다 읽고 나서 황급히 물었다.

그러나 가오 선생은 거만하게 웃을 뿐이었다. 그는 분명히 이름을 바꾸었다. 하지만 황싼은 마작에만 정신이 팔려서 지금까지 신학문과 신예술에 관심이 없었다. 그는 러시아의 대문호 고리키도 모르고 있으니 이 바꾼 이름의 깊은 의미를 어떻게 말해야 알까?[6] 그래서 그는 거만하게 웃기만 할 뿐 대답하지 않았다.

"어이, 간幹 군, 이런 쓸데없는 장난은 그만두게!" 황싼이 초빙장을 내려놓고 말했다. "여기에 남학교가 생긴 뒤로 풍기가 말이 아니야. 그런 데다 여학교까지 세우겠다고 하니 장차 어떤 꼴이 될지 모르겠군. 무슨 일로 자네까지 나서는 건가, 그만두게, 그만둬……."

"꼭 그렇다고 할 수는 없어. 게다가 허 부인이 모처럼 청하는데 거절할 수도 없고……." 황싼이 학교를 비방하는 데다 손목시계는 벌써 2시 반을 가리켜 수업시간까지 30분밖에 남지 않았기 때문에 그는 약간 화가 났고 또 초조한 기색을 드러냈다.

"좋아! 그럼 그 얘기는 그만두세." 눈치 빠른 황싼은 바로 화제를 바꾸었다. "본론을 이야기함세. 오늘 밤에 한판 벌이기로 했네. 마오 씨 마을毛家屯의 마오쯔푸毛資甫 큰아들이 묏자리를 보려고 풍수쟁이[7]를 청하러 왔네. 수중에 현찰 이백 원[8]을 쥐고 있어. 오늘 밤에 한판 벌이기로 약속이 되었네. 우리 쪽은 나하고 라오보하고 자네야. 꼭 와야 해, 절대 일이 틀어져서는 안 돼. 우리 셋이서 그자를 홀딱 벗겨 버리잔 말이야!"

간 군──가오 선생──은 망설였지만 말하지 않았다.

"꼭 와야 해, 꼭! 난 라오보한테 가서 상의를 해야겠어. 장소는 역시 우리집이야. 그 얼간이는 '풋내기'니까 벗겨 버리는 것은 누워서 떡 먹기야! 자네는 대나무 무늬가 뚜렷한 마작패를 내주게!"

가오 선생은 천천히 일어서서 침상 끝에 가더니 마작 상자를 가져다 그에게 주었다. 손목시계를 보니 2시 40분이었다. 그는 황싼이 수완이 좋기는 하지만 내가 이미 교사가 되었다는 걸 알면서도 내 앞에서 학교를 비방하고 또 수업 준비까지 방해하는 것은 옳지 못한 일이라고 생각했다. 그래서 그는 차갑게 말했다.

"저녁에 다시 의논하자구. 난 수업하러 가야 해."

이렇게 말하면서 원망스럽게 『요범강감』을 한번 보고 교과서를 새 가죽 가방 안에 넣고서, 또 아주 조심스럽게 새 모자를 쓰고는 황싼과 함께 문을 나섰다. 문을 나선 그는 걸음을 크게 하고 마치 목수가 사용하는 활비비[9]처럼 두 어깨를 흔들며 곧바로 걸어갔다. 얼마 뒤 황싼은 그의 그림자조차 볼 수 없었다.

셴량여학교에 도착하자 가오 선생은 새로 찍은 명함을 문지기인 곱사등이 노인에게 주었다. 잠시 후 "어서 오십시오"라는 말을 듣고 그는 곱사등이 노인을 따라 모퉁이를 두 번 돌아서 교원 휴게실 겸 응접실로 쓰는 방으로 들어갔다. 허 교장은 자리에 없었다. 수염이 희끗희끗한 교무주임이 그를 맞아 주었다. 이 사람이 그 이름도 유명한 완야오푸萬瑤圃로서 '옥황향안리'[10]라고도 불렸는데, 최근에 그가 여자 신선과 주고받은 시 『선당수창집』仙壇酬唱集을 잇달아 『대중일보』에 연재하고 있었다.

"아아! 얼추 선생! 존함은 오래전부터 들어 알고 있습니다!……"
완야오푸는 연신 두 손을 맞잡으며 무릎 관절과 발목 관절을 대여섯
차례 구부리는 것이 거의 무릎을 꿇을 듯하였다.

"아! 야오푸 선생! 익히 말씀 많이 들었습니다!……" 얼추 선생
은 가죽 가방을 겨드랑이에 끼고 그대로 따라하면서 말했다.

그러고는 그들은 자리에 앉았다. 산송장 같은 사환이 더운 물 두
잔을 들고 왔다. 가오 선생이 맞은편의 괘종시계를 보니 아직 2시 40
분이었다. 그의 손목시계보다는 30분이나 늦었다.

"아! 얼추 선생의 대작, 그래, 그……, 그래, 그— '중국국수의
무론'中國國粹義務論 말입니다. 정말 간단명료하고 핵심을 찌르고 있어
서 아무리 읽어도 싫증이 나지 않아요! 그야말로 소년들의 좌우명이
에요. 좌우명, 좌우명입니다! 저 역시 문학을 아주 좋아하지만 감상할
뿐이지요. 어떻게 얼추 선생에게 비교할 수 있겠어요." 그는 다시금
손을 맞잡고 낮은 목소리로 말했다. "우리의 성덕계단盛德乩壇[11]에서
는 날마다 여선女仙을 초대하고 저도 늘 시의 창화唱和에 참여합니다.
얼추 선생도 왕림하시지요. 그 계선乩仙이 바로 예주선자[12]이신데, 그
녀의 말씨부터가 천상에서 속세로 내려온 화신花神 같아요. 명사들과
시 창화하는 것을 제일 좋아하고 더구나 신당新黨에 대찬성이니, 선생
님 같은 학사에게는 반드시 호의적인 눈길[13]을 보낼 겁니다. 하하하!"

그러나 가오 선생은 이에 대해 무슨 고담준론을 발표할 형편이
아니었다. 그것은 그의 준비— 동진의 흥망—가 충분하지 않았고,

더욱이 이때는 그 부족한 것마저 거의 잊어버리고 있었기 때문이었다. 그는 불안하고 걱정이 되었다. 어수선한 머리에는 여러 단편적인 생각들이 떠올랐다. 교단에서의 자세는 마땅히 위엄이 있어야 하고, 이마의 흉터는 반드시 가려야 하며, 교과서는 천천히 읽어야 하고, 학생들을 볼 때는 점잖아야 한다. 이런 생각을 하고 있는데, 야오푸의 말소리가 어렴풋이 들렸다.

"……올방개荸薺를 하나 주셨어……'취하여 푸른 난조를 타고 창공에 오르노라'醉倚靑鸞上碧霄 이 얼마나 초탈합니까……등샤오鄧 孝 선생은 다섯 번이나 간청하여서야 겨우 오언절구 한 수를 받았는데……'붉은 소매로 은하수를 휘저으니, 이르지 말라'紅袖拂天河, 莫道 …… 예주선자의 말씀이……얼추 선생님은 처음으로……이곳이 본교의 식물원입니다!"

"아하!" 얼추는 그가 손을 들어 가리키는 것을 보고 그제서야 어수선한 생각에서 깨어났다. 그의 손가락이 가리키는 쪽을 보니 창밖에는 자그마한 공터가 있었고, 거기에는 네댓 그루의 나무가 심어져 있었으며 바로 맞은편에 세 칸짜리 단층집이 있었다.

"저게 교실입니다." 야오푸는 손을 움직이지 않고 말했다.

"아, 예!"

"학생들은 아주 순해요. 강의를 듣는 것 외에는 재봉 일에 전념하고 있지요……."

"아, 예!" 얼추는 다급해졌다. 그는 야오푸가 이젠 그만 말했으면 하고 바랐다. 그래야 정신을 가다듬어 서둘러 동진의 흥망을 생각할 수 있겠는데.

"유감스럽게도 학생들 중에 몇 명은 시 짓는 법을 배우려고 하지만, 그것은 안 됩니다. 유신維新도 물론 좋지만, 시를 짓는 것은 양가의 규수들에게 적합하지 않습니다. 예주선자 역시 남녀의 구별[14]을 어지럽히는 일이며 천제天帝가 좋아하지 않는다고 하여 여자 교육에 그다지 찬성하지 않으셨어요. 저도 이 문제를 가지고 그분과 몇 차례 토론을 했지만……."

얼추는 종소리를 듣고 벌떡 일어났다.

"아니, 아닙니다. 앉으세요! 저건 끝나는 종입니다."

"야오푸 선생께서도 공무로 바쁘실 텐데 염려 마시고……."

"아니, 아닙니다! 바쁘지 않습니다! 저는 여자 교육을 진흥시키는 것이 세계적인 추세이긴 하지만 잘못하면 극단으로 치우치기 쉽다고 생각합니다. 그래서 천제가 좋아하지 않는 것도 폐해를 미연에 방비하자는 취지에서 나온 것이겠지요. 운영하는 사람이 불편부당하고 중용의 도에 맞게 하고 국수로서 귀결점으로 삼는다면 단연코 폐해는 없을 겁니다. 얼추 선생, 당신 생각은 어떻습니까, 그렇지 않습니까? 이에 대해서는 예주선자께서도 '가히 받아들일 만한 점이 있다'고 하셨습니다. 하하하하!"

학교 사환이 또 더운 물 두 잔을 가져왔다. 그러나 종이 다시 울렸다.

야오푸는 얼추에게 두어 모금 마시게 하고는 그제서야 천천히 일어나더니 그를 이끌고 식물원을 질러서 교실로 갔다.

그는 가슴이 뛰었다. 교단 옆에 꼿꼿이 섰을 때 그의 눈에 비친 것은 교실 절반을 꽉 채운 부스스한 머리였다. 야오푸는 안주머니에서 편지지 한 장을 꺼내더니 펼친 뒤 보면서 학생들에게 말했다.

"이분은 가오 선생, 가오얼추 선생입니다. 가오 선생께서는 유명한 학자로서 저 유명한 「중화국민은 모두 국사를 정리할 의무가 있음을 논함」이라는 글을 쓰신 분입니다. 『대중일보』의 소개에 의하면 가오 선생께서는 러시아의 문호 고리키의 인품을 흠모하여 이름을 얼추爾礎로 고치셔서 경의를 표했으니 진정 우리 중화문단의 행운이다! 라고 했습니다. 이번에 허 교장선생님의 거듭되는 초청을 받고 겨우 승낙을 하시어 본교에서 역사를 가르치게 되었습니다……."

가오 선생이 갑자기 너무 고요하다고 느꼈을 때 야오푸 선생의 모습은 이미 보이지 않았고, 자신만 교단 옆에 서 있었다. 그는 하는 수 없이 교단에 올라가서 인사를 하고 마음을 가라앉혔다. 또 위엄 있는 태도를 보여야 한다고 다짐했던 것을 기억해 내고 천천히 책을 펴고 '동진의 흥망'을 강의하기 시작했다.

"호호!" 누군가가 몰래 웃는 것 같았다.

가오 선생은 얼굴이 화끈거리면서 얼른 책을 들여다보았다. 그러나 그의 강의는 결코 틀리지 않았다. 책에는 분명 '동진의 편안'[15]이라 되어 있었다. 책[16] 저편으로 보이는 것은 여전히 교실의 절반을 차지한 부스스한 머리였고 다른 움직임은 없었다. 그는 이것이 자신의 의심 탓이지 사실은 아무도 웃지 않았다고 생각했다. 그래서 그는 다시 정신을 가다듬고 책을 보면서 천천히 강의를 해나갔다. 처음에는 자기가 무슨 말을 하고 있는지 제 귀로도 들을 수 있었으나 점차 머리가 얼떨떨해지더니 나중에는 무슨 말을 하는지도 모르게 되었다. 그러다가 '석륵[17]'의 웅대한 계획雄圖'을 강의할 무렵에는 키득키득 숨죽인 웃음소리만이 들려왔다.

그는 어쩔 수 없이 교단 아래를 보았다. 상황은 이미 처음과 많이 달랐다. 교실의 절반은 모두 눈이었다. 여기에 작고 깜찍한 이등변삼각형들이 있었고, 그 삼각형 안에는 콧구멍이 두 개씩 있었다. 이것들이 한 무리를 이루어 마치 흔들리는 깊은 바다처럼 반짝거리며 줄기차게 그의 시선을 향해 밀어닥치고 있었다. 그러나 그가 보았을 때 갑자기 번쩍이며 교실의 반이 부스스한 머리로 변했다.

그는 얼른 눈길을 거두었다. 그러고는 교과서에서 눈길을 뗄 엄두를 내지 못했다. 부득이한 경우에는 눈을 돌려 천정을 바라보았다. 천정은 누렇게 변색된 흰 횟가루로 중앙에는 둥근 능선이 두드러졌다. 하지만 이번에는 이 둥근 것이 다시 움직이더니 갑자기 커졌다 작아졌다 하는 바람에 그는 눈이 어질어질했다. 그는 눈길을 아래로 떨구었다가는 다시 그 무서운 눈과 콧구멍이 한데 어우러진 바다를 보게 될 거라는 예감이 들었다. 그래서 그는 다시 시선을 책으로 옮겼다. 그때는 이미 '비수의 싸움'[18]으로, 놀란 부견苻堅이 '초목을 모두 병사'로 보는 장면을 강의하고 있었다.

그는 많은 학생들이 소리 죽여 웃는 것 같았지만 꾹 참고서 강의를 계속했다. 분명히 강의한 지 상당한 시간이 흘렀다고 생각했는데 종은 아직 울리지 않았다. 학생들이 얕볼까 두려워 손목시계도 볼 수 없었다. 그래서 더 강의를 하다 보니 '탁발씨[19]의 발흥'에 이르렀고 이어서 '육국흥망표'六國興亡表였다. 그는 원래 오늘 여기까지 진도가 나갈 거라고 생각하지 않아서 준비를 하지 않았던 부분이었다.

그는 문득 자신의 강의가 중단되어 있음을 느꼈다.

"오늘은 첫날이니 이 정도 합시다……." 그는 한참이나 당황해서 머뭇거리다가 이렇게 더듬더듬 말하고는 꾸벅 머리를 숙이고 교단을 내려와서 교실 문을 나섰다.

"호호호!"

많은 학생들의 웃음소리가 등 뒤에서 나는 것 같았고, 그 웃음소리는 저 깊은 콧구멍의 바다에서 흘러나오는 듯했다. 망연자실하게 식물원에 들어선 그는 맞은편의 교원휴게실을 향해 성큼성큼 걸어갔다.

그는 깜짝 놀라 얼결에 손에 든 『중국 역사 교과서』까지 땅바닥에 떨어뜨렸다. 갑자기 머리에 무엇이 부딪혔으므로 두어 걸음 물러서서 자세히 보니 비스듬히 내민 나뭇가지가 앞에 있었는데 그의 머리에 부딪혀 나뭇잎들이 가늘게 떨리고 있었다. 그는 얼른 허리를 굽혀 책을 주워 들었다. 책 옆엔 나무 팻말이 세워져 있고 그 위에는 이렇게 씌어 있었다.

뽕나무
뽕나무과

많은 학생들의 웃음소리가 등 뒤에서 나는 것 같았고, 그 웃음소리는 저 깊은 콧구멍의 바다에서 흘러나오는 듯했다. 그래서 그는 아파 오는 머리를 문지르기도 쑥스러워 그냥 교원휴게실로 뛰어 들어갔다.

그 안에는 더운 물그릇 두 개가 그대로 있을 뿐 산송장 같은 학교 사환은 보이지 않았고, 야오푸 선생도 어디로 갔는지 보이지 않았다. 모든 것이 암담했고 오직 그의 새 가죽 가방과 새 모자가 암담함 가운데 빛을 발하고 있었다. 벽의 괘종시계를 보니 겨우 3시 40분이었다.

자기 집으로 돌아온 지 꽤 시간이 흘렀는데도 가오 선생은 이따금 온몸이 달아오르고 또 무단히 분노가 치밀었다. 나중에는 학교는 분명 풍기가 문란하다, 차라리 문을 닫는 것이 낫다, 특히 여자학교는──무슨 의미가 있는가, 허영심만 가득 찬 것이 아닌가! 라고 생각하게 되었다.

"호호!"

그의 귀에는 아직도 소리 죽여 웃는 소리가 들리는 것 같았다. 그래서 그는 더욱 화가 났고 사표를 낼 결심을 더욱 굳혔다. 저녁에 허 교장에게 편지를 쓰리라. 발이 아파서라고만 쓸 것이다. 그런데 만류한다면 또 어떻게 하지?──그래도 가지 말아야지. 정말 여자학교가 어떤 꼴이 될지 모르겠는데 괜히 자신이 그들과 한패가 될 게 뭐야? 절대 그럴 필요가 없어, 라고 생각했다.

그래서 그는 단호하게 『요범강감』을 치워 버리고 거울은 한쪽으로 밀쳐 놓은 다음 초빙장도 접어 버렸다. 그리고 자리에 앉으려다가 초빙장이 징그러울 정도로 붉다고 느껴져 집어서는 『중국 역사 교과서』와 함께 서랍에 넣어 버렸다.

모든 것을 치우고 나니 책상 위에는 거울뿐이어서 눈앞이 환해졌다. 그래도 아직 마음이 개운치 않았고, 왜 그런지 넋이 반쯤 나간 듯했다. 그 순간 퍼뜩 생각이 나서 빨간 리본이 달린 가을 모자를 쓰고 황싼의 집을 향해 갔다.

"어서 오게, 얼추 가오 선생!" 라오보가 큰소리로 말했다.

"집어치워!" 그는 이맛살을 찡그리며 라오보의 머리를 딱 쳤다.

"강의를 했나? 어떻던가, 쓸만한 애가 몇이나 돼?" 황싼은 열심히 물었다.

"난 더 가르칠 생각이 없네. 여자학교가 정말 어떤 꼴이 될지 모르겠어. 우리같이 점잖은 사람들이 확실히 함께할 곳이 아니야⋯⋯."

새알심湯圓처럼 살이 찐 마오씨네의 큰아들이 들어왔다.

"아아! 존함은 익히 많이 들었습니다!⋯⋯." 방 안에 있던 사람들은 모두 두 손을 맞잡고 무릎 관절과 발목 관절을 연신 굽히고 꺾는 것이 무릎을 꿇기라도 하려는 듯했다.

"이분이 바로 전에 말한 적이 있는 가오간팅高干亭 형입니다." 라오보가 가오 선생을 가리키며 마오씨네의 큰아들을 향해 말했다.

"아아! 존함은 익히 많이 들었습니다!⋯⋯" 마오씨네의 큰아들은 특별히 그를 향해 몇 번이나 손을 모으고 머리를 끄덕거렸다.

방 안 왼쪽에는 일찌감치 네모난 탁자가 비스듬히 놓여 있었다.

황싼은 손님을 응대하면서 심부름하는 여자아이와 함께 앉을 자리와 주마籌馬를 정리하였다. 이윽고 탁자의 모서리에 가는 양초가 켜지고 네 사람은 자리를 잡고 앉았다.

방 안은 쥐 죽은 듯 조용했다. 자단紫檀 재질의 탁자에 부딪히는 골패骨牌 소리만이 초저녁의 정적 속에서 투명하게 울렸다.

가오 선생의 패는 결코 나쁘지 않았다. 그러나 무언가 불만을 품고 있었다. 그는 본래 무슨 일이든 쉽게 잊어버리는 편이었지만 유독 이번만은 세상 풍기가 염려되었다. 그의 앞에는 주마가 점점 늘어나고 있었지만 그의 마음은 편안하지도 또 낙관적으로도 되지 않았다. 그러나 시간이 흐르면 풍속도 바뀌는 법, 세상 풍기도 결국에는 좋아질 거라고 생각했다. 그러나 그때는 시각이 너무 늦었고, 벌써 둘째 판이 끝나 그의 패는 바야흐로 '청일색'[20]을 거의 맞추게 되었을 때였다.

1925년 5월 1일

주)_____

1) 원제는 「高老夫子」, 1925년 5월 11일 베이징의 주간 『위쓰』 제26기에 처음 실렸다.

2) 『원료범강감』(袁了凡綱鑑). 즉 『요범강감』인데 명조 때 원황(袁黃)이 주희의 『통감강목』(通鑑綱目)을 집록하여 편찬한 것으로 도합 40권으로 되어 있으며 청조 말기에는 책방에 판각본이 있었다.

원황의 자는 곤의(坤儀)이고 호는 요범(了凡)이며 저장성(浙江省) 자산(嘉善) 출신으로 명조 만력(萬曆) 때 진사(進士)를 지냈다. 그의 저서로는 『역법신서』(曆法新書), 『군서비고』(群書備考) 등이 있다.

3) "사람이 글자를 알게 되면서 우환이 시작된다"(人生識字憂患始). 이 말은 송대 소식(蘇軾)의 시「석창서취묵당」(石蒼舒醉墨堂)에 보인다.

4) 원문은 '菊月吉旦'. 음력 9월 초하루를 가리킨다. 옛날에는 자주 꽃이 피는 기간을 이용해 달(月)의 이름을 붙였다. 9월은 국화가 피는 때이기 때문에 국월이라고 했다. 길단(吉旦)은 초하루를 말한다.

5) 허완수전(何萬淑貞). '何'는 남편의 성, 원래 성은 만(萬)이다. 중국에서는 여자가 결혼한 뒤에도 성을 바꾸지 않지만, 이처럼 남편의 성을 붙여서 부르기도 했다. 수전(淑貞)이 이름이며, 뒤에 나오는 완야오푸(萬瑤圃)는 이 사람의 친척으로 보인다.

6) 고리키(Максим Горький, 1868~1936). 본명은 알렉세이 막시모비치 페시코프(Алексей Максимович Пешков)이고, 소련의 프롤레타리아계급 작가이다. 작품으로는 장편소설『포마 고르지예프』(Фома Гордеев), 『어머니』(Мать) 그리고 자전소설 3부작『어린 시절』(Детство), 『세상 속으로』(В людях), 『나의 대학』(Мои университеты) 등이 있다.

    루쉰은 고리키(중국명은 高爾基)의 이름조차 모르는(성이 가오高씨이고 이름이 얼지爾基라고 생각한다) 인물이 이름을 가오얼추(高爾礎)라고 개명하는 것을 통해 당시 중국 사회에 보이는 이런 사람들의 추태를 풍자하고, 외국 사람의 성을 중국풍의 이름으로 번역하는 방법을 비판한 것이다.

7) '풍수쟁이'의 원문은 '陽宅先生'. 이른바 감여가(堪輿家), 속칭 '풍수선생'. 그들은 산 자의 주택을 '양택'(陽宅), 묘지를 '음택'(陰宅)이라고 불렀다.

8) 이백 원(二百番). 번(番)은 번병(番餅)의 줄임말. 일찍이 중국의 어느 지역에서는 외국으로부터 유입되는 은폐(銀幣)를 번병이라고 불렀다(뒤에는 은원銀元을 가리켰다).

9) 활비비. 활같이 굽은 나무에 시위를 매고, 그 시위에 송곳 자루를 건 다음 당기고 밀고 하여 구멍을 뚫는 송곳.

10) 옥황향안리(玉皇香案吏). 옛날에 속되게 우아함을 뽐내는 문인들은 흔히 옛사람의 시나 사(詞)의 구절을 따서 별호를 지었다. 옥황향안리는 당나라 때 사람 원진(元稹)의「주택으로 낙천을 자랑하다」(以州宅誇於樂天)의 "나는 옥황향안리, 귀양살이가 마치 봉래(蓬萊)에서 사는 것 같네"에 나온다.

11) 계단(乩壇). 부계(扶乩)를 행하는 장소. 부계는 미신의 일종으로 두 사람이 丁자형으로 된 나무틀을 잡고 밑으로 늘어진 막대의 끝자락이 그릇에 담긴 모래의 표면에 새긴 문자를 신의 계시라고 간주한다.

12) 예주선자(蕊珠仙子). 도교 전설에 나오는 선녀로서 그가 살고 있는 곳을 예주궁이라고 한다.

13) 호의적인 눈길(靑眼). 『진서』(晉書) 「완적전」(阮籍傳)에 의하면 "진나라 완적이 자신이 미워하는 자에게는 백안(白眼)으로 대하고, 중시하는 자는 청안(靑眼)으로 대했다"고 한다. 뒤에 "청안을 더해"라는 말로 존중, 호감을 표시하게 되었다.

14) 남녀의 구별. 원문은 '兩儀'. 『주역』(周易) 「계사전」(繫辭傳)에 보이는 말로 원래 천지(天地)를 가리키는 말이었는데, 뒤에 남녀를 가리키는 것으로 사용되었다.

15) '편안'(偏安). 중원을 잃고 일부 지방에 안거함을 만족해한다는 뜻.

16) '책'의 원문은 '서뇌'(書腦). 책의 등 부분을 끈(실)으로 묶은 선장본(線裝本)의 철한 부분을 가리킨다.

17) 석륵(石勒, 274~333). 갈족(羯族) 출신으로 서진(西晉) 말년에 산둥에서 봉기를 일으켰는데 점차 발전하여 할거세력이 되었다. 뒤에 전조(前趙)를 멸하고 정권을 세웠다. 후조(後趙)라고 불렀다.

18) 비수의 싸움(淝水之戰). 383년 동진의 군대가 안후이성(安徽省) 비수에서 8만의 병력으로 전진(前秦) 부견의 100만 대군을 물리친 전투를 말한다. 『진서』 「부견재기」(苻堅載記)에 의하면 싸움이 벌어졌을 때 부견이 성루에 올라가 살폈는데 팔공산(八公山)의 초목을 죄다 진나라의 군대로 잘못 보았다고 한다. '초목이 모두 병사'(草木皆兵)란 성어도 여기서 온 것이다.

19) 탁발씨(拓跋氏). 고대 선비족의 한 갈래로 386년에 탁발규(拓跋珪)가 스스로 위(魏)나라 왕이 되었는데, 점차 강성해져 황허강 이북의 여러 곳을 차지하였다. 398년에 탁발규가 평성(平城; 지금의 산시성山西省 다퉁大同)에 도읍을 정하고 황제가 되어 기원을 고쳤는데 그것을 북위(北魏)라고 한다.

20) 청일색(淸一色). 마작 용어로 한 사람의 수중에 있는 패가 동일한 꽃으로 맞춰지는 것을 말한다.

고독자[1]

1.

내가 웨이롄수魏連殳를 알게 된 것을 생각해 보면 정말 특이했다. 그것
은 장례식에서 시작하여 장례식으로 끝났던 것이다.

당시 나는 S시에 살고 있었는데, 사람들이 자주 그의 이름을 거
론하는 것을 들었다. 모두 그가 아주 괴상하다는 것이었다. 동물학을
전공했지만 중학교에서 역사를 가르쳤고, 사람들에게 언제나 냉담하
면서도 남의 일에 참견하기를 좋아했다. 또 가정은 파괴되어야 한다
고 늘 말하면서도 월급을 타면 어김없이 그의 할머니에게 부쳐 주는
데 하루도 늦은 적이 없었다. 이 밖에도 사소한 얘깃거리는 많다. 아무
튼 S시에서는 화젯거리가 되는 사람 중 하나였다. 어느 해 가을 나는
한스산寒石山의 한 친척집에서 한가하게 지낸 적이 있었다. 그 집은 성
이 웨이씨로 롄수와는 한집안이었다. 하지만 그들은 그를 잘 알지 못

했으며, "우리들과 다르다"고 말하며 그를 마치 외국 사람으로 보는 듯했다.

이것도 그리 이상할 것이 없었다. 중국에 새로운 교육운동이 일어난 지 벌써 20년이 흘렀건만 한스산은 초등학교조차 없었다. 산골 마을 전체에서 외지로 나가 유학을 한 사람은 롄수 한 사람뿐이었다. 그래서 마을 사람들이 볼 때 그는 분명 이상한 부류였다. 그러면서도 시기하고 부러워하며 그가 돈을 많이 벌었다고 얘기하곤 했다.

늦가을이 되자 이 산골마을에 이질이 유행했다. 나도 불안해 성안으로 돌아갈 작정이었다. 그때 롄수의 할머니가 병을 얻었는데, 나이가 많아 아주 위중하다는 얘기를 들었다. 두메산골이라 의사도 없었다. 그의 가족으로는 사실 이 할머니밖에 없었다. 할머니는 하녀를 고용하여 단출하게 살고 있었다. 그는 어릴 적에 부모를 여의고 이 할머니의 보살핌으로 자랐다. 할머니는 예전에 고생을 무진장 했는데 지금은 편안하다고 했다. 그러나 롄수에게 처자식이 없다 보니 집안은 아주 쓸쓸하기만 했다. 이런 것도 소위 사람들이 다르다고 말한 이유의 하나가 될 것이다.

한스산은 성에서 육로로는 약 백 리, 수로로는 칠십 리나 떨어져 있어서 사람을 시켜 롄수를 불러오려면 적어도 왕복 나흘이 걸렸다. 산골 벽지에서는 이러한 일도 사람들 모두 알고 싶어 하는 큰 뉴스였다. 이튿날 할머니의 병세가 위중하여 소식을 전할 사람이 출발했다는 소문이 온 마을에 퍼졌다. 그러나 할머니는 새벽 2시쯤 끝내 숨을 거두었다. 임종을 앞두고 "왜 나에게 롄수를 만나게 해주지 않는 거야……?"라는 말을 남겼다고 한다.

문중의 어른과 가까운 친척들 그리고 할머니의 친정 식구들과 한가한 사람들이 한 방에 모여 롄수가 언제쯤 도착할지 얘기를 하고 있었는데 대체로 입관을 시작할 무렵이나 되어야 할 거라는 의견들이 었다. 관과 수의는 이미 갖추어져 있어서 새로 장만할 필요가 없었다. 그들에게 제일 큰 문제는 어떻게 이 '맏손자'[2]를 대할 것인가 하는 거였다. 그가 모든 장례 의식을 새로운 격식으로 바꾸려고 할 거라 생각했기 때문이었다. 그들은 의논 끝에 세 가지 조건을 상정하고 그에게 실행을 요구하기로 했다. 첫째, 흰 상복을 입는다. 둘째, 무릎을 꿇고 절을 한다. 셋째, 스님이나 도사를 불러서 법사[3]를 행한다는 것이었다. 결국은 전부 옛 전통에 따른다는 것이었다.

그들은 상의가 이루어지자 롄수가 도착하는 날 모두 대청 앞에 모여 대열을 이루고 서로 호응하며 힘을 합쳐 극히 엄중한 담판을 벌이기로 약속하였다. 마을 사람들은 죄다 침을 삼키며 신기한 듯 새로운 소식을 기다렸다. 그들은 롄수가 "서양식 교육을 받은" '신당'新黨으로 줄곧 어떤 도리 따위는 안중에 없는 위인인지라, 쌍방의 충돌은 불가피할 것이며 어쩌면 의외의 진기한 일이 발생할지도 모른다고 생각했다.

롄수가 집에 도착한 것은 오후였는데 문에 들어서자 할머니의 영전에 허리를 구부렸을 뿐이라고 한다. 문중의 어른들은 계획에 따라 즉시 행동에 옮겼다. 그를 대청으로 불러들인 다음 먼저 일장 연설을 늘어놓고는 본론에 들어갔다. 모두들 이에 맞장구치며 제각기 떠들어 대어 그에게 반박할 기회를 주지 않았다. 마침내 할 말을 다 해버려서 더 이상 할 말이 없게 되자 대청 안에는 침묵이 흘렀다. 모두들 조심조심 그의 입을 쳐다보았다. 렌수는 안색도 변하지 않고 짤막히 대답할 뿐이었다.

"다 좋습니다."

이것은 그들에게는 너무나 뜻밖의 대답이었다. 모두들 마음의 무거운 짐을 내려놓기는 했으나 도리어 더 무거워지는 것 같기도 했다. 너무도 '이상해서' 몹시 우려되기도 했다. 이 소식을 들은 마을 사람들도 몹시 실망하여 서로 떠들기를 "이상한데! 그가 '모두 괜찮다'고 하다니! 우리도 어디 가 보세" 하였다. 다 괜찮다는 것은 옛 관례대로 한다는 것이니 굳이 가 볼 필요도 없었지만, 그래도 그들은 보고 싶어 해가 저물자 들뜬 마음으로 대청 앞에 가득 모여들었다.

나도 구경하러 갔던 사람 중 하나였다. 나는 미리 향과 양초 한 갑을 보내 두었다. 그의 집에 도착했을 때에는 렌수가 죽은 이에게 수의를 입히고 있었다. 그는 몸집이 작고 여윈 사람이었다. 덥수룩한 머리와 짙은 눈썹과 검은 수염이 길쭉한 얼굴의 절반을 덮고 있었고, 두 눈만이 검은 얼굴에서 빛을 발하고 있었다. 수의를 입히는 솜씨가 대단한 것이 마치 장례 전문가 같아서 옆에서 구경하던 사람들이 탄복했다. 한스산의 풍속에 의하면 이런 때에는 외갓집 친척들이 트집을 잡기 마련이었다. 그래도 그는 그저 묵묵히 누가 뭐라고 해도 얼굴색 하나 변하지 않고 그대로 따랐다. 내 앞에 서 있던 백발의 할머니는 부러워하며 탄성을 질렀다.

다음에는 절을 하고 그다음에는 곡을 하였는데 여자들은 모두 경문經文을 외었다. 그다음에는 입관이었다. 그다음에 절을 하고 또 곡을 하는데 곡은 관 뚜껑에 못을 박을 때까지 계속되었다. 일순 조용해지더니 별안간 사람들이 술렁거리면서 놀라움과 불만스러운 기색이 드러났다. 나도 퍼뜩 렌수가 시종 눈물 한 방울 흘리지 않고 거적자리에 앉아서 두 눈만 어두운 얼굴에서 반짝이고 있는 것을 발견하였다.

이처럼 놀라움과 불만스러운 분위기 속에서 입관이 끝났다. 사람들은 모두 못마땅하여 돌아갈 눈치들이었지만 렌수는 거적자리에 앉아서 생각에 잠겨 있었다. 그런데 갑자기 그가 눈물을 흘리기 시작하더니 이어서 소리를 지르며 대성통곡을 하였다. 마치 상처 입은 이리가 깊은 밤 광야에서 울부짖는 것 같았고, 그 슬픔 속에는 분노와 비애가 뒤섞여 있는 듯했다. 이런 일은 전례가 없는 일이어서 미리 예방할 수 없었던지라 모두들 어찌해야 좋을지 몰라 한동안 망설이고 있는데 몇 사람이 나서서 그를 말리게 되자 사람들이 점점 더 많이 모여들어 그를 빙 둘러쌌다. 그러나 그는 철탑과 같이 끄떡도 하지 않고 앉아서 통곡만 하였다.

사람들은 흥취가 사라져 흩어질 수밖에 없었다. 그는 울고 또 울었다. 대략 반 시간쯤 울더니 갑자기 울음을 딱 그치고는 문상객들에게 인사도 하지 않고 집 안으로 들어가 버렸다. 그의 뒤를 따라서 살펴보러 갔던 사람의 말에 의하면 그는 자기 할머니의 방으로 들어가 침대에 쓰러지더니 급기야 깊이 잠들어 버렸다고 했다.

이틀 뒤, 그러니까 내가 성으로 돌아가기로 한 그 전날, 마을 사람들이 귀신이라도 만난 것처럼 떠들고 있는 것을 들었다. 렌수가 일체의 가재도구를 불살라서 할머니 영전에 바치고, 나머지는 할머니가 살아 계실 때 받들어 모시고 죽을 때 임종까지 지켜 준 하녀에게 나누어 주고, 또 그녀에게 집도 무기한으로 빌려 주려고 한다는 것이었다. 그래서 일가친척들은 입에 침이 마르도록 말렸지만 끝내 그의 뜻을 꺾을 수 없었다고 한다.

아마도 호기심 때문이었겠지만, 돌아가는 길에 나는 그의 집 앞을 지나다가 들러서 조문을 하였다. 흰 상복을 입고 나타난 그의 표정은 전과 다름없이 냉랭했다. 정중히 위로의 말을 전했지만 그는 그저 고개만 끄덕이는 것 외에 이렇게 한마디 말로 대답했을 뿐이었다.

"호의에 대단히 감사드립니다."

2.

우리가 세번째로 만난 것은 그 해 초겨울 S시의 어느 책방에서였다. 우리는 동시에 머리를 끄덕이며 아는 체를 했다. 그러나 우리를 가깝게 한 것은 그 해 연말에 내가 실직을 한 뒤였다. 그때부터 나는 늘 렌수를 찾아갔다. 그것은 첫째로는 당연히 따분했기 때문이었고, 둘째로는 그의 천성이 쌀쌀하기는 하지만 실의한 사람을 친근히 대해 준다는 얘기를 들었기 때문이었다. 그러나 세상사는 변화무쌍한 것, 실의한 사람도 언제까지나 실의에 젖어 있으리라는 법은 없는 것, 그러다 보니 그에게는 오랫동안 사귄 친구가 극히 적었다. 이 소문은 과연 거짓이 아니어서 내가 명함을 건네자 그는 곧 만나 주었다. 두 칸이 서로 통하게 되어 있는 거실에는 별다른 장식도 없었고 책상과 의자 외에는 책장이 몇 개 있을 뿐이었다. 사람들은 모두 그를 무서운 '신당'이라고 했지만 책꽂이에는 새로운 책이 그다지 많지 않았다. 그는 이미 내가 실직한 사실을 알고 있었다. 상투적인 인사말을 나눈 뒤 별로 할 말이 없어 주인과 손님이 덤덤히 마주 앉아 있다 보니 분위기는 점점 침울해졌다. 나는 그가 급하게 담배 한 대를 피우고는 꽁초에 손가락을 델 정도가 되자 땅바닥에 던져 버리는 것을 묵묵히 쳐다보았다.

"담배 태우시죠." 그는 손을 내밀어 또 담배를 집으며 문득 이렇게 말했다.

그래서 나도 한 대를 집어 피우며 교사 생활 이야기며 책에 대한 얘기를 했지만 분위기는 여전히 침울하기만 했다. 내가 자리를 뜨려고 하는데 문밖에서 떠드는 소리와 발자국 소리가 한바탕 나더니 사내애와 여자애 네 명이 뛰어 들어왔다. 큰애는 여덟이나 아홉 살쯤 되어 보이고, 작은 애는 네댓 살쯤 되어 보였는데, 손이며 얼굴이며 옷이 더러운 데다가 아주 밉살스러웠다. 그러나 롄수의 눈에는 곧 기쁜 빛이 드러났다. 그는 서둘러 일어나더니 거실 옆방으로 들어가면서 이렇게 말했다.

"다량大良, 얼량二良 모두 와 봐라! 너희들이 어제 사 달라던 하모니카를 사다 놨어."

아이들은 우르르 뒤쫓아가더니 이내 제각기 하모니카를 불면서 몰려나왔다. 그런데 거실을 나서자마자 무엇 때문인지 모르겠지만 갑자기 싸움이 일어나서 한 아이가 울음을 터트렸다.

"한 사람에 하나씩, 다 같은 거야. 싸우지 마라!" 그는 아이들의 뒤를 뒤따르면서 이렇게 타일렀다.

"뉘 집 아이들인데 이렇게 많아요?" 나는 물었다.

"주인집 애들이에요. 애들에겐 엄마가 없고 할머니뿐입니다."

"집주인은 혼자 삽니까?"

"네, 그의 부인은 삼사 년 전에 죽었어요. 재혼을 하지 않았구요──그렇지 않았다면 나 같은 독신남에게 방을 빌려 주지는 않았을 거예요." 그는 말하면서 차갑게 미소 지었다.

나는 그가 왜 지금껏 독신으로 사는지 물어보고 싶었지만, 친숙하지 않아서 끝내 입을 열지 못했다.

사귀어 보니 롄수는 얘기를 곧잘 하는 사람이었다. 그는 토론하기를 아주 좋아했고 게다가 이따금 기발한 생각을 말하기도 했다. 그런데 참을 수 없었던 것은 그를 찾아오는 어떤 손님들이었다. 그들은 아마도 『침륜』⁴⁾을 읽었는지 늘 자신은 "불행한 청년"이라거나 "쓸모없는 인간"이라고 하면서 게처럼 나태하고 또 오만하게 큰 의자를 틀고 앉아서는 한숨을 쉬기도 하고 이맛살을 찌푸리며 담배를 피우는 것이었다. 게다가 주인집 아이들이 툭하면 서로 다투고 그릇을 뒤집어엎으며 과자를 사 달라고 졸라 대는 통에 머리가 어지러울 정도였다. 그러나 롄수는 아이들 얼굴만 보면 평소의 그런 차가운 태도는 보이지 않고 자신의 생명보다 더 소중하게 여겼다. 한번은 산량三良이 홍역을 앓는다는 소리를 듣고 너무 당황하여 검은 얼굴이 더 검어졌었다고 한다. 그런데 생각했던 것보다 병은 심각하지 않아서 뒤에 아이들의 할머니에 의해 웃음거리로 전해지기도 했다.

"뭐라고 하든 아이들이 좋아요. 그들은 모두 천진난만해……." 내가 좀 귀찮아한다는 것을 눈치챈 듯 그는 어느 날 기회를 봐서 그렇게 말하였다.

"다 그런 것은 아니지요." 나는 아무렇게나 대답했다.

"아니요, 어른들의 나쁜 성질이 아이들에게는 없어요. 후천적인 악은 당신이 평소에 공격하는 그런 악과 같이 환경이 그렇게 만든 것이죠. 원래는 결코 나쁘지 않고 천진난만했지요……. 나는 중국에 희망이 있다면 그것은 바로 여기에 있다고 생각해요."

"아니요, 아이들에게 나쁜 씨앗이 없다면 어떻게 커서 나쁜 열매가 열리겠어요? 예를 들어 하나의 씨앗은 그 안에 본래 가지와 잎과 꽃과 열매가 될 싹을 갖고 있기 때문에 자랐을 때 이러한 것들이 나올 수 있는 거예요. 어찌 근거 없이……." 그 무렵 나는 하는 일 없이 한가한지라 훌륭한 사람들이 하야하면 채식을 하고 참선을 하는 것[5]처럼 불경을 읽고 있었다. 물론 불교의 교리를 터득하고 있었던 것은 아니어서 잘 읽어 보지도 않고 그저 입에서 나오는 대로 지껄였다.

그런데 렌수는 화난 얼굴로 나를 노려보더니 더 이상 아무 말도 하지 않았다. 나는 그가 할 말이 없어 그랬는지 아니면 반론할 가치가 없다고 여겨서 그랬는지 짐작할 수가 없었다. 다만 그가 오랫동안 나타내지 않던 냉랭한 태도를 드러내며 묵묵히 담배 두 대를 연거푸 피웠다. 그가 세 대째 담배를 집으려고 할 때 나는 더 앉아 있을 수가 없어 도망쳐 나오고 말았다.

이런 섭섭한 감정은 석 달이 지나서야 겨우 풀렸다. 그것은 아마 그때의 일을 잊어버렸거나 아니면 '천진한' 아이들에게 그 자신이 원수가 되었기 때문일 것이다. 그래서 아이들에 대해 모욕적인 언사를 던진 나의 심정을 헤아릴 수 있다고 생각한 모양이었다. 하지만 이것은 어디까지나 나의 추측에 불과하다. 그때는 그가 나의 집에 와서 술을 마실 때였다. 그는 서글픈 표정을 짓고는 반쯤 고개를 들고 말했다.

"생각해 보면 정말 기괴한 일입니다. 내가 여기 오다가 길에서 한 어린애를 만났는데 갈댓잎을 들고 나를 가리키며, 죽일 거야! 라고 하질 않겠어요. 아직 걸음도 제대로 걷지 못하는 애가 말이에요……."

"그것은 환경이 나쁘게 가르친 것이지요."

나는 이내 이렇게 말한 것을 후회했다. 그러나 그는 별로 개의치 않고 술만 마시더니 그 사이에 줄곧 담배를 피워 댔다.

"깜빡 잊고 있었네, 물어보고 싶은 게 있었는데." 나는 다른 말로 얼버무렸다. "당신은 그다지 남의 집을 잘 방문하지 않는 편인데, 오늘은 어쩐 일로 여기까지 왔어요? 우리들이 서로 알고 지낸 지 일 년이 넘었는데, 당신이 나를 찾아온 것은 처음이지요."

"당신에게 알려 줄 것이 있어요. 당분간 우리 집에 찾아오지 마십시오. 우리집에는 아주 밉살스러운 어른 하나와 아이 하나가 와 있는데, 모두 사람 같지 않아요!"

"어른 하나와 아이 하나라니? 대체 그들이 누구예요?" 나는 좀 이상했다.

"내 사촌 형과 그 아들 녀석이지요. 허허, 아들도 아비와 똑같아."

"당신을 만나러 성안에 온 김에 놀다 가겠다는 심산인가요?"

"아니요, 나에게 의논할 일이 있어 왔다는데, 그 애를 나의 양자로 삼으라는 거예요."

"아니! 당신의 양자로?" 나는 놀라서 소리쳤다. "당신은 아직 결혼도 하지 않았잖소?"

"그들은 내가 결혼하지 않을 거라는 것을 알고 있어요. 하지만 그들에게 그것이 무슨 상관입니까. 그들은 사실 한스산에 있는 쓰러져 가는 내 집을 상속받으려는 것이에요. 내게는 그 집 외에는 아무것도 없습니다. 당신도 알다시피 수중에 돈이 들어오면 즉각 다 써 버려서 가진 거라고는 그 집 한 채뿐이오. 그래서 그들 부자의 일생 사업은 그 집을 빌려 살고 있는 하녀를 쫓아내는 것입니다."

그의 차갑고 쌀쌀한 말투에 나는 소름이 끼쳤다. 그렇지만 나는 그를 위로하며 말했다.

"당신 친척들이 설마 그렇게까지 하겠어요. 그들의 생각이 약간 고루할 뿐이지요. 할머니가 돌아가셨을 때 당신이 대성통곡을 하자 그들도 모두 당신을 에워싸고 열심히 위로해 주고……."

"내 아버지가 돌아가셨을 때도 똑같았어요. 내가 울고 있자 그들도 열심히 나를 에워싸고 위로해 주었지요. 내 집을 뺏으려면 증서에 내 도장을 받아야 했기 때문에……." 그의 두 눈은 위를 응시하는데 마치 공중에서 그 당시의 정경을 찾으려는 듯했다.

"결국 관건은 당신에게 자식이 없다는 겁니다. 당신은 왜 여태까지 결혼을 하지 않는 거요!" 나는 퍼뜩 화제를 바꿀 말을 찾아냈다. 그것은 오래전부터 물어보려고 생각해 왔던 것이었는데, 이때가 가장 좋은 기회라고 여겼다.

그는 의아한 듯이 나를 쳐다보았고, 얼마 뒤에 눈길을 자신의 무릎 위로 옮기더니 담배만 피울 뿐 대답이 없었다.

3.

하지만 그렇게 실의가 깊어지는 생활이었음에도 롄수를 평안히 살아가도록 하지 않았다. 점차 지방의 작은 신문에서 익명의 인사들이 그를 공격했고, 학계에서도 늘 그와 관련된 유언비어가 떠돌았다. 그러나 이것은 이전처럼 단순한 화젯거리가 아니라 대개는 그에게 불이익을 주는 것이었다. 이것이 그가 근래 즐겨 문장을 발표한 결과라는 것을 알고 있었던 나는 별로 개의치 않았다. S시 사람들은 거리낌없이 의견을 발표하는 사람을 가장 싫어해서 그런 사람이 있으면 반드시 암암리에 골려 주었다. 이런 일은 본래부터 그러했던 것으로 롄수 자신도 알고 있었다. 그런데 봄이 되자 그가 갑자기 교장에 의해 해직당했다는 소문이 들렸다. 이것은 약간 갑작스럽게 느껴졌다. 사실 이것 역시 예전부터 늘 있어 왔던 일이지만, 내가 알고 있는 사람이 이런 일을 당하지 않기를 바랐기 때문에 갑작스럽게 느껴졌던 것뿐이었다. S시 사람들이 이번만 특별히 나쁜 것은 결코 아니었다.

그때 나는 나 자신의 생계 때문에 바빴다. 더구나 그 해 가을에는 산양山陽에 가서 교편 잡는 일을 알아보고 있었기 때문에 그를 찾아가 볼 겨를이 없었다. 좀 여가가 생겼을 때는 그가 해직을 당한 지 약 석 달이 지난 뒤였다. 그러나 롄수를 찾아갈 마음이 생기지 않았다. 어느 날 큰길을 지나다가 우연히 헌책방 앞에서 걸음을 멈춘 나는 깜짝 놀 랐다. 그곳에 진열된 급고각汲古閣 초판본『사기색은』[6]은 바로 롄수의 책이기 때문이었다. 그는 장서가는 아니지만 책을 좋아했고, 이 책은 귀중한 선본善本이어서 부득이한 일이 아니고서는 쉽사리 팔아 버릴 리가 없었다. 실직한 지 이삼 개월이 되어 빈궁함이 이 지경에 이른 것 인가? 그는 돈이 생기면 그 자리에서 써 버리니까 무슨 저축 같은 것 은 없었다고 하지만. 그래서 나는 롄수를 찾아가 보기로 결심하고 내 처 길에서 술 한 병과 땅콩 두 봉지, 훈제 생선 두 마리를 샀다.

그의 방문은 닫혀 있었다. 두어 번 소리쳐 불렀지만 대답이 없었 다. 나는 그가 자고 있지는 않나 해서 더 큰 소리로 부르며 손으로 방 문을 두드렸다.

"나간 모양이오!" 다량의 할머니인 세모눈의 뚱뚱한 여인이 맞 은편 창문으로 희끗희끗한 머리를 내밀며 귀찮다는 듯이 큰소리로 말 했다.

"어디 갔어요?" 나는 물었다.

"어디 갔냐구? 그걸 누가 알겠어요? ――그 사람이 가긴 어딜 갔 겠소. 좀 기다리면 이내 돌아올 거요."

나는 문을 열고 거실로 들어갔다. 정말 "하루 못 본 것이 삼 년이 나 못 본 것 같다"[7]고 했는데, 눈에 보이는 것은 모두 처량하고 쓸쓸해 보였다. 남은 가재도구도 몇 개 되지 않은 데다가 책도 S시에서는 누구도 사려는 사람이 없는 양장본洋裝書 몇 권만 남아 있었다. 방 안의 둥근 탁자는 아직 그대로 있었다. 이전에는 우울하면서도 비분강개했던 청년들과 회재불우의 기사奇士들 그리고 더럽고 시끄러운 아이들이 항상 이 탁자 주위에 모여 있었는데, 지금은 정적만 남았고 옅은 먼지가 가득 쌓여 있을 뿐이었다. 나는 탁자 위에 술병과 종이 꾸러미를 놓고 그 옆에 의자를 끌고 와서 방문을 마주하고 앉았다.

분명 "좀 있으면"이란 말이 틀리지 않았다. 방문이 열리고 한 사람이 쓸쓸하게 그림자처럼 들어왔는데, 바로 롄수였다. 해질 무렵이어서 그런지 얼굴이 더 검어 보였으나 표정은 여전했다.

"어! 오셨소, 온 지 오래되었소?" 그는 반가운 모양이었다.

"아니 얼마 안 됐어요"라고 대답하고는 "어디에 갔었어요?"

"뭐 어디에 간 것은 아니고 그냥 마음 내키는 대로 돌아다녔소."

그도 의자를 탁자 옆에 끌고 와 앉았다. 우리들은 술을 마시기 시작했고, 그의 실직에 관해서 얘기를 나누었다. 그러나 그는 그런 이야기는 별로 하고 싶어 하지 않았다. 그는 예상했던 일이고 또 여러 번 당해 본 일이라 이상하지도 않고 얘기할 만한 것도 못 된다고 생각했다. 그는 예전처럼 술만 마시며 사회와 역사에 관한 자기 생각을 얘기했다. 웬일인지 나는 이 때 텅 빈 책꽂이를 바라보다가 급고각 초판본 『사기색은』이 생각나서 불현듯 고독과 비애를 느꼈다.

"거실이 퍽 쓸쓸하군요……. 요즘에는 찾아오는 손님이 별로 없어요?"

"없어요. 그들은 내 심경이 편치 않으니 와도 재미없을 거라고 생각하지요. 심경이 좋지 않으면 사실 사람들을 불편하게 하거든. 겨울 공원에 가는 사람은 없잖소⋯⋯." 그는 술 두 잔을 연이어 마시고 나서 묵묵히 생각하다가 갑자기 얼굴을 들어 나를 보더니 물었다. "당신이 찾고 있는 일자리도 아직 별 다른 소식이 없소⋯⋯?"

나는 그가 벌써 약간의 취기가 있다는 것을 분명하게 알았지만 그 말에 기분이 언짢아져서 한마디 하려고 했다. 그런데 그가 이때 귀를 기울여 뭔가를 듣고는 곧 땅콩을 한 움큼 쥐고 나가 버리는 것이었다. 문밖에서 다량 등의 웃음소리가 들렸다.

하지만 그가 나가자 아이들의 웃음소리는 그쳤는데 모두 가 버린 것 같았다. 그는 쫓아가면서 몇 마디 했지만 아이들의 대답은 들리지 않았다. 그는 또다시 그림자처럼 풀죽은 모습으로 돌아와서 쥐고 갔던 땅콩을 종이 포장지에 내려놓았다.

"이젠 내가 주는 것은 먹으려고 하지 않아." 그는 나지막한 소리로 자조하듯이 말했다.

"롄수," 나는 비애를 느꼈지만 억지로 미소를 지으며 말했다. "너무 자신을 괴롭히는 것 같아요. 당신은 인간을 너무 나쁘게만 보는 것 같은데⋯⋯."

그는 차갑게 웃었다.

"내 말 아직 끝나지 않았소. 당신은 우리들, 가끔 찾아오는 사람들이 아무 일 없이 한가하기 때문에 이곳에 와서 당신을 소일거리 대상으로 삼는다고 생각하시오?"

"그렇진 않소. 다만 때론 그렇게 생각할 때도 있소. 혹시 이야깃거리를 찾으러 오지는 않았나 하고 말이오."

"그것은 당신이 잘못 생각한 거요. 모두 결코 그렇지 않아요. 당신은 스스로 누에집[8]을 만들어 자신을 그 속에 가두어 놓고 있소. 세상을 좀 밝게 볼 필요가 있어요."

나는 한숨 지으며 말했다.

"그럴지도 모르지요. 하지만 그 누에집은 어디서 오는 겁니까?──물론 세상에는 그런 사람들이 수두룩하죠. 예를 들어 내 할머니 같은 분이 바로 그랬소. 내 비록 할머니의 피를 이어받은 것은 아니지만 그 운명은 이어받았을지도 모르지요. 하지만 이것도 뭐 중요한 것은 아니오. 나는 그때 이미 다 울어 버렸으니까……."

나는 바로 그의 할머니 장례식 때의 장면이 생생하게 떠올랐다.

"난 당신이 그때 왜 그렇게 대성통곡했는지 이해할 수 없어요……." 나는 불쑥 이렇게 물었다.

"할머니를 입관할 때 말이오? 그래, 당신은 이해 못할 거요." 그는 등불을 켜면서 냉랭하게 말했다. "당신과 내가 교제하게 된 것도 그때의 울음 때문이었다고 생각하오. 당신은 모르겠지만, 그 할머니는 내 아버지의 계모였소. 아버지의 생모는 세 살 때 돌아가셨지." 그는 생각에 잠기며 묵묵히 술을 마시고 훈제한 생선을 먹었다.

"그런 옛일은 나도 처음에는 알지 못했소. 그저 이렸을 적부터 좀 이상하다고 생각했었지. 그때는 아버지가 살아 계셨고 집안 형편도 괜찮아서 정월에는 조상의 초상을 걸어 놓고 성대하게 제사를 지냈지요. 그 많은 성장盛裝한 화상들을 구경하는 것은 그 당시 내게는 더 없는 즐거움이었어요. 그런데 그때 나를 안고 있던 한 하녀가 초상화 한 폭을 가리키며 '이분이 도련님의 할머니예요. 절 하세요. 씩씩하게 빨리 자라게 해달라고 말이에요.' 그때 나는 할머니가 계신데 또 무슨 '진짜 할머니'가 있을 수 있는지 잘 깨닫지 못했소. 그렇지만 나는 그 '진짜 할머니'를 좋아했어요. 그 할머니는 집에 계시는 할머니처럼 늙지도 않았어요. 젊고 예뻤으며 금박무늬의 빨간 옷을 입고 구슬로 장식한 관을 쓰고 있었는데 그것은 내 어머니의 초상화와 거의 비슷했어요. 내가 할머니를 보면 그녀의 눈도 나를 바라보았고 입가에는 미소까지 짓고 있었지요. 그래서 나는 이 할머니가 나를 정말 사랑한다고 생각했어요.

"그렇지만 나는 집에서 종일 창밑에 앉아 천천히 바느질을 하는 할머니도 좋아했어요. 비록 내가 아주 기쁘게 그녀 앞에서 쾌활하게 떠들고 말을 걸고 해도 웃음 한 번 보이는 법 없이 언제나 차가운 느낌뿐이어서 아무래도 다른 할머니들과 좀 다르다는 생각을 했지만, 그래도 나는 여전히 그 할머니를 좋아했어요. 그 뒤로 점차 멀어지게 되었지만 그렇다고 내가 나이가 들면서 그분이 아버지의 생모가 아니라는 사실을 알게 되어서가 아니라, 하루도 빠짐없이 기계처럼 바느질만 하던 모습이 보기에 싫증 났기 때문이었어요. 그래도 할머니는 여전히 예나 다름없이 바느질을 하면서 나를 돌봐 주고 또 귀여워해 주셨지요. 할머니는 좀처럼 웃지 않았지만, 큰소리로 꾸짖지도 않았어요. 아버지가 돌아가실 때까지 줄곧 그랬어요. 그 뒤로 우리집 생계는 전적으로 할머니의 바느질에 의지할 수밖에 없게 되어서 할머니는 더욱더 그러했지요. 내가 학교에 들어갈 때까지…….”

등불이 점점 어두워졌다. 기름이 다 된 모양이었다. 그는 일어나서 책꽂이 밑에서 작은 양철통을 꺼내어 기름을 부었다.

“이달에만 기름값이 두 번이나 올랐어…….” 그는 등잔마개를 잘 돌려 놓고 천천히 말했다. “생활이 하루하루 어려워지고 있어요.── 할머니는 그 뒤에도 여전했습니다. 내가 학교를 졸업하고 일자리를 얻어 형편이 다소 나아진 뒤에도, 아니 할머니가 병이 들어 도저히 견딜 수 없게 되어 자리에 눕게 되기까지 그러했다고 하는 편이 맞을 거예요…….”

“내 생각에 할머니는 말년에 그렇게 고생한 편은 아니었소. 또 사실만큼 사셨으니 내가 눈물을 흘릴 것까지는 없었지요. 더구나 우는 사람도 많지 않았어요? 이전에 할머니를 몹시 괄시하던 사람까지도 울었으니 말입니다. 적어도 얼굴만은 매우 슬퍼보였소. 하하!…… 그런데 나는 그때 어찌 된 일인지 그녀의 일생이 눈앞에 떠올랐소. 스스로 고독을 만들어서 그것을 씹어 삼켜 온 사람의 일생이 말이오. 게다가 이런 사람은 세상에 아주 많다는 생각이 들었어요. 이런 사람들을 생각하니 자연 슬퍼지면서 눈물이 나질 않겠소. 그보다도 내가 그때 너무 감상적이었던 게 큰 이유였던 것 같지만…….”

“지금 나에 대한 당신의 비판은 바로 이전의 할머니에 대한 나의 생각과 같소. 하지만 당시 내 생각은 사실 옳지 않았어요. 나 자신이 세상일을 좀 알기 시작하면서 확실히 할머니와 점점 멀어져 갔으니까.”

그는 침묵했다. 손가락 사이에 담배를 끼운 채 머리를 숙이고 생각에 잠겼다. 등불이 가늘게 떨렸다.

"아, 사람이 죽은 뒤에 한 사람도 그를 위해 울어 주는 이가 없도록 하는 일은 쉬운 일이 아니야."

그는 혼잣말처럼 중얼거리고는 잠시 후에 얼굴을 들어 나를 보며 말했다. "당신도 별 수가 없는 모양이지요. 나도 빨리 일자리를 찾아야 할 텐데……."

"그래 부탁해 볼 만한 친구는 더 없소?" 나는 이때 자신의 일조차도 어떻게 해볼 도리가 없었다.

"몇 사람 있기는 하지만 그들의 처지도 나와 별반 차이가 없소……."

내가 롄수와 작별하고 문을 나서자 둥근 달이 이미 중천에 떠 있었다. 아주 고요한 밤이었다.

4.

산양의 교육사업 상황은 말이 아니었다. 학교에 부임한 지 두 달이 지났는데도 월급 한 푼 받지 못해 담배도 아껴 피워야 할 판이었다. 하지만 학교 직원들은 월급이 한 달에 십오륙 원인 말단 직원에 이르기까지 자기 운명에 만족하고 본분을 지키지 않는 이가 없었다. 게다가 그들은 고생 속에서 단련된 무쇠 같은 육체에 의지하여 몹시 수척해져 얼굴이 누렇게 뜨면서도 아침 일찍부터 저녁 늦게까지 일을 하였다.

그러다가도 지위와 명예가 높은 사람이 들어오면 공손히 일어나서 인사를 하였다. 실로 "의식이 풍족해야 예절을 안다"[9]는 말이 필요 없는 백성들이었다. 이런 상황을 지켜볼 때마다 왜 그런지 롄수와 헤어질 때 그가 나에게 부탁한 말이 생각났다. 당시 그의 살림 형편은 말이 아니었다. 때때로 궁색한 모습이 드러나서 예전의 침착함은 찾아볼 수 없었다. 내가 떠난다는 것을 알고는 한밤중에 찾아와서 한참을 머뭇거리더니 더듬거리며 이렇게 말했다.

"거기 가면 무슨 방법이 있지 않겠소? 베껴 쓰는 일이라도 좋으니 한 달에 이삼십 원이라도 괜찮은데, 나는……."

나는 깜짝 놀랐다. 그가 이렇게까지 타협적으로 나오리라고는 생각지 못했기 때문에 한동안 말이 나오지 않았다.

"나는……, 나는 아직 좀더 살아야 하니까……."

"거기 가 보고, 될 수 있는 대로 알아보리다."

이것이 내가 그날 그에게 책임지고 한 대답이었다. 이 말은 훗날 늘 내 귀에 들려왔다. 동시에 롄수의 모습도 눈앞에 떠올랐다. "나는 아직 좀더 살아야만 해"라고 더듬거리며 말하던 목소리까지 들리는 것이었다. 그동안 나는 여러 곳에 추천을 해보았다. 하지만 무슨 효과가 있었겠는가. 일은 적고 사람은 많으니 돌아오는 결과는 사람들이 나에게 몇 마디 미안하다는 말을 하는 것뿐이었다. 나는 나대로 그에게 몇 마디 송구하다는 편지를 보냈다. 한 학기가 끝나 갈 무렵 상황은 더 나빠졌다. 그 지역의 몇몇 신사紳士들이 발간하는 『학리주보』學理週報에서 나를 공격하기 시작했다. 물론 이름을 거론한 것은 아니지만, 말이 아주 교묘하여 사람들이 한번 보면 누구나 다 내가 학교에서 소동을 선동하고 있다[10]고 느끼도록 하였고 또 렌수를 추천한 일조차 자기 패를 끌어들여 작당 모의를 하려 한다고 생각하게끔 했다.

나는 꼼짝도 할 수 없게 되었다. 그러다 보니 수업하는 것을 제외하고는 문을 닫아걸고 집 안에 숨어 있을 수밖에 없었다. 때때로 담배 연기가 창틈 사이로 새어 나가는 것까지 학교 내의 소동을 조장한다는 혐의를 받지 않을까 두려웠다. 그래서 렌수의 일은 입 밖에 낼 수도 없었다. 한겨울이 될 때까지 나는 이렇게 지냈다.

하루종일 눈이 내리더니 밤이 되어도 그치지 않았다. 바깥은 얼마나 조용한지 정적의 소리까지 들을 수 있을 정도였다. 작은 등잔불 아래서 눈을 감고 우두커니 앉아 있는 나의 눈에는 눈송이들이 펑펑 쏟아져 눈 덮인 허허벌판에 다시 눈이 쌓이는 모습이 보이는 것만 같았다. 지금쯤은 고향에서도 새해를 맞이할 준비로 다들 한창 바쁘겠지. 어느덧 나 자신이 어린아이가 되어 뒤뜰 평평한 곳에서 꼬마 친구들과 함께 눈사람을 만들고 있었다. 두 개의 자그마한 숯덩이를 눈사람의 눈에 끼워 넣었더니 눈이 아주 새까맣다. 그 눈이 갑자기 반짝하는가 싶더니 렌수의 눈으로 변하였다.

"나는 아직 좀더 살아야만 해!" 여전히 그 목소리였다.

"왜?" 나는 나도 모르게 이렇게 묻고는 곧 스스로도 우스워졌다.

이 우습다는 문제가 나를 일깨웠다. 나는 자세를 바로 하고 앉아서 담배에 불을 붙였다. 창문을 열고 내다보니 눈은 더욱더 세차게 쏟아지고 있었다. 문 두드리는 소리가 나더니 이윽고 누가 들어왔는데,

그것은 귀에 익은 하숙집 심부름꾼의 발걸음 소리였다. 그는 나의 방문을 열더니 여섯 치 남짓한 봉투 하나를 건네주었다. 몹시 거친 필체였는데 얼핏 보니 '위함'魏織이라는 두 글자가 있는 것으로 보아 렌수가 보낸 것임을 알았다.

이것은 내가 S시를 떠난 뒤 그가 내게 보낸 첫번째 편지였다. 나는 그가 게으른 사람이라는 것을 알고 있었기 때문에 그에게서 소식이 없다고 하여 이상하게 여긴 것은 아니지만, 가끔은 전혀 소식을 전하지 않는 그를 원망하기도 했다. 그런데 이 편지를 받고 보니 또 어쩐지 이상한 생각이 들어 얼른 겉봉을 뜯었다. 편지도 똑같이 거친 필체로 이렇게 쓰여 있었다.

선페이申飛…….

내가 당신을 뭐라고 불러야 할지? 빈칸으로 남겨 두니 당신이 뭐라고 불리기를 원하는지 스스로 써넣기 바라오. 나는 아무래도 좋소.

헤어진 뒤로 모두 세 통의 편지를 받았지만 답신을 하지 않았소. 그 이유는 아주 간단하오. 난 우표를 살 돈조차 없었기 때문이오.

당신이 나의 소식을 알고 싶어 할 것 같아 간단히 알려 드리리다.

나는 실패했소. 예전에 나 스스로 실패자라고 생각했으나 지금에 와서 보니 결코 그렇지 않다는 것을 알았소. 지금이야말로 정말 실패자요. 선에는 내가 좀더 살아 주기를 바라는 사람도 있었소. 나 스스로도 좀더 살기를 바랐소. 하지만 살아갈 수가 없었소. 지금은 그럴 필요가 없게 되었으나 그래도 살아려고 하오…….

그래도 살아가려 하겠다고?

내가 좀더 살기를 바라던 그 사람 자신이 더 살지 못하고 이미 적에게 속아 살해당하고 말았소. 누가 죽었느냐고? 아무도 모르오.

인생의 변화는 너무도 빠르오! 지난 반년 동안 난 거의 거지나 다름없었소. 아니, 실제로 이미 구걸을 하고 있었다고 할 수 있소. 그러나 나는 아직 해야 할 일이 있소. 나는 그것을 위해 구걸을 하고, 그것을 위해 추위에 떨고 굶주렸으며, 그것을 위해 고독하게 살았고, 그것을 위해 고통을 받았소. 하지만 멸망만은 원하지 않소. 보시오, 내가 좀더 살기를 원하는 한 사람의 힘은 이렇게 컸소. 그런데 지금은 없소. 이 한 사람마저도 없어졌소. 동시에 나 자신도 살아갈 자격이 없다고 느꼈소. 다른 사람은? 역시 자격이 없소. 동시에 난 또 내가 살아가기를 바라지 않는 그런 사람들을 위해서라도 기어코 살아가야 하겠다고 생각하오. 다행히 내가 잘 살아가기를 바라던 사람은 이미 사라졌으니까 그 누구도 마음 아파하지는 않을 것이오. 나는 이런 사람들의 마음을 아프게 하고 싶지는 않소. 그런데 지금은 없소. 그 한 사람마저 없어졌소. 통쾌하고 후련하기 그지없소. 나는 벌써 이전에 나 자신이 증오했던 것, 반대했던 것들 모두를 몸소 실행해 봤소. 그리고 이전에 나 자신이 숭배하고 주장했던 모든 것을 기부했소. 나는 이제 완전히 실패했소.──하지만 난 승리한 것이오.

당신은 내가 미쳤다고 생각합니까? 내가 영웅이나 위인이라도 된 것으로 생각하시오? 아니, 그렇지 않소. 이 일은 아주 간단하오. 나는 요즘 두杜 사단장의 고문이 되어 매달 80원의 월급을 받고 있소.

선페이…….

당신이 나를 어떻게 생각할지 모르겠지만 그건 당신 좋을 대로 하시오. 난 아무래도 좋소.

당신은 아직도 나의 옛날 거실을 기억하고 있겠지요. 우리가 성안에서 처음 만났고 또 서로 헤어질 때의 그 거실 말이오. 나는 지금도 그 거실을 사용하고 있소. 그런데 여기에는 새로운 손님, 새로운 선물, 새로운 찬사, 새로운 아부, 새로운 절과 인사, 새로운 마작과 연회, 새로운 경멸과 혐오, 새로운 불면과 각혈이 있소…….

당신은 지난번에 보낸 편지에서 교편 생활이 여의치 않다고 했소. 당신도 고문을 할 생각이 있소? 그럴 의사가 있다면 내가 주선해 줄 테니 나한데 알려주시오. 사실 문지기를 해도 무방하오. 새로운 손님과 새로운 선물, 새로운 찬사가 있기는 매한가지요…….

여기는 큰 눈이 내렸는데 당신이 있는 곳은 어떻소? 지금은 한밤중, 두어 번 각혈을 하고 나니 정신이 맑아졌소. 당신이 가을부터 지금까지 편지를 세 통이나 보내 주었다는 것을 생각하니 놀랍기 그지없소. 그래서 당신에게 소식을 전하지 않으면 안 되겠다고 생각했소. 당신이 너무 어이없어 할지는 모르겠지만.

아마 앞으로 더 이상 편지를 쓸 것 같지 않소. 나의 이 습관은 당신도 이미 알고 있는 것이오. 언제 돌아오시오? 빨리 돌아온다면 서로 볼 수 있을 것이오.──하지만 나는 우리들이 결국 같은 길을 걷지는 않을 거라고 생각하오. 그렇다면 제발 나를 잊어 주기 바라오. 당신이 일전에 나의 생계를 걱정해 준 것에 대해 나는 진심으로 감사하고 있소. 그러나 이제 나의 일을 잊어 주시오. 나는 지금 이미 '좋아졌으니' 말이오.

12월 14일, 롄수

편지를 보고 나는 "어이없을" 정도는 아니었지만, 대충 훑어보고 다시 한번 자세히 읽어 보니 어쩐지 좀 불안해졌다. 그러나 이와 동시에 유쾌하기도 하고 기쁘기도 했다. 또 그의 생계가 더 이상 문제가 되지 않는 듯이 보여 나도 한시름 덜게 된 셈이었다. 비록 나로서는 아무런 도움도 되지 못했지만 말이다. 문득 그에게 답신을 보내야겠다는 생각을 했지만 별로 할 말이 없는 것 같아 그만두고 말았다.

분명히 나는 점차 그를 잊어 가고 있었다. 나의 기억 속에서 그의 모습도 별로 나타나지 않았다. 그런데 편지를 받은 지 열흘이 되지 않아 S시에 있는 학리칠일보사學理七日報社가 갑자기 그들의 『학리칠일보』를 우편으로 계속 부쳐 주었다. 나는 이런 것을 그다지 즐겨 보는 편은 아니었으나 부쳐 주었으니 손가는 대로 뒤적거려 보았다. 그런데 그 신문을 받아 보면서부터 또 롄수를 생각하게 되었다. 그 안에는 「눈 오는 밤 롄수 선생을 뵙고」雪夜謁連殳先生, 『롄수 고문의 고재아집』連殳顧問高齋雅集이니 하는 그와 관련된 시문이 실려 있었기 때문이었다. 한번은 '학리한담'學理閑譚란에 '일화'라는 제목을 달고 지난날 그가 남의 웃음거리가 되었던 이야기들이 흥미진진하게 서술되어 있었는데, 거기에는 "비범한 사람은 모름지기 비범한 일을 하게 된다"[11]는 뜻을 은연중에 풍기고 있었다.

이런 일로 그를 기억했지만, 어찌 된 일인지 그의 모습은 점점 희미해져 갔다. 그렇지만 날이 갈수록 나와 더 가까워지는 것 같기도 하였으며 때로는 나로서도 알 수 없는 불안과 아주 경미한 전율마저 느꼈다. 다행히 가을이 되자 『학리칠일보』는 오지 않았다. 그렇지만 산양 지방에서 발간하는 『학리주간』學理週刊에는 「유언은 바로 사실이다」流言卽事實論라는 장편의 논문이 실렸다. 그 안에는 모군들에 관한 유언은 이미 공정한 신사들 사이에서 널리 떠돌고 있다고 씌어 있었다. 이것은 특정한 몇 사람을 가리키고 있었는데 그 안에는 나도 포함되어 있었다. 나는 지극히 조심하는 수밖에 없었고, 이전처럼 담배연기가 문틈으로 새어 나가는 것까지도 조심하게 되었다. 조심한다는 것은 숨 가쁜 고통이었다. 이 때문에 만사를 제쳐 놓게 되었고 렌수를 생각할 겨를도 없었다. 요컨대 사실 나는 그를 이미 잊어버렸던 것이다.

그러나 결국 나도 여름방학 때까지 견뎌 내지 못하고 5월 말에 산양을 떠났다.

5.

산양에서 리청歷城으로 다시 타이구太谷로 반년 남짓 돌아다녔으나 끝내 아무런 일자리도 얻지 못한 나는 다시 S시로 돌아가기로 결심했다. 돌아온 때는 이른 봄 어느 날 오후였다. 비가 내릴 듯한 날씨여서 모든 것이 잿빛 속에 잠겨 있었다. 이전에 살았던 하숙집에 빈 방이 있어서 다시 거기에 짐을 풀었다. 오는 길에 렌수 생각을 한 나는 도착한 뒤

저녁을 먹고 나서 그를 찾아가 보기로 마음먹었다. 나는 원시[12] 지방의 명산품인 떡 두 봉지를 손에 들고 길 한가운데 드러누워 있는 개들을 피해 가면서 질척질척한 길을 한참 걸어 겨우 롄수의 집 앞에 도착했다. 집 안은 유난히 밝아 보였다. 고문이 되더니 집까지도 몹시 밝아졌구나 하고 생각하면서 자신도 모르게 어둠 속에서 웃었다. 그러나 얼굴을 들어 보니 대문 옆에 흰 종이[13]가 비스듬하게 붙어 있었다. 나는 다량의 할머니가 죽었구나 하고 생각하면서 대문 안으로 들어서서 곧장 안으로 걸어 들어갔다.

희미한 불빛이 비치고 있는 뜰 안에는 관이 놓여 있었다. 그 옆에는 군복을 입은 사병인지 마부인지 모를 사람이 웬 사람과 이야기를 주고받고 있었다. 그 사람은 바로 다량의 할머니였다. 그 밖에 짧은 옷을 입은 몇 명의 인부가 할 일 없이 서성거리고 있었다. 나는 갑자기 가슴이 두근거리기 시작했다. 그녀도 얼굴을 돌려 나를 가만히 바라보았다.

"아! 돌아오셨소? 며칠만 더 일찍 오시지……." 그녀는 갑자기 큰 소리로 말했다.

"누가…… 누가 죽었어요?" 나는 이미 짐작을 하고 있었지만 그래도 이렇게 물었다.

"웨이 대인魏大人이 그저께 돌아가셨다우."

나는 사방을 둘러보았다. 등잔불을 하나만 켜 놓아서 그런지 거실 안은 어두컴컴했다. 큰 방에는 하얀 장례용 휘장이 쳐져 있었고, 방 밖에는 몇 명의 아이들이 모여 있었는데 바로 다량과 얼량 등이었다.

"저쪽에 안치되어 있어요." 다량의 할머니가 다가와 가리키며 말했다. "웨이 대인이 출세한 뒤로 안방까지 빌려 주었지요. 지금 그는 저기에 누워 있어요."

휘장 위에는 아무것도 쓰여 있지 않았다. 앞에는 긴 상 하나와 네모 상이 하나 놓여 있었다. 네모상 위에는 밥그릇과 찬그릇이 여러 개 놓여 있었다. 내가 방 안에 들어서자 갑자기 흰 상복을 입은 두 사나이가 앞을 가로막더니 죽은 생선 같은 눈을 치켜뜨고 의심스러운 눈초리로 나를 쏘아보았다. 나는 황망히 렌수와의 관계를 설명했고, 다량의 할머니도 옆에서 증명해 주었다. 그제서야 그들의 손과 눈에서 경계의 빛이 누그러졌고, 내가 가까이 다가가서 절하는 것을 허락했다.

나는 머리를 숙여 절을 하자 갑자기 어떤 사람이 땅바닥에서 엉엉 울기 시작했다. 마음을 진정시키고 보니 여남은 살 먹은 아이가 거적자리에 엎드려 있었다. 그 아이는 흰 상복을 입고 있었는데 빡빡 깎은 머리에는 한 묶음의 삼줄[14]이 감겨 있었다.

나는 그들과 인사를 마치고 나서야 그중 한 사람은 렌수의 사촌형으로 가장 가까운 친척이고 다른 한 사람은 먼 조카뻘 되는 사람임을 알게 되었다. 나는 고인을 한번 보고 싶다고 했더니 "죄송합니다"라고 하면서 한사코 말렸다. 그러나 마침내 내게 설복을 당해 휘장을 걷었다.

나는 이번에 죽은 렌수와 만나게 되었다. 하지만 기이했다! 그는 구겨진 짧은 셔츠와 바지를 입고 있었고 가슴께에 아직 핏자국이 있었으며 얼굴은 몰라보게 수척해 있었으나 그의 모습은 예전과 다르지 않았다. 편안히 입을 다물고 눈을 감은 모습은 마치 잠들어 있는 듯했다. 하마터면 코끝에 손을 대어 아직 숨을 쉬고 있는 것은 아닌지 확인해 보고 싶을 정도였다.

죽은 이든 산 사람이든 모든 것이 죽은 듯이 조용했다. 내가 물러 나오자 그의 사촌 형이 다가와서 '제 동생'은 젊고 역량도 있어 앞길이 구만 리 같은데 갑자기 '작고'作古를 하고 말았습니다, 이것은 '우리 집안'의 불행일 뿐만 아니라 친구들을 대단히 상심케 하는 일이라며 인사를 했다. 이 말은 렌수를 대신하여 사과를 드린다는 뜻이 담겨 있었는데, 이렇게 말 잘하는 사람은 산골에서는 드물었다. 그러나 이 후로는 또 침묵이 흘렀다. 죽은 이든 산 사람이든 모든 것이 죽은 듯이 조용했다.

나는 아주 무료함을 느꼈고 아무런 비애의 감정도 없었다. 그래서 마당에 나가 다량의 할머니와 한담을 나누기 시작했다. 입관 때가 다 되어서 수의가 오기를 기다린다는 것과 관에 못을 박을 때는 '자오묘유'子午卯酉 네 가지 해에 출생한 사람은 반드시 그 자리를 피해야 한다는 것을 알았다. 할머니는 신이 나서 얘기하는데 말하는 것이 청산유수 같았다. 렌수의 병세와 살아 있을 때의 일들을 얘기했는데, 그 가운데에는 그에 대한 비평도 담겨 있었다.

"아시겠지만 웨이 대인이 운이 트이고 나서부터 사람이 예전과 달라졌어요. 얼굴도 높이 쳐들고 의기양양했지요. 사람들에게도 더이상 예전처럼 어수룩하지 않았어요. 당신도 그가 이전에는 벙어리처럼 날 보고 노부인이라고 불렀던 거 알지요? 그런데 나중에는 '늙은 할멈'이라고 불렀어요. 허허, 정말 재미있었어요. 사람들이 그에게 약초[15]를 보냈지만, 그는 먹지 않고 마당에 내던져 버리고는 ── 바로 여기에 ── '늙은 할멈, 당신이나 드슈'라고 소리쳤어요. 그가 운이 트이자 드나드는 사람들이 많아져서 안방을 내드리고 난 옆방으로 옮겼지요. 진짜로 출세한 뒤에는 보통사람들과는 다르다고 우리는 늘 말했지요. 당신이 한 달만 빨리 왔더라면 여기의 떠들썩함을 볼 수 있었을 텐데, 사흘이 멀다 하고 연회를 벌였지요. 모두들 떠들고 웃고 노래 부르고 시도 짓고 마작도 하고……."

"이전에 그는 아이들이 제 아버지를 무서워하는 것보다 더 아이들을 무서워했어요. 그래서 언제나 목소리를 낮춰 부드럽게 말하곤 했지요. 근자에는 완전히 달라졌답니다. 아이들과 말도 잘하고 떠들기도 잘했지요. 그래서 우리 애들도 그와 노는 것을 아주 좋아해서 시간만 나면 그의 집에 가곤 했지요. 그도 여러 가지 방법으로 아이들을 놀렸지요. 아이들이 뭘 사 달라고 하면 개 짖는 소리를 내라든가 머리가 땅에 닿도록 절을 하라든가 하면서, 하하, 참 요란했지요. 두어 달 전에 얼량이 신을 사 달라고 졸랐을 때에는 세 번이나 머리가 땅바닥에 닿도록 절을 시켰어요. 참 그 신발은 지금도 신고 다니는데 아직 멀쩡해요."

흰 상복을 입은 사람이 한 명 나오자 할머니는 입을 다물었다. 내가 롄수의 병에 대해 물었는데 그녀는 잘 알지 못했다. 단지 오래전부터 몸이 마르기 시작했지만 그가 늘 기분 좋게 지냈기 때문에 아무도 눈치채지 못했다는 것이었다. 한 달쯤 전에야 비로소 그가 몇 차례 피를 토했다는 말을 들었지만 의사에게 보이지 않은 것 같다고 했다. 그러다가 쓰러졌으며 죽기 사흘 전에 목이 막히어 한마디 말도 못했다는 것이었다. 저 멀리 한스신에서 찾아왔다는 십삼┼三 대인은 그에게 저금한 돈이 있냐고 물었지만, 그는 대답도 하지 못했다는 것이다. 십삼 대인은 그가 일부러 벙어리 흉내를 낸다고 의심했다지만, 폐병으로 죽은 사람들 중에는 말을 못 하는 사람도 있다는데 그걸 누가 알겠는가…….

"하지만 웨이 대인은 성격이 아주 괴상했어요." 할머니는 갑자기 낮은 목소리로 말했다. "그는 저축할 생각은 안 하고 돈을 물처럼 썼어요. 십삼 대인은 우리들이 무슨 이익을 본 것이 아닌가 의심하고 있는데, 무슨 얼어 죽을 이익이에요? 그는 정말 흥청망청 써 버렸어요. 물건을 사더라도 오늘 산 것을 내일 죄다 팔아 버리거나 부숴 버리니 정말 무슨 영문인지 알 수가 없었어요. 죽고 나니까 아무것도 없지 뭐예요, 글쎄. 모두 못 쓰게 되었어요. 그렇지 않았다면 오늘도 이처럼 쓸쓸하지는 않았을 텐데……."

"그는 터무니없는 일만 하면서 실속 있는 일이라곤 조금도 하려고 하지 않았어요. 나는 느낀 바가 있어 찾아가 그에게 권하기도 했어요. 나이가 나이이니만큼 어서 결혼을 해야 한다고 말입니다. 지금과 같은 형편이면 결혼이야 별 문제가 되지 않는다고 그랬지요. 어울리는 집안이 없으면 먼저 첩이라도 몇 두어도 괜찮다고 했지요. 사람은 아무튼 세상 격식에 맞게 살아야 한다고 말했더니 그는 껄껄 웃으면서 '할멈, 할멈은 늘 남을 대신해 이렇게 걱정해 주는 것이 좋소?' 이러지 않겠어요. 그는 근자에 들떠서 남의 좋은 말을 들으려고 하지 않았어요. 일찍 내 말만 들었더라도 이렇게 혼자서 쓸쓸히 황천길을 가지 않아도 됐을 텐데. 하다못해 친척 몇 사람의 울음소리라도 들을 수 있지 않았겠어요……."

가게의 점원이 옷을 메고 왔다. 친척 셋이 속옷을 꺼내어 휘장 뒤로 갔다. 얼마 안 있어 휘장이 걷혔는데 속옷은 이미 갈아입혔고 이어서 겉옷을 입히고 있었다. 이것은 내게 아주 낯선 모습이었다. 빨간 줄이 굵게 쳐진 황토색의 군복 바지를 입었고, 그다음에는 금빛이 번쩍이는 견장이 붙은 군복 상의를 입었다. 무슨 계급인지, 어디서 받은 것인지는 알 수 없었다. 입관한 다음에 보니 롄수는 아주 부자연스럽게 누워 있었다. 발치에는 한 켤레의 황색 가죽 구두가 놓여 있고, 허리 옆에는 종이로 만든 지휘도가 놓였으며 장작개비같이 바짝 마른 거무죽죽한 얼굴 옆에는 금테를 두른 군모가 놓여 있었다.

친척 셋이 관을 붙들고 한바탕 곡을 한 다음 울음을 그치고 눈물을 닦았다. 머리 위에 삼줄을 동인 아이가 물러가고 산량도 달아났는데, 아마도 '자오묘유'의 하나에 해당하는 모양이었다.

인부가 관 뚜껑을 둘러메고 왔으므로 나는 다가가서 영원히 이별하는 롄수를 마지막으로 보았다.

그는 어색한 의관에 둘러싸인 채로 눈을 감고 입은 꼭 다물고 편안히 누워 있었다. 입가에는 차가운 미소를 머금고, 이 우스꽝스러운 시체를 냉소하고 있는 듯했다.

관 뚜껑에 못을 치는 소리가 들리자 동시에 곡소리가 울렸다. 이

곡소리를 끝까지 다 들을 수가 없어서 난 마당으로 나왔다. 발길이 가는 대로 걷다 보니 어느새 대문 밖으로 나왔다. 질척질척한 길이 또렷이 비쳤다. 고개를 들어 하늘을 올려다보니 짙은 구름은 이미 흩어지고 둥근 달이 차가운 빛을 던지며 걸려 있었다.

　　나는 무거운 물건 속에서 뚫고 나오려는 것처럼 걸음을 재촉했다. 그러나 잘 되지가 않았다. 귓속에서 무언가 발버둥치는 것이 있었다. 아주 오랫동안 발버둥치던 것이 마침내 밖으로 뛰쳐나왔다. 그것은 길게 울부짖는 소리 같았다. 마치 상처 입은 이리가 깊은 밤중에 광야에서 울부짖는 것처럼 그 고통 속에는 분노와 비애가 뒤섞여 있었다.

　　내 마음은 가벼워졌다. 나는 차분한 마음으로 달빛을 받으며 축축이 젖은 돌길을 걸어갔다.

1925년 10월 17일 완결畢

주)──────

1) 원제는 「孤獨者」. 이 글은 『방황』에 수록되기 전에 신문·잡지에 발표된 적이 없다.

2) 맏손자(承重孫). 봉건적 종법제도에 의하면 장자(長子)가 먼저 죽었을 때는 직계 장손, 즉 맏손자가 망부를 대신하여 조부모 장례의 상주가 되어야 했다.

3) 법사(法事). 원래는 불교도들이 염불을 하거나 불공을 드리는 활동을 말한다. 여기서는 중이나 도사가 혼백을 구원하는 미신적 의식을 가리킨다.

4) 『침륜』(沈淪). 위다푸(郁達夫)의 소설집으로 중편소설 『침륜』, 단편소설 「남천」(南遷),

「은회색의 죽음」(銀灰色的死) 등이 수록되어 있으며 1921년 10월 상하이 태동도서국(泰東圖書局)에서 출판되었다. 이 소설들은 '불행한 청년' 혹은 '잉여자'들을 주인공으로 하여 당시 제국주의와 봉건 세력의 압제 아래서 우울해하고 고민하고 자포자기하는 일부 프티부르주아 지식인들의 병태적 심리를 보여 주었다.

5) 원문은 '吃素談禪'. 담선은 불교 교리를 담론하는 것. 당시 군벌, 관료가 세력을 잃으면 하야 '선언'과 '통전'(通電; 관계자에게 타전하는 전문)을 발표하여 해외 유람을 하거나 산속에 은거하며 참선을 행하고 이후 국사에 관여하지 않는 등을 선언하는 일이 종종 있었다. 실세로는 동향을 살피고 새기의 기회를 노리는 행위었다.

6) 『사기색은』(史記索隱). 당나라의 사마정(司馬貞)이 『사기』에 주석을 가한 책으로 전체 30권이다. 급고각(汲古閣)은 명말의 장서가 모진(毛晉)의 장서실이다. 『사기색은』은 모진이 중각(重刻)한 송판서(宋版書)의 하나이다.

7) "하루 못 본 것이 삼 년이나 못 본 것 같다"(一日不見, 如隔三秋). 이 구절은 『시경』 「왕풍」(王風)의 「채갈」(采葛)편에 보인다.

8) 누에집(獨頭茧). 사오싱(紹興) 방언으로 고독한 사람을 독두(獨頭)라고 부른다. 누에(茧)는 실을 토해 내 충(茧; 풀이름)을 만들고 자신을 고독하게 그 속에 가두어 둔다. 여기서는 '독두충'(獨頭茧)을 이용해 스스로 고독을 즐기는 사람을 비유하고 있다.

9) "의식이 풍족해야 예절을 안다"(衣食足而知禮節). 『관자』(管子) 「목민」(牧民)에 "곳간이 가득차야 예절을 알고, 의식이 충족되어야 영욕을 안다"라는 말이 나온다.

10) 원문은 '挑剔學潮'. 1925년 5월 루쉰이 베이징여자사범대학의 다른 6명의 교수와 연명으로 반동적인 베이징여자사범대학 당국에 반대하는 학생들의 운동을 지지하는 선언을 발표하자, 천시잉(陳西瀅)은 같은 달 『현대평론』(現代評論) 제1권 제25기에 발표한 「한담」(閑談)에서 루쉰 등이 "몰래 학조(學潮)를 도발한다"고 공격하였다. 저자는 여기서 이 말을 사용해 의미가 통하지 않는 천시잉의 문장을 풍자하였다. '도척'(挑剔)은 본래 흠을 들추어낸다는 의미다.

11) "비범한 사람은 모름지기 비범한 일을 하게 된다"(且夫非常之人, 必能行非常之事). 『사기』 「사마상여열전」(司馬相如列傳)에서 나온 말이다.

12) 원시(聞喜). 산시성(山西省)에 있는 현.

13) 흰 종이(斜角紙). 옛날 중국의 민간 풍습에는 사람이 죽으면 대문에 흰 종이를 어슷하게 붙였다. 그 종이에는 죽은 사람의 성별과 연령, 입관할 때 기피해야 할 띠를 가진 사람, 그리고 삼갈 일들과 날짜를 적어 놓음으로써 다른 사람들이 알고 피하게 하

였다. 이것을 소위 '앙방'(殃榜)이라고 한다. 청대 범인(范寅)의 『월언』(越諺)에 의하면 액신은 "사람의 머리에 닭의 몸뚱이를 가졌는데", "사람이 죽으면 꼭 찾아오며 그를 범하는 자는 죽는다"고 하였다. 뒤에 나오는 자오묘유(子午卯酉)생 즉 쥐, 말, 토끼, 닭 띠의 사람은 다 자리를 피해야 한다는 말이다.

14) 원문은 '苧麻絲'. 옛 풍속에는 죽은 자의 자식 또는 손자는 빈소를 지킬 때나 장례를 지낼 때 상주의 표식으로 머리에 이것을 썼다.

15) 선거출(仙居朮). 저장성 셴쥐현(仙居縣)에서 나는 약용식물 '백출'(白朮)을 말한다.

죽음을 슬퍼하며[1]
—쥐안성(涓生)의 수기

나는 할 수만 있다면 나의 회한과 비애를 쯔쥔子君을 위해서, 나 자신을 위해서 쓰려고 한다.

회관[2] 안 한쪽 구석에 있어 잊혀진 이 낡은 방은 적막하고 공허하기 그지없다. 세월은 정말 빠르게 흘러 내가 쯔쥔을 사랑하고 그녀에 의지해 이 적막과 공허에서 도망쳐 나온 지도 벌써 만 1년이 되었다. 그리고 또 무슨 일인지 내가 되돌아왔을 때 비어 있는 곳 또한 공교롭게도 이 방뿐이었다. 부서진 창문, 창밖의 반쯤 말라죽은 홰나무와 늙은 자등紫藤 나무, 창가의 네모 탁자, 허물어져 가는 벽, 벽에 기대어 있는 나무 침대 이 모든 것이 예전 그대로였다. 한밤중에 홀로 침상에 누워 있으니 쯔쥔과 동거하기 이전과 똑같아서 과거 1년간의 시간은 하나도 남김없이 사라져 그런 것은 존재하지도 않은 것 같은 느낌이 들었다. 이 낡은 방을 떠나 지자오후퉁吉兆胡同에 희망에 가득 찬 작은 가정을 꾸리고 살던 일이 거짓말 같았다.

그뿐만이 아니다. 1년 전의 적막과 공허는 결코 이렇지 않았다. 늘 기대를 품고 있었다. 쯔쮠이 올 것이라는 그런 기대를 말이다. 오랜 기다림의 초조함 속에서 벽돌길에 닿는 하이힐의 맑은 소리가 들리면 나는 얼마나 생기가 돌았던가! 이윽고 나의 눈앞에는 보조개 핀 창백한 둥근 얼굴, 희고 가녀린 팔, 무늬가 새겨진 무명 블라우스와 검정 치마가 나타났다. 그녀는 창밖의 반쯤 시든 홰나무의 새로 난 잎을 따 가지고 와서 보여 줄 때도 있었고, 또 쇠처럼 늙은 줄기에 송이송이 피어난 엷은 보랏빛 등나무꽃을 따서 내게 보여 줄 때도 있었다.

그러나 지금은, 정적과 공허만이 여전할 뿐 쯔쮠은 결코 다시 오지 않는다. 게다가 영원히, 영원히!……

쯔쮠이 나의 이 낡은 방에 없을 때 나는 아무것도 눈에 들어오지 않았다. 너무 무료한 나머지 과학책이든 문학책이든 손에 잡히는 대로 집어 들었다. 읽어 가다가 퍼뜩 정신이 들어 보면 벌써 십여 페이지나 뒤적거렸건만 책 속의 내용은 전혀 기억나지 않았다. 그런데 귀는 유달리 밝아서 대문 밖 길 가는 사람들의 신발 소리를 모두 알아들을 수 있을 것 같았다. 그 속에 쯔쮠의 구두 소리도 점점 가까이 다가오는 듯했다.──그러나 그 소리는 다시 점차 멀어져서 마침내 여러 사람들의 어지러운 발자국 소리에 사라지고 만다. 나는 쯔쮠의 구두 소리와 전혀 다른 베신을 신은 소사小使[3]의 아들을 싫어했다. 그리고 쯔쮠의 구두 소리와 흡사한 소리를 내며 언제나 새 구두를 신고 크림을 바르고 다니는 옆집의 애송이가 미웠다!

쯔쥔이 타고 오던 차가 뒤집힌 게 아닐까? 아니면 전차에 치인 것은 아닐까? 나는 모자를 쓰고 그녀를 만나러 가려다가 그녀의 작은 아버지한테 욕먹던 일이 생각나 그만두었다.

갑자기 그녀의 구두 소리가 한발짝 한발짝 가까워졌다. 마중을 나갔을 때는 이미 얼굴에 보조개를 띤 채 자등나무 울타리 아래를 지나오고 있었다. 쯔쥔이 작은아버지한테서 야단을 맞지 않은 것 같아 나는 저으기 마음이 놓였다. 잠시 서로 말없이 마주본 뒤 이윽고 낡은 방 안에는 차츰 나의 말소리로 가득 찼다. 가정의 전제, 구습 타파, 남녀평등, 입센과 타고르, 셸리[4] 등에 관해서 이야기하였다……. 쯔쥔은 미소를 지으며 머리를 끄덕였고, 두 눈에는 순진하고도 호기심으로 가득한 빛이 어려 있었다. 벽에는 동판의 셸리 반신상이 붙어 있었다. 잡지에서 오려 낸 것인데 그의 초상화 가운데 가장 아름다운 것이다. 내가 그녀에게 그것을 보라고 가리키자, 그녀는 힐끗 한번 보더니 부끄러운 듯 고개를 숙였다. 그것으로 보아 쯔쥔이 아직 구사상의 속박에서 완전히 벗어나지 못한 것 같았다.──나는 뒤에 셸리가 바다에 빠져 죽었을 때의 기념상 아니면 입센의 초상화로 바꾸려고 생각했지만 끝내 바꾸지 못했다. 지금은 이것조차 어디로 갔는지 모른다.

"나는 나 자신의 것이지, 그들 누구도 나에게 간섭할 권리는 없어요!" 이것은 쯔쥔이 나와 교제를 시작한 지 반년쯤 되어 이곳에 살고 있는 작은아버지와 고향 집의 아버지에 대한 이야기를 하다가 잠시 말 없이 생각하더니 분명히 그리고 단호하고도 침착하게 했던 말이다. 그때는 이미 나의 생각, 나의 신세, 나의 결점을 숨김없이 쯔쥔에게 다 말했고, 그녀도 완전히 이해하고 있었다. 쯔쥔의 이 말은 나의 영혼을 진동시켰고, 그 뒤 여러 날 동안 귓속에서 울렸다. 그리고 나는 염세가가 말하듯이 중국 여성은 구제할 수 없는 것이 아니라 머지않은 장래에 빛나는 서광이 비칠 거라는 것을 알고 말할 수 없는 기쁨을 느꼈다.

그녀를 대문 밖까지 배웅할 때면 언제나 열 걸음쯤 떨어져서 걸었다. 그럴 때면 언제나 저 메기수염을 한 늙은이의 얼굴이 더러운 유리창에 코끝이 일그러질 정도로 바싹 붙어 있었다. 바깥마당에 나서면 또 늘 그렇듯이 크림을 덕지덕지 바른 그 애송이의 얼굴이 반짝반짝하는 유리 창문으로 보였다. 그러나 쯔쥔은 곁눈질도 하지 않고 당당하게 걸어 나갔다. 나도 당당하게 돌아왔다.

"나는 나 자신의 것이지, 그들 누구도 나에게 간섭할 권리가 없어요!" 이런 철저한 사상이 그녀의 머릿속에 있었다. 그것은 나보다 더 투철하고 더 단단했다. 크림을 덕지덕지 처바른 애송이나 코끝이 일그러질 정도로 유리창에 얼굴을 대고 내다보는 늙은이 따위가 그녀에게 뭐 대수겠는가?

내가 그때 어떻게 나의 순진하고 열렬한 사랑을 그녀에게 표현했는지 이제는 잘 기억이 나지 않는다. 지금은커녕 그 직후에 이미 모호해져서 밤중에 곰곰이 돌이켜 보아도 약간의 단편만이 남아 있을 뿐이었다. 그런데 동거 생활을 시작한 지 한두 달 뒤에는 이런 단편조차도 행방이 묘연한 꿈이 되고 말았다. 나는 단지 쯔쥔에게 사랑을 고백하기 십여 일 전에 있었던 일을 기억할 뿐이다. 그때 나는 사랑을 고백할 때에 어떤 자세를 취하며 어떤 말부터 먼저 하며 또 만약 거절당했을 때는 어떻게 할 것인지 하는 것에 대해 미리 자세하게 생각해 두었다. 그러나 그때가 되자 아무 소용이 없었다. 얼마나 당황했던지 자신도 모르게 영화에서 본 적이 있는 방법을 사용하고 말았다. 뒤에 그때 일을 생각하기만 하면 얼굴이 붉어졌다. 그런데 얄궂게도 이것만 기억에 영원히 남아서 내가 눈물을 머금고 쯔쥔의 손을 잡고서 한쪽 무릎을 꿇던 모습이 지금도 암실의 외로운 등불에 비친 광경처럼 보인다……

내가 한 일뿐 아니라 쯔쥔이 한 말과 행동도 나는 그때 똑똑히 보지 못했다. 그녀가 나한테 허락했다는 것만 알았다. 그때 쯔쥔의 얼굴색이 창백해졌다가 뒤에 점점 빨갛게 바뀌던 —— 일찍이 본 적이 없고 그 뒤에도 본 적이 없을 만큼 새빨간 얼굴이 기억난다. 어린아이의 눈과 같은 쯔쥔의 눈에는 슬픔과 기쁨이 엇갈린 그리고 놀람과 의혹을 동반한 빛이 쏟아졌다. 애써 나의 시선을 피하느라고 허둥거리며 창문이라도 부수고 뛰쳐나갈 듯한 모습이었다. 나는 그녀가 이미 나의 사랑을 받아들였다는 것은 알았지만, 그녀가 무슨 말을 했는지 아니면 아무 말도 하지 않았는지는 알 수 없었다.

그러나 쯔쥔은 하나도 빠짐없이 기억하고 있었다. 내가 한 말을 글을 읽는 것처럼 줄줄 외웠으며 내가 한 동작을 나의 눈에는 보이지 않는 필름을 눈앞에 걸어 놓은 것처럼 너무도 생생하고 자세하게 말했다. 물론 내가 다시는 생각하고 싶지 않은 천박한 영화의 한 장면까지도 말이다. 밤이 깊어 주위가 조용해지면 서로 마주앉아 복습하는 시간이 된다. 나는 늘 질문을 받고 시험을 치고 또 그때 한 말을 다시 해보라는 명령을 받는다. 그러나 나는 열등생처럼 항상 그녀로부터 보충을 받고 교정을 받아야만 했다.

이 복습도 뒤에는 점차 횟수가 줄었다. 그러나 그녀가 허공을 주시하고 깊은 생각에 잠기며 이어서 얼굴빛이 점차 부드러워지고 보조개가 깊어지는 것을 보면 나는 그녀가 또 혼자서 복습하고 있다는 것을 알았다. 그러면 나는 그녀가 나의 그 우스꽝스러운 영화의 한 장면을 볼까 두려웠다. 그러나 나는 그녀가 그것을 보고 싶어 하고 또 그것을 보지 않고는 견딜 수 없다는 것을 알고 있었다.

하지만 그녀는 그것을 우스꽝스럽다고 여기지 않았다. 나 자신은 우스꽝스럽다고 여기고 심지어 비루하다고까지 생각했지만 그녀는 조금도 우습다고 생각하지 않았다. 나는 그 이유를 잘 알고 있었다. 그것은 나에 대한 쯔쥔의 사랑이 그토록 열렬하고 그렇게 순진했기 때문이었다.

지난해 늦은 봄은 가장 행복했고 또 가장 바쁜 때였다. 내 마음은 안정되었으나 다른 부분이 몸과 함께 바빠지기 시작했다. 그 무렵에 우리는 비로소 어깨를 나란히 하고 길을 걸었고 공원에도 몇 차례 갔었지만 그보다 살 집을 구하러 다닌 적이 가장 많았다. 나는 길에서 이따금 호기심과 비웃음과 상스러움과 경멸의 눈초리를 만났다. 그럴 때 자칫하다가는 나의 온몸이 움츠러들 것 같아서 그때마다 나는 즉각 오만과 반항심을 내세워 지탱하였다. 그러나 그녀는 조금도 두려워하는 빛 없이 완전히 무관심한 태도로 마치 아무도 없는 곳을 지나는 것처럼 태연히 앞으로 걸어갔다.

방을 구하는 일은 사실 쉽지가 않았다. 태반은 구실을 대며 거절을 하였고, 더러는 우리가 마음에 들지 않았다. 처음에 우리는 너무 까다롭게 골랐다.──그렇다고 지나치게 까다로운 것은 아니었는데, 어느 집이든 아무리 보아도 우리들이 살 만한 곳이 못 되었던 것이다. 그러나 나중에는 아무 데라도 받아 주기만 하면 좋겠다고 생각하게 되었다. 이십여 곳을 돌아보고 나서야 겨우 임시로 그럭저럭 살 만한 곳을 찾았는데, 바로 지자오후퉁에 있는 작은 집의 두 칸짜리 남쪽 방이었다. 집주인은 말단 관리였는데 이해심이 있는 사람으로 자신들은 안채와 곁채에서 살고 있었다. 그에게는 부인과 돌이 안 된 딸애가 있었고 또 시골 출신의 하녀를 데리고 있었다. 아이가 울지만 않는다면 너무 한가롭고 조용했다.

우리의 세간은 몹시 단출했다. 하지만 그것을 장만하느라고 내가 마련한 돈을 거의 다 써 버렸다. 쯔쥔도 하나밖에 없는 금반지와 귀고리를 팔았다. 내가 말렸으나 쯔쥔이 한사코 팔겠다고 하여 나도 더 이상 어찌할 수가 없었다. 그녀도 한몫 거들게 하지 않으면 그녀의 마음이 편치 않다는 것을 나는 알고 있었다.

쯔쥔은 진작에 그녀의 작은아버지와 싸우고 헤어졌다. 그래서 작은아버지는 그녀를 다시는 조카딸로 생각하지 않겠다고 노발대발하였다. 나도 말로는 충고한다고 하면서도 사실은 나 때문에 겁을 먹거나 나를 질시하는 몇몇 친구들과 잇달아 절교했다. 그러나 이렇게 하고 나니 마음은 도리어 편했다. 매일 일이 끝나면 황혼이 깃들고 또 인력거꾼도 짓궂게 늑장을 부렸지만 아무튼 우리 두 사람이 서로 마주앉는 시간은 있었다. 우리는 처음에는 말없이 서로를 쳐다보다가 이어서 마음을 터놓고 다정하게 얘기를 나누고, 그러다가 다시 침묵했다. 우리는 머리를 숙이고 곰곰이 생각하기는 하나 그렇다고 다른 무엇을 생각하고 있는 것은 아니었다. 나는 점차 그녀의 몸과 그녀의 영혼을 두루 읽어 내고 있었다. 불과 3주도 채 안 되어 나는 그녀를 더 깊이 이해하게 되었다. 이전에 많이 이해했다고 생각했었는데 이제 와서 보니 오히려 둘 사이에 거리감이 있었으며 그 거리감이 없어진 것 같았다.

쯔쥔도 나날이 활발해졌다. 그러나 그녀는 꽃을 좋아하지 않았다. 내가 묘시[5]날 사온 두 개의 화분에 나흘 동안이나 물을 주지 않아 구석에서 말라 죽었다. 나 역시 모든 것을 돌볼 시간이 없었다. 그러나 그녀는 동물을 좋아했다. 주인집 아주머니한테서 전염된 듯하지만, 한 달이 못 되어 우리집 식솔이 갑자기 늘어나서 병아리 네 마리가 작은 마당에서 주인집의 십여 마리와 함께 뛰어다니고 있었다. 그러나 그녀들은 병아리의 생김새를 잘 알고 있어서 각자 어떤 것이 자기집 것인지 구별할 수 있었다. 그 외에 내가 묘시에서 사온 얼룩 발바리가 한 마리 있었는데, 원래 부르던 이름이 있었으나 쯔쥔이 따로 아수이 阿隨라고 이름 지어 불렀다. 나도 아수이라고 부르긴 했지만 그 이름이 마음에 들지는 않았다.

진실로 애정은 끊임없이 새로워지고 성장하고 창조되어야 하는 것이다. 내가 이 말을 쯔쥔에게 하자 그녀도 알았다는 듯이 머리를 끄덕였다.

아아, 그것은 얼마나 평화롭고 행복한 밤이었던가!

안녕과 행복은 영원한 안락과 행복인 채로 머물고 싶어 한다. 우리가 회관에 있을 때는 때때로 의견의 충돌과 생각의 오해가 있었으나, 지자오후퉁으로 온 이후 이런 일조차 없어졌다. 우리는 등불 밑에 마주 앉아 지난날을 돌이켜 보면서 그때 충돌한 뒤 화해가 몰고 오는 재생의 기쁨을 음미하곤 했다.

쯔쥔은 몸이 붇고 혈색도 좋아졌다. 다만 애석한 것은 너무 바쁜 것이었다. 집안일을 돌보느라 담소를 나눌 시간도 없었으니 하물며 독서와 산보는 생각할 수조차 없었다. 우리는 늘 하녀를 두어야겠다고 말하곤 했다.

저녁때 집에 돌아와서 그녀가 안 좋은 표정을 감추는 것을 볼 적마다 나도 마음이 언짢았다. 내가 특히 못마땅했던 것은 그녀가 억지로 미소를 짓는 것이었다. 다행히 그 연유를 알아보니 그것은 관리 부인과의 암투 때문으로 그 도화선은 바로 두 집의 병아리였다. 이런 일이라면 왜 나에게 말하지 않았단 말인가? 사람은 역시 하나의 독립된 집이 필요하다. 이런 곳에 사는 것은 무리다.

내가 다니는 길은 틀에 박혀 있었다. 일주일 가운데 6일을 집에서 사무실로, 또 사무실에서 집으로 다녔다. 사무실에서는 책상에 앉아서 공문과 편지를 베끼고 또 베꼈다. 집에서는 그녀와 마주앉거나 또는 그녀가 화로에 불을 지피고, 밥을 짓고, 만두 찌는 것을 도왔다. 내가 밥 짓는 법을 배운 것도 바로 이때였다.

식사도 회관에 있을 때보다 훨씬 나아졌다. 요리하는 것이 쯔쥔의 장기는 아니었지만 그래도 정성을 다했다. 그녀가 밤낮으로 애를 태우는 일에 대해서는 나 역시도 함께 애를 태우지 않을 수 없게 되어서 말 그대로 고락을 같이하게 되었다. 더구나 하루 종일 땀을 흘려서 짧은 머리카락이 이마에 달라붙고 손까지 거칠어지는 쯔쥔을 볼 때마다 내 마음은 더 그러했다.

게다가 아수이를 기르고 닭을 치는…… 모두가 그녀가 아니면 안 될 일이었다.

나는 안 먹어도 괜찮으니 그렇게 너무 애쓰지 말라고 쯔쥔에게 충고를 해보았으나 그녀는 흘깃 나를 쳐다보고는 아무 말도 하지 않고 서글픈 표정을 지었다. 그래서 나도 입을 다물었다. 하지만 그녀는 여전히 그렇게 애를 썼다.

내가 예상하고 있던 타격이 마침내 찾아왔다. 쌍십절[6] 전날 밤 나는 멍하니 앉아 있었고, 그녀는 그릇을 씻고 있었다. 문 두드리는 소리가 나서 문을 열어 보니 사무실의 사환이었다. 그는 내게 등사한 종이쪽지 한 장을 내밀었다. 짐작되는 바가 있어서 등잔 밑으로 가서 그것을 들여다보니 과연 쪽지에는 다음과 같이 씌어 있었다.

통지

국장의 명에 의해 스취안성(史涓生)은 금후 출근을 정지할 것.

10월 9일 비서처

이것은 회관에 있을 때부터 이미 예상했던 일이었다. 크림을 덕지덕지 처바른 애송이 녀석은 국장 아들의 노름친구였으니 분명 있는 소리 없는 소리 지어내어 고자질했을 터였다. 지금에 와서야 효과가 나타났으니 오히려 너무 늦었다고 할 수 있다. 사실 이것은 나에게 큰 타격은 아니었다. 나는 벌써 오래전부터 남에게 글을 베껴 써 주거나 혹은 글을 가르쳐 주거나 아니면 힘은 좀 들지만 책을 번역하는 일도 해보려고 마음먹고 있었다. 더구나 『자유의 벗』自由之友 편집장은 몇 번 만난 적이 있는 사람으로 두 달 전에는 편지까지 주고받았다. 그렇지만 나는 가슴이 두근거렸다. 그다지도 두려움을 모르던 쯔쥔의 얼굴색이 변하는 것이 특히 마음 아팠다. 그녀는 요즈음 좀 나약해져 있었다.

"뭐 대수롭지 않네요. 흥, 우린 새로운 일을 하는 거예요. 우린……." 그녀는 이렇게 말했다.

쯔쥔은 말끝을 흐렸다. 왜 그런지 그 말은 내 귀에는 들떠 있는 것같이 들렸다. 등불도 유달리 어둡게 느껴졌다. 사람들은 정말 우스운 동물이다. 극히 사소한 일에도 심각한 영향을 받으니 말이다. 우리는 처음에는 묵묵히 서로를 바라보고만 있다가 앞으로 할 일에 대해 의논하기 시작했다. 우선 지금 갖고 있는 돈을 최대한 아끼는 한편 베껴 쓰는 일과 가르치는 일을 구하는 '광고'를 신문에 내고 또 『자유의 벗』 편집장에게 편지를 써서 지금의 내 처지를 설명하고 어려운 시기에 처한 우리를 도와주는 의미에서 나의 번역 원고를 실어 줄 것을 부탁하기로 하였다.

"말했으면 말한 대로 하자! 이참에 새로운 길을 찾는 거야!"

나는 즉시 책상으로 몸을 돌려 참기름 병과 식초 접시 등을 치웠다. 그러자 쯔쥔이 어두침침한 등불을 가져왔다. 나는 먼저 광고 문구의 초를 잡고 다음에 번역할 책을 고르기로 했다. 이사 온 뒤로 한 번도 펼쳐 보지 않아서 책들 위에는 뽀얗게 먼지가 쌓여 있었다. 마지막에 편지를 썼다.

나는 편지를 어떻게 써야 할지 몰라 꽤 망설였다. 붓을 멈추고 생각을 집중시키다가 언뜻 그녀의 얼굴을 쳐다보았는데 흐릿한 불빛 아래 유난히 쓸쓸해 보였다. 나는 정말 이처럼 자질구레한 일이 굳세고 두려움을 모르는 쯔쥔에게 이토록 뚜렷한 변화를 줄 것이라고는 전혀 생각지 못했다. 그녀는 요즘 확실히 나약해졌다. 그것은 결코 오늘 밤에 시작된 것이 아니었다. 이 때문에 나의 마음은 더욱 심란해졌고, 갑자기 평화로운 생활의 그림자──회관의 낡은 집에 깃든 정적이 눈앞에 어른거렸다. 막 눈을 뜨고 그것을 응시하려고 하는데 다시금 흐릿한 등불이 나타났다.

한참 뒤에야 장문의 편지 한 통을 다 썼다. 유달리 피곤한 것이 근래 나 자신도 좀 나약해진 것 같았다. 그래서 우리는 광고와 편지를 내일 함께 부치는 것으로 했다. 그러고 나서 우리는 약속이나 한 듯이 똑같이 허리를 폈고 무언중에 서로의 굴복하지 않는 강인한 정신을 느끼며 새로 싹트는 미래의 희망을 보는 듯했다.

바깥에서의 타격은 도리어 우리의 새로운 정신을 진작시켰다. 사무실에서의 생활이란 원래 새장수 손 안의 새와 같아서 몇 톨의 쌀로 목숨을 이어 갈 뿐이지 살이 찔 수는 없는 것이다. 세월이 흐르면 날개가 마비되는 상황에 이르고 새장 밖으로 내보내어도 이미 날 수가 없게 된다. 지금은 어쨌든 새장에서 벗어났다. 나는 이제부터 내 날개가 날개짓을 잊어버리기 전에 새롭게 드넓은 하늘을 향해 비상해야 한다.

광고가 즉시 효력을 일으키지 못하는 것은 당연하다. 그렇다고 번역 또한 쉬운 일은 아니었다. 이전에 대강대강 훑어볼 때는 이해가 되는 듯하던 것도 정작 붓을 들고 번역을 시작하고 보니 의문투성이고 진행도 아주 느렸다. 그러나 나는 열심히 하기로 마음먹었다. 거의 새것에 가까운 사전이 보름도 되지 않았는데 가장자리에 손때가 시커멓게 묻었으니, 이것은 곧 내 작업의 절실함을 증명해 주었다. 『자유의 벗』 편집장은 일찍이 자신의 잡지는 좋은 원고를 썩히지 않는다고 말했었다.

애석하게도 내게는 조용한 방이 없다. 쯔쥔도 이전의 그런 조용함은 사라지고 나를 살뜰히 보살펴 주지도 않았다. 방 안은 늘 그릇과 접시들로 어지럽고 석탄 연기가 가득차서 사람이 편안하게 일할 수가 없었다. 그러나 서재를 둘 능력이 없는 나 자신을 원망하는 수밖에 없었다. 게다가 아수이가 있고, 닭들까지 생겼다. 또 닭들이 자라자 툭하면 주인집과 옥신각신하였다.

날마다 '강물이 흐르듯 끊임없이' 되풀이되는 것은 밥 먹는 일이었다. 쯔쥔의 업적은 전적으로 이 식사와 관련된 일에서 세워진 것 같았다. 먹고 나면 돈을 마련하고 마련하면 또 먹었다. 게다가 아수이도 먹이고, 닭들도 먹여야 했다. 그녀는 전에 이해했던 것을 깡그리 잊어버린 듯했다. 나의 구상이 항상 이 식사를 재촉하는 소리 때문에 끊어진다는 것을 생각하지 못하는 것 같았다. 자리에 앉아서 약간 화가 난 표정을 지어 보여도 전혀 고치려 하지 않고 마치 아무것도 모른다는 듯이 우적우적 먹어 댔다.

그녀가 나의 작업이 정해진 식사 시간의 속박을 받아서는 안 된다는 것을 깨닫게 하는 데 꼬박 5주가 걸렸다. 나의 말을 이해한 뒤에 그녀는 자못 불쾌했을 테지만 아무 말도 하지 않았다. 내 일은 과연 이때부터 비교적 신속하게 진행되었고, 얼마 후에 5만 자나 되는 것을 다 번역하였다. 한차례 손을 더 보면 이미 써 놓은 소품小品 두 편과 함께 『자유의 벗』에 보낼 수 있게 되었다. 다만 밥 먹는 일은 여전히 내게 고민거리였다. 음식이 식는 것은 상관없었으나 늘 모자랐다. 어떤 때는 밥도 모자랐다. 내가 종일 방 안에서 머리만 쓰기 때문에 먹는 양은 이전보다 많이 줄었는데도 그랬다. 그것은 먼저 아수이를 먹이기 때문이었다. 어떤 때는 요즘 나도 쉽게 먹지 못하는 양고기까지 주었다. 그녀는 아수이가 말라서 얼마나 불쌍한지, 주인집 아주머니가 이

때문에 우리를 놀리는데 자기는 이런 조롱은 참을 수 없다고 했다.

그래서 내가 먹다 남긴 밥은 닭들만 먹었다. 나는 이 사실을 나중에야 알게 되었다. 그리고 헉슬리[7]가 '우주에서의 인류의 위치'를 규정한 것처럼 나도 이 집에서의 위치를 파악하게 되었다. 즉 개와 닭의 중간쯤에 있었던 것이다.

그후 몇 차례의 언쟁과 독촉을 거쳐 닭들은 점차 반찬으로 변했다. 우리와 아수이는 십여 일간 신선한 고기 맛을 보았다. 그러나 사실 그 닭들은 매일 몇 톨의 수수밖에 먹지 못한 탓에 몹시 야위었다. 그런 뒤로 아주 조용해졌다. 단지 쯔쥔만이 기운이 없고 늘 쓸쓸함과 무료함을 느끼며 말도 잘 하지 않았다. 사람이란 얼마나 변하기 쉬운 것인가! 라고 나는 생각했다.

그런데 아수이도 더 데리고 있을 수 없었다. 우리는 더 이상 어떤 곳에서 회신이 오지 않을까 하는 희망을 가질 수 없었다. 쯔쥔에게는 아수이를 인사시키거나 뒷발로 일어서게 할 먹이마저도 떨어지고 없었다. 겨울은 또 이렇게 빨리 다가오는지 난로가 큰 문제가 되었다. 아수이의 먹이는 사실 우리들에게 일찍부터 아주 큰 부담이었다. 그래서 아수이도 데리고 있을 수 없게 되었다.

만약 마른 풀대[8]를 달아서 묘시에 끌고 나가 팔면 돈 몇 푼은 받을 수 있을 테지만 우리는 차마 그렇게 할 수 없었고 또 그렇게 하고 싶지 않았다. 결국 보자기를 머리에 덮어씌운 뒤 내가 서쪽 교외로 끌고 가서 풀어놓았다. 그래도 쫓아오려고 하여 그다지 깊지 않은 구덩이에 밀어 넣었다.

집에 돌아오니 집안은 한결 더 조용해진 것 같았다. 그러나 나는 비통한 표정을 짓고 있는 쯔쥔의 얼굴을 보고 너무 놀랐다. 물론 아수이 때문이겠지만, 나는 이런 얼굴을 여태 본 적이 없었다. 하지만 어째서 이 정도로 충격을 받는단 말인가? 나는 개를 구덩이에 밀어 넣고 왔다는 말은 하지 않았다.

밤이 되자 그녀의 비통한 얼굴에 얼음같이 차가운 기색이 더해졌다.

"이상한데.——쯔쥔, 당신 오늘 왜 그런 거야?" 내가 참지 못하고 물었다.

"뭐가요?" 그녀는 나를 쳐다보지도 않았다.

"당신의 얼굴빛이……."

"아무것도 아니에요.——아무 일도 없어요."

나는 마침내 그녀의 말과 행동에서 그녀가 나를 냉정한 사람으로 본다는 것을 알았다. 사실 나 혼자뿐이라면 생활하기 어렵지 않다. 오만스러운 성격 탓에 줄곧 세상과 교류하지 않았고, 여기로 이사 온 뒤로는 옛날부터 알고 지내던 사람들도 멀리했지만, 어디든 멀리 떠나간다면 살길은 얼마든지 있다. 지금 이런 생활의 압박에서 오는 고통을 참는 것도 대부분은 그녀 때문이고, 아수이를 내다 버린 것도 그 때문이 아닌가. 하지만 쯔쥔의 소견이 좁아져서 이런 점조차도 생각하지 못하는 것 같았다.

나는 기회를 잡아서 이러한 이치를 그녀에게 암시했더니 그녀는 알아들었다는 듯이 머리를 끄덕였다. 하지만 그후 그녀의 태도를 보면 이해하지 못했거나 아니면 전혀 믿지 않는 것 같았다.

차가운 날씨와 쌀쌀한 표정이 나를 집안에서 편안하게 있을 수 없도록 압박했다. 그렇지만 어디로 간단 말인가? 큰길과 공원에는 쌀쌀한 표정은 없지만 찬바람이 사람의 피부를 찢듯이 매섭게 분다. 나는 마침내 통속通俗도서관에서 나의 천국을 찾아냈다.

그곳은 표를 살 필요가 없었고, 열람실에는 두 개의 난로까지 있었다. 불이 꺼질 듯 말 듯 타고 있는 석탄난로이지만 난로가 있는 것을 보는 것만으로도 정신적으로 다소 따뜻함을 느낄 수 있었다. 책은 볼 만한 게 없었다. 옛것은 진부하고, 새것은 거의 없었다.

다행히 나는 거기에 책을 읽기 위해 가는 것이 아니었다. 나 말고도 늘 몇 사람이 있었는데, 많으면 십여 명 정도로 모두 얇은 옷을 입고 있었다. 모두가 나처럼 책을 읽는 체하면서 불을 쬐고 있었다. 이곳은 내게 안성맞춤의 장소였다. 길거리에서는 쉽게 아는 사람을 만나게 되고 또 경멸의 눈초리를 받게 되지만, 여기서는 그러한 봉변을 당할 일이 없었다. 그네들은 영원히 다른 난로 옆에 둘러서 있거나 아니면 자기 집의 난로를 쬐고 있을 것이기 때문이다.

그 도서관에는 별로 읽을 만한 책은 없었지만 그곳은 생각의 나래를 펼 수 있는 편안하고 조용한 곳이었다. 혼자 우두커니 앉아 지난 일을 돌이켜 보니, 나는 지난 반년 동안 오직 사랑——맹목적인 사랑——만을 위해 인생의 다른 의의를 모두 소홀히 해왔다는 것을 깨달았다. 첫째는 바로 생활이다. 사람은 반드시 살아가야 하고 사랑은 바로 그것에 수반되는 것이다. 세상에는 노력하지 않는 자를 위해 활로를 열어 주는 일은 결코 없다. 나는 아직도 날갯짓하는 법을 잊지 않고 있다. 비록 이전에 비해 많이 의기소침해졌지만…….

열람실과 책을 읽는 사람들의 모습은 점차 사라지고, 그 대신 내 눈앞에는 노도怒濤 속의 어부, 참호 속의 병사, 자동차 안의 귀인, 조계지의 투기꾼, 심산유곡深山幽谷의 호걸, 강단 위의 교수, 초저녁의 운동가와 심야의 도둑 등의 모습이 보였다……. 쯔쥔은——옆에 없었다. 그녀의 용기는 모두 사라졌다. 오직 아수이 때문에 가슴 아파하고, 밥 하는 일에 온 정신을 쓰고 있을 뿐이다. 그런데 이상한 것은 쯔쥔이 그다지 야위지 않았다는 것이다…….

추워졌다. 난로 속에 꺼질 듯 말 듯한 몇 조각의 석탄도 끝내 다 타 버렸다. 도서관이 문 닫을 시간이었다. 다시 지자오후통으로 돌아가 얼음과 같이 차가운 얼굴을 봐야만 했다. 근래 간혹 따뜻한 표정을 볼 때도 있었지만, 이것이 도리어 나에게 더 큰 고통을 주었다. 어느 날 밤 쯔쥔은 갑자기 오랫동안 볼 수 없었던 순진한 눈빛을 드러내더니 웃으면서 회관에 있을 때의 일을 나에게 얘기하였다. 그러는 쯔쥔의 얼굴에는 때때로 약간 공포스러운 낯빛이 비치기도 했다. 나는 요즘 내가 그녀보다 더 냉담해져서 그녀에게 의심을 사고 있다는 것을 알고 있었으므로 억지로라도 애써 그녀 이야기에 맞장구를 치며 그녀를 얼마간이라도 위로해 주려고 했다. 그러나 내가 얼굴에 웃음을 띠고 말을 입 밖에 내자마자 바로 공허로 변했고, 이 공허는 참기 어려운 악독한 조소가 되어 즉각 나 자신에게 되돌아왔다.

쯔쥔도 눈치챈 듯, 그 이후로는 평소의 그 무감각해 보이던 침착

성까지도 잃어버렸다. 감추려고 무진 애를 썼지만 이따금 그 근심과 의혹의 빛을 드러내는 것이었다. 하지만 내게는 훨씬 부드러워졌다.

나는 그녀에게 다 털어놓고 싶었지만 감히 말할 용기가 없었다. 고백하려고 결심하였다가 막상 그녀의 어린아이와 같은 눈을 보면 나는 잠시 애써 기쁜 표정을 지어야 했다. 그러나 그럴 때마다 그것이 또다시 나를 조소하게 되고 나로 하여금 그 냉정한 침착성마저 잃게 하였다.

쯔쥔은 이때부터 옛일의 복습과 새로운 시험을 시작하였다. 그녀는 나에게 허위적인 위로의 답안을 내도록 강요했다. 나는 위로를 그녀에게 보이고 허위의 초고는 내 마음속에 새겨 두었다. 나의 마음은 점점 이런 초고로 가득 채워져서 늘 숨 쉬기 어려웠다. 나는 고뇌하는 동안 늘 생각했다. 진실을 말하는 데는 대단한 용기가 필요하다. 만약 이 용기가 없이 허위에 안주하게 된다면 그야말로 새로운 인생의 길은 열 수 없다. 새로운 길만이 아니라 그런 사람조차도 없을 것이다!

몹시 추운 어느 날 아침 쯔쥔은 원망스러운 표정을 짓고 있었다. 이제까지 한 번도 본 적이 없던 표정이었다. 아마 내가 그렇게 보았기 때문인지도 모른다. 나는 그때 차갑게 분노했고 몰래 비웃었다. 그녀가 연마한 사상과 활달하고 두려움을 모르던 언사는 결국 한낱 공허에 지나지 않으며 더구나 자신은 이 공허에 대해서도 자각하지 못하고 있었다. 그녀는 이미 어떤 책도 읽지 않고 있었고, 또 인간의 생활에서 첫번째가 삶을 도모하는 것이며, 이 삶을 도모하는 길을 향해서는 반드시 손을 맞잡고 나아가거나 아니면 홀로 분투해 가야만 한다는 것을 모르고 있었다. 만약 남의 옷자락에 매달리기만 한다면 그가 전사라고 할지라도 싸울 수 없게 되어 함께 멸망하고 마는 것이다.

나는 새로운 희망은 우리 두 사람이 헤어지는 길밖에 없다고 생각했다. 그녀를 의연하게 버리고 가야만 한다.─나는 갑자기 그녀의 죽음을 생각했다. 그러나 바로 자책하고 후회했다. 다행히 이른 아침이어서 시간이 충분하였으므로 나는 진심을 말할 수 있었다. 우리들이 새로운 길을 개척하기에는 다시 없는 기회였다.

나는 그녀와 한담을 하면서 일부러 우리들의 지난 일들을 끄집어내고 문예에 관해서도 얘기했다. 외국의 문인과 그 문인의 작품 『노라』, 『바다에서 온 부인』⁹⁾을 들먹였고, 노라의 결단력을 칭찬했다……. 모두가 지난해 회관의 낡은 방에서 했던 얘기였으나 지금은 이미 공허한 것으로 변했다. 나의 입에서 나온 말이 내 귀로 들어갈 때 이따금 모습을 감춘 못된 아이가 등 뒤에 숨어서 악랄하게 내 흉내를 내고 있는 것은 아닌가 하는 의심이 들었다.

그래도 그녀는 고개를 끄덕이며 귀를 기울이고 있었으나 나중에는 입을 다물었다. 나도 더듬더듬거리며 나의 말을 끝냈으나 그 말의 여음마저도 허공으로 사라져 버렸다.

"그래요." 쯔쥔은 잠시 침묵한 뒤에 말했다. "하지만,…… 쥐안성 당신, 요즈음 많이 변했어요. 그렇지 않아요? 당신,─제게 솔직히 말해 주세요."

나는 머리를 한 대 얻어맞은 기분이었다. 그러나 이내 정신을 차리고 나의 생각과 주장을 말했다. 함께 멸망하는 것을 피하기 위해 새로운 길을 개척하고 새로운 생활을 창조해야 한다고.

끝으로 나는 단단히 결심하고 몇 마디 덧붙였다.

"……더구나 당신은 이제부터 거리낌없이 용감하게 앞으로 나아갈 수 있게 되었소. 당신은 나보고 솔직하게 말해 달라고 했소. 그렇소, 사람은 허위적이어서는 안 되겠지요. 솔직하게 말하리다. 왜냐하면, 왜냐하면 말이지 나는 이제 당신을 사랑하지 않소! 그러나 이것은 당신에게 잘된 일이오. 당신이 아무런 걱정 없이 일할 수 있으니 말이오……."

나는 이와 동시에 커다란 변고가 닥칠 것을 예상했으나 침묵만 흘렀다. 쯔쥔의 얼굴이 갑자기 마치 죽은 사람처럼 흙빛으로 변했다. 그러나 금세 다시 생기를 되찾더니 눈에는 순진하고 밝은 빛이 나타났다. 이 눈빛은 배고픈 아이가 자애로운 엄마를 찾을 때처럼 사방을 휘둘러보았다. 그렇지만 나의 눈길과 마주칠까 봐 두려워 허공에서 떠돌고 있을 뿐이었다.

나는 차마 더 이상 볼 수가 없었다. 다행히 아침이라 나는 찬바람을 무릅쓰고 통속도서관으로 곧장 달아났다.

나는 거기서 『자유의 벗』을 보았는데 나의 소품이 다 실려 있었다. 이것은 나를 놀라게 했고 약간의 생기를 얻은 듯했다. 나는 생각했다. 생활의 길은 아직 많다. ──하지만 현재 상태로는 역시 안 된다.

나는 오랫동안 서로 소식이 끊겼던 친구들을 찾아보기 시작했다. 그러나 이것도 한두 번에 불과했다. 그들의 집은 물론 따뜻했으나 나는 뼛속 가득 매서운 추위를 느꼈다. 밤에는 이 얼음보다 더 차가운 나의 방에서 몸을 웅크리고 잤다.

얼음 같은 바늘끝이 나의 영혼을 찔렀고 나를 영원히 마비의 고통 속에 빠트렸다. 생활의 길은 아직 많고 나 역시 날갯짓을 잊지 않았다.——나는 갑자기 그녀의 죽음에 대해 생각했다. 그러나 바로 자책하고 참회했다.

나는 통속도서관에서 종종 반짝이는 한 줄기 빛을 보았다. 새로운 삶의 길이 앞에 놓여 있었다. 쯔쥔은 용감하게 깨닫고 의연하게 이 차디찬 방을 떠나갔다.——조금도 원망하는 기색 없이, 나는 하늘에 떠도는 구름처럼 몸이 가벼워졌다. 위에는 푸른 하늘이 있고, 아래에는 높은 산과 깊은 바다가 있으며, 큰 건물과 높은 누각, 전쟁터, 자동차, 조계지, 공관, 맑은 날의 시장, 깜깜한 밤이 있었다…….

그리고 정말 이러한 새로운 생활이 도래할 것이라는 예감이 들었다.

우리는 정말 참기 어려운 겨울, 이 베이징의 겨울을 그럭저럭 보냈다. 심술궂은 아이에게 붙잡힌 잠자리처럼 실에 묶여 놀림감이 되고 학대받으면서 간신히 목숨은 부지하고 있지만 결국 땅바닥에 쓰러져서 죽음만을 기다리고 있는 것과 같았다.

『자유의 벗』 편집장에게 세 번이나 편지를 썼는데 이제야 겨우 답신이 왔다. 편지봉투에는 20전짜리와 30전짜리 도서구입권[10] 두 장이 들어 있을 뿐이었다. 나는 재촉하려고 우표 값으로 9전을 썼는데, 얻은 것이라고는 아무 소득 없는 공허를 위해 하루를 굶은 것밖에 없었다.

그런데 올 것이 드디어 왔다는 느낌이 들었다.

그것은 겨울에서 봄으로 바뀔 무렵의 일이다. 바람도 그다지 차갑지 않았으므로 나는 전보다 더 오래 밖에서 배회하다가 어두워져서야 집에 돌아왔다. 그런 어느 날 저녁 어스름에 나는 평소대로 맥없이 돌아왔다. 집 대문이 보이자 평상시보다 더 풀이 죽어 발걸음은 더욱 느려졌다. 그러나 마침내 방 안에 들어섰다. 불이 켜져 있지 않아서 성냥을 더듬어 찾아 불을 붙였는데 이상한 적막과 공허가 느껴졌다!

놀라서 멍하니 서 있는데 주인집 아주머니가 창밖에서 나를 불렀다.

"오늘 쯔쥔의 아버지가 여기에 와서 그녀를 데리고 갔어요." 그녀는 아주 짧게 말했다.

전혀 예상치 못한 일이라 나는 뒤통수를 한 대 얻어맞은 것처럼 말없이 서 있었다.

"그래, 그녀가 따라갔어요?" 잠시 뒤에야 나는 이렇게 한마디 물었다.

"갔어요."

"쯔쥔—쯔쥔이 무슨 말 안 했어요?"

"아무 말 하지 않았어요. 단지 당신이 돌아오면 떠났다고 전해 달라더군요."

나는 믿을 수가 없었다. 그러나 방 안은 전에 없이 적막하고 공허했다. 나는 쯔쥔을 찾으려고 여기저기 두루 살펴보았으나 방 안에는 낡은 가구 몇 개만 보였고 또 그 모두 휑뎅그렁한 것이 사람이나 물건을 감출 수 있을 것 같지는 않았다. 나는 생각을 돌려 편지나 남겨 둔 쪽지라도 있을까 해서 찾아보았지만 보이지 않았다. 소금, 고추, 밀가루, 배추 반 포기가 한 곳에 모여 있었고, 그 옆에 동전 몇십 개가 놓여 있었다. 이것은 우리 두 사람의 생활 재료 전부였다. 지금 그녀는 정중하게 이것을 나 한 사람에게 남겨 두어 무언중에 내가 이것으로 좀더 오랫동안 생활을 유지하라고 가르친 것이다.

나는 주위의 모든 것으로부터 배척당한 듯 마당 한가운데로 뛰어나왔다. 어둠이 내 주위를 둘러싸고 있었다. 안채의 종이 창문에는 등불이 밝게 비치고 있었다. 주인집 부부가 아이들을 어르며 놀고 있었다.

마음이 진정되자 나는 무거운 압박 속에서 점차 흐릿하게 탈출할 수 있는 길이 보였다. 높은 산과 큰 호수, 조계지, 전등불 아래의 호화로운 연회, 참호, 칠흑 같은 어두운 밤, 날카로운 칼의 일격, 소리 없이 다가오는 발걸음…….

마음은 다소 가벼워지고 편안해졌다. 그러나 여비를 생각하니 한숨이 나왔다.

자리에 누워 눈을 감으니 예상되는 앞길이 환영처럼 떠올랐으나, 한밤중이 되기 전에 이미 끝났다. 대신 어둠 속에서 갑자기 먹을 것이 나타나는 것 같더니 이어서 쯔쥔의 누런 얼굴이 떠올랐다. 쯔쥔은 아이와 같은 눈으로 애원하는 듯 나를 바라보고 있었다. 정신을 차리고 보니 아무것도 없었다.

그러나 나는 다시 마음이 무거워졌다. 내가 왜 며칠 더 참지 못하고 그렇게 성급하게 그녀에게 진실을 말했던 것일까? 이제 그녀는 자기에게 남은 것이라고는 오직 아버지 ─자녀의 채권자─의 추상 같은 위엄과 얼음보다 차가운 이웃의 멸시뿐이라는 것을 알게 될 것이다. 그 밖에는 공허뿐이다. 공허의 무거운 짐을 지고 추상 같은 위엄과 차가운 눈초리 속에서 소위 인생의 길을 걸어가야 하다니 이것은 그 얼마나 무서운 일인가! 더구나 그 길의 끝은 또한 ─묘비조차 없는 무덤일 뿐이다.

나는 쯔쥔에게 진실을 말하지 말았어야 했다. 우리들은 서로 사랑했으므로 나는 영원히 그녀에게 거짓말을 했어야 했다. 만약 진실이 귀중한 것이라면 그것이 쯔쥔에게 무거운 공허가 되어서는 안 된다. 물론 거짓말 역시 하나의 공허이지만 아무래도 이처럼 무겁지는 않을 것이다.

나는 쯔쥔에게 진실을 말하면 그녀가 조금도 주저함 없이 우리가 동거하기로 했던 그때처럼 굳세고 의연하게 나아갈 수 있을 거라고 생각했다. 그러나 이것은 나의 착오였다. 그녀가 당시 용감하고 두려움이 없었던 것은 사랑 때문이었다.

허위의 무거운 짐을 질 용기가 없었던 나는 무거운 진실의 짐을 그녀에게 넘겨주고 말았다. 쯔쥔은 나를 사랑한 뒤부터 이 무거운 짐을 짊어지고 추상 같은 위엄과 차가운 멸시 속에서 인생의 길을 걸어가야만 했던 것이다.

나는 그녀의 죽음에 대해 생각했다……. 나는 스스로를 비겁자라고 생각했다. 진실한 사람이든 위선적인 사람이든 강한 사람들에게 마땅히 배척당해야 할 인간이었다. 그러나 그녀는 오히려 처음부터 끝까지 내가 좀더 오래도록 생활할 수 있기를 희망했다…….

나는 지자오후퉁에서 떠나고 싶었다. 이곳은 너무도 공허하고 적막했다. 이곳을 떠나기만 하면 쯔쥔이 내 옆에 있을 것 같았다. 그녀가 시내에 있기만 하면 이전에 회관에 있을 때처럼 어느 날 뜻밖에 나를 찾아올 것이다.

그러나 일체의 청탁과 편지에도 아무런 반응이 없었다. 나는 하는 수 없이 오랫동안 찾은 일이 없던 지인 한 분을 방문했다. 그는 내 큰아버지의 유년시절 동창으로 강직하기로 유명한 발공[11]이며 베이징에 산 지 꽤 오래되어서 교제도 아주 넓었다.

아마도 의복이 남루해서 그랬던지 문에 들어서자마자 문지기의 무시를 당했다. 나는 겨우 주인을 만났다. 주인은 나를 알아보기는 했으나 냉랭했다. 그는 우리의 지난 일들을 전부 알고 있었다.

"물론, 자네는 이곳에 그대로 있을 수 없네." 그는 일자리를 구해 달라는 나의 말을 들은 뒤 차갑게 말했다. "그런데 어디로 가겠나? 참 곤란하구만. ──자네 그 뭐야, 자네 친구, 쯔쥔, 자네 아는가, 그녀가 죽은 거."

나는 너무 놀라서 말도 하지 못했다.

"정말입니까?" 나는 간신히 이렇게 물었다.

"허허. 정말이고말고. 우리집 왕성王가이 그 사람과 한 마을이지."

"그런데,──왜 죽었는지 모릅니까?"

"그걸 누가 알겠나. 아무튼 죽은 것만은 사실이야."

어떻게 작별 인사를 하고 어떻게 집으로 돌아왔는지 아무것도 기억나지 않았다. 나는 그가 거짓말한 것이 아니라는 것을 알고 있다. 쯔쥔은 이제 다시는 지난해 나를 찾아온 것처럼 올 수 없게 되었다. 그녀가 추상 같은 위엄과 차가운 멸시 속에서 공허의 무거운 짐을 짊어지고 소위 인생의 길을 걸어가려고 해도 이미 할 수 없게 되었다. 그녀의 운명은 내가 그녀에게 주었던 진실 ──사랑을 잃은 인간은 죽고 만다는 진실에 의해 결정되었다!

물론 나는 이제 더 이상 여기에 있을 수 없었다. 하지만 "어디로 갈 것인가?"

주위는 광대한 공허와 죽음과 같은 정적이다. 사랑을 잃고 죽은 사람들의 눈앞에 펼쳐진 암흑이 나에게는 뚜렷이 보이는 듯했다. 또 모든 고민과 절망의 신음 소리가 들리는 것 같았다.

나는 아직 새로운 것을 기대하고 있나. 이름 없는 것, 뜻밖의 것이 찾아올 거라고 말이다. 그렇지만 하루하루 죽음과 같은 정적뿐이다.

나는 이전에 비해 거의 외출하지 않고 광대한 공허 속에 몸을 맡

긴 채 죽음의 정적이 나의 영혼을 갉아먹도록 내버려 두고 있다. 죽음의 정적은 때때로 스스로 전율하다가 스스로 몸을 숨기기도 했는데, 이 단절과 연속 사이에 이름 없는 뜻밖의 새로운 기대가 번득이기도 했다.

하늘이 잔뜩 찌푸린 어느 날 오전, 태양은 아직 구름 속에서 몸부림쳐 나오지 못하고 공기조차도 지쳐 있었다. 작은 발자국 소리와 씩씩거리는 콧김 소리에 나는 눈을 떴다. 휙 둘러보았으나 방 안은 여전히 공허했다. 그런데 우연히 땅바닥을 보았더니 한 마리 작은 짐승이 어슬렁거리고 있었다. 너무 말라서 거의 죽어 가고 있었으며 온몸이 흙투성이였다…….

자세히 보고 나는 깜짝 놀라서 심장이 멎더니 이어서 세차게 뛰기 시작했다.

그것은 아수이였다. 아수이가 돌아온 것이다.

내가 지자오후퉁을 떠난 것은 집주인 식구들과 그 집 하녀의 차가운 눈초리 때문만은 아니었다. 태반은 이 아수이 때문이었다. 그러나 "어디로 갈 것인가?" 새로운 삶의 길은 물론 많다. 나는 그것을 대략 알고 있었다. 때로는 그 모습이 희미하게 보였으며 바로 눈앞에 있는 것같이 느껴졌다. 그러나 나는 거기로 가는 첫걸음을 어떻게 떼야 할지 알지 못했다.

수차례 생각도 해보고 비교도 해보았으나 나를 받아 줄 수 있는 곳은 오직 회관뿐이었다. 낡은 방과 나무 침대, 시들어 가는 홰나무와 자등나무는 그대로였다. 하지만 그때 나에게 희망과 기쁨과 사랑과 생활을 주었던 것들은 전부 사라지고 오직 공허만이, 내가 진실과 바꾼 공허만이 남아 있었다.

새로운 삶의 길은 아직 많다. 나는 그 길로 나아가야 했다, 나는 살아야 하기 때문에. 그러나 나는 어떻게 첫걸음을 내딛어야 할지 몰랐다. 어떤 때는 그 삶의 길이 회색의 뱀처럼 스스로 꿈틀꿈틀거리며 나를 향해 오는 것 같았다. 나는 기다리고 기다리며 다가오는 것을 지켜보았는데 갑자기 어둠 속으로 모습을 감추어 버렸다.

이른 봄의 밤은 아직도 그렇게 길었다. 오랫동안 멍하니 앉아 있노라니 오전에 거리에서 본 장례식 행렬이 떠올랐다. 행렬 앞에는 종이 사람과 종이 말이, 뒤에는 노래를 부르는 것 같은 곡소리가 따랐다. 나는 이제야 그들의 총명함을 알았다. 이것이 얼마나 수월하고 간단한 일인가.

그런데 나의 눈앞에는 쯔쥔의 장례식 모습이 떠올랐다. 홀로 공허의 무거운 짐을 지고 회백색의 긴 길을 걷고 있다. 하지만 이내 주위의 추상 같은 위엄과 차가운 멸시 속에 사라졌다.

나는 정말 귀신이라든가 지옥이라는 것이 있기를 바란다. 그렇다면 지옥의 바람이 아무리 세차게 분다고 할지라도 나는 기어코 쯔쥔을 찾아내어 나의 회한과 비에를 고백하고 용서를 빌 것이다. 그렇지 않으면 지옥의 독염이 나를 에워싸고 나의 회한과 비애를 불태울 것이다.

나는 광풍과 독염 속에서 쯔쥔을 끌어안고 그녀에게 용서를 빌거나 그녀를 기쁘게 할 것이다…….

그러나 이것은 새로운 삶의 길보다 더 공허한 것이다. 지금 있는 것은 이른 봄의 밤, 여느 때와 같은 긴 밤뿐이다. 나는 살아 있다. 나는 새로운 삶의 길을 향해 발을 내딛지 않으면 안 된다. 그 첫걸음은──나의 회한과 비애를 써 내려가는 것뿐이다. 쯔쥔을 위해서, 나 자신을 위해서.

나 역시 노래를 부르는 것 같은 곡소리로 쯔쥔을 보내고 망각 속에서 장례를 지낼 수밖에 없다.

나는 잊으려고 한다. 나는 나 자신을 위해서 망각 속에서 쯔쥔을 장례 치르는 것조차 다시 생각해서는 안 된다.

나는 새로운 삶의 길을 향해 첫걸음을 내딛으려 한다. 나는 진실을 마음의 상처 속에 깊이 묻어 두고 묵묵히 앞으로 나아갈 것이다. 망각과 거짓말을 나의 길잡이로 삼고서…….

1925년 10월 21일 완결

주)_____

1) 원제는 「傷逝」. 이 글은 『방황』에 수록되기 전에 신문·잡지에 발표된 적이 없다.

2) 회관(會館). 예전에 한 고향 사람이나 같은 업종 사람들의 체류 혹은 모임을 위하여 동향회나 동업조합에서 도시에 설립한 관사이다.

3) 원문은 '長班'. 옛날 관리를 따라다니던 종. 보통 '청차'(聽差 ; 기관과 부유한 집에서 잡일을 하던 종)를 가리켜 '장반'(長班)이라고 부르기도 했다.

4) 입센(Henrik Ibsen, 1828~1906). 노르웨이 극작가이다.

타고르(Rabindranath Tagore, 1861~1941). 인도 시인이다. 1924년에 중국에 온 적이 있다. 당시 중국어로 번역된 그의 시 작품으로는 『신월집』(新月集, *The Crescent Moon*), 『비조집』(飛鳥集, *Stray Birds*) 등이 있다.

셸리(Percy Bysshe Shelley, 1792~1822). 영국 시인이다. 일찍이 아일랜드 민족독립운동에 참가하였으며 혁명사상을 전파하고 혼인의 자유를 쟁취하기 위하여 싸웠기때문에 여러 차례 박해를 받았다. 뒤에 배가 침몰하여 바다에 빠져 죽었다. 그의 유명한 단시 「서풍(西風)의 노래」(*Ode to the West Wind*), 「종달새의 노래」(*To a Skylark*)등이 5·4 이후에 중국에 소개되었다.

5) 원문은 '廟會'. 묘시(廟市)라고도 한다. 옛날 절기나 정해진 날에 절이나 사당 그리고그 부근에서 열린 시장을 말한다.

6) 쌍십절(雙十節)은 중화민국의 건국 기념일로 10월 10일이다.

7) 헉슬리(Thomas Henry Huxley, 1825~1895). 영국의 생물학자. 그의 저서 『우주에서의 인류의 위치』(*Evidence as to Man's place in nature*)는 다윈의 진화론을 선전한중요한 저작이다.

8) 풀대(草標). 옛날에는 판매되는 물품에 초간(草杆)을 붙여 매물을 표시했다.

9) 『노라』(『인형의 집』*Et Dukkehjem*을 말한다), 『바다에서 온 부인』(*Fruen fra Havet*) 모두 입센의 유명한 희곡이다.

10) 도서구입권(書券). '서권'은 도서 구입에 사용할 수 있는 상품권으로 특정한 서점에서 액면가대로 도서를 구입할 수 있다. 중국에서는 신문사나 잡지사 가운데 현금 대신 이것으로 고료를 지불하는 데가 있었다.

11) 발공(拔貢). 청대 과거제도에는 정해진 연한(처음에는 6년, 뒤에는 12년으로 고쳤다)에 수재(秀才) 가운데 '글쓰기와 행실이 모두 우수한' 이를 선발하여 국자감(國子監)에 입학시켰다. 이를 발공이라고 불렀다.

형제[1]

공익국公益局은 요즈음 할 일이 없어서 몇몇 직원들은 여느 때와 마찬 가지로 사무실에서 집안일을 얘기하고 있었다. 친이탕秦益堂이 물담 뱃대水煙筒를 손에 쥔 채 숨도 못 쉴 정도로 기침을 하는 통에 모두들 입을 다물어야 했다.

한참 뒤 그는 붉게 충혈된 얼굴을 들고 숨이 가빠 씩씩거리며 말 했다.

"어제 그놈들이 또 싸웠어. 안방에서 문 앞까지 나가며 계속해서 싸워 대는데 내가 아무리 야단을 쳐도 듣질 않더군." 희끗희끗한 수염 몇 가닥이 난 그의 입술이 또 떨리고 있었다. "셋째 놈이 말하기를, 다 섯째가 복권으로 날린 돈은 공금으로 처리할 수 없고 자신이 배상해 야 한다고 말이지……."

"봐, 역시 돈 때문이군요." 장페이쥔張沛君이 분개하면서 부서진 소파에서 일어섰다. 움푹하게 들어간 두 눈이 자애롭게 반짝였다. "난 정말 형제들 간에 왜 그렇게 세세하게 따져야만 되는지 이해할 수가 없어, 어찌 되었건 같은 거 아냐……?"

"자네 형제들 같은 사람들이 또 어디에 있을까." 이탕이 말했다.

"우리 같으면 따지지 않지요, 피차 모두 같으니까. 우리는 돈이란 말을 염두에 두지 않아요. 그렇게 하니 아무 일도 없더군요. 어떤 집이 재산분배로 소란스러우면 나는 우리의 상황을 알려 주고 그들이 따지지 않도록 타이르지요. 이탕께서도 아드님들을 잘 타일러서……."

"천만의 말씀……." 이탕은 고개를 저으며 말했다.

"그건 아마도 어려울 거야." 이렇게 말하며 왕웨성汪月生은 경의를 표하며 페이쥔의 눈을 쳐다보았다. "자네 형제들 같은 사람은 사실 드물어. 나는 본 적이 없어. 자네들은 정말로 어느 누구도 사리사욕이 없으니, 이거 쉽지 않은 거야……."

"그놈들은 안채에서 대문 앞까지 나가 싸우고……."

이탕이 말했다.

"자네 동생은 여전히 바쁘지……?"

웨성이 물었다.

"지금도 한 주에 18시간 수업을 해요. 그 밖에 93명분의 작문 지도가 있어서 그야말로 바빠서 어쩔 줄을 몰라해요. 요 며칠은 휴가를 냈어요. 몸에 열이 있는 걸 보니 감기에 걸린 모양이에요……."

"기 조심해야지." 웨성이 정중하게 말했다. "오늘 신문을 보니, 요즘 돌림병이 유행한다고……."

"무슨 돌림병요?" 페이쥔이 놀라서 황급히 물었다.

"거 뭐라더라, 무슨 열이라고 했는데."

페이쥔이 큰 걸음으로 열람실을 향해 급히 뛰어갔다. "정말 드물단 말이야," 웨성은 그가 나는 듯이 달려가는 것을 보면서 친이탕을 향해 찬탄을 하였다. "저들 두 형제는 마치 한 사람 같아. 세상의 모든 형제가 저렇다면 집에서 어디 난리법석을 피우겠어. 우리는 따라할 수도 없어……."

"복권으로 날린 돈은 공금으로 처리할 수 없다고 하더라니까……." 이탕은 불 붙인 종이를 담뱃대에 넣으며 원망스러운 듯이 말했다. 사무실은 잠시 조용해졌으나, 얼마 뒤에 페이쥔의 발소리와 사환을 부르는 소리로 그 정적이 깨졌다. 무슨 큰 재난이라도 만난 듯이 말을 약간 더듬거렸고 목소리까지 떨리고 있었다. 그는 프티스 의사에게 전화를 걸어 바로 퉁싱同興아파트 장페이쥔의 집으로 왕진을 와 달라 하라고 사환에게 분부하고 있었다.

웨성은 그가 매우 당황하고 있다고 느꼈다. 왜냐하면 진작부터 그가 서양 의사를 신뢰한다는 것은 알고 있었지만 수입도 많지 않고 평소에 절약을 하는 편인 그가 이 지역에서 가장 유명하고 값도 비싼 의사를 불렀기 때문이었다. 그래서 자리에서 일어나 그쪽으로 가 보니 그는 얼굴이 새파랗게 질려 사환이 전화하는 것을 옆에서 듣고 있었다.

"왜 그래?"

"신문에는…… 유행하는 것이 성…… 성홍열이라고 하던데. 내, 내가 오후에 사무실로 나올 때 징푸靖甫는 얼굴이 온통 빨개지고…….

벌써 외출했다고? 그럼 그들에게 전화로 찾아서 바로 와 달라고 부탁
드려요. 퉁싱아파트, 퉁싱아파트로……."

그는 사환이 전화하는 것을 듣고는 곧장 사무실로 달려가 모자
를 집었다. 왕웨성도 걱정이 되어 뒤따라갔다.

"국장님이 오시면 휴가를 좀 청한다고 말씀드려 주세요, 집에 아
픈 사람이 있어서 의사를 부르러 간다고……."

그는 아무렇게나 머리를 끄덕이며 말했다.

"걱정 말고 어서 가 보오. 국장은 안 올지도 모르니."

웨성이 말했다.

그러나 그는 그 말을 들었는지 아닌지 이미 뛰어나가 버렸다.

길거리에 나온 그는 평소처럼 인력거 삯을 흥정하지도 않고 튼
튼하고 잘 달릴 수 있을 것같이 보이는 인력거꾼을 보자마자 값을 묻
고는 그대로 올라탔다. "좋소, 빨리 가기나 합시다!"

아파트는 보통 때와 같이 아주 평안하고 조용했다. 어린 사환이
여느 때처럼 문밖에 앉아서 호금胡琴을 켜고 있었다. 그는 동생의 침
실로 들어갔다. 가슴이 더 심하게 뛰는 것을 느꼈다. 동생의 얼굴이 더
빨개지고 또 숨을 가쁘게 쉬고 있었기 때문이었다. 그가 손을 뻗어 동
생의 이마를 만져 보니 손이 델 정도로 뜨거웠다.

"무슨 병인지 모르겠어? 괜찮겠지?" 징푸가 눈에는 근심스러운
빛을 띠면서 물었다. 자신도 심상치 않다고 느끼는 모양이었다.

"괜찮을 거야, ……감기겠지." 그는 얼버무리며 대답했다.

그는 평소에 미신을 파괴하는 데 앞장서 왔다. 그러나 이때는 징

푸의 상태나 하는 말로 보아 좀 불길한 느낌이 들었고, 환자 자신도 어떤 예감을 하고 있는 듯했다. 이런 생각이 그를 더 불안하게 했다. 바로 나가서 조용히 사환을 불러 프 의사를 찾았는지 병원에 전화로 물어보라고 시켰다.

"네, 그래요. 그렇습니다. 아직 못 찾았다고요." 사환이 수화기에다 이렇게 말하고 있었다.

페이쥔은 안절부절 어쩔 줄을 몰랐다. 그러나 그는 초조해하면서도 문득 성홍열이 아닐지도 모른다는 생각이 들었다. 하지만 프 의사를 찾지 못했으니, …… 같은 아파트의 바이원산白問山이 한의사이긴 하지만 병명쯤은 알지도 몰라. 그렇지만 그는 전부터 그에게 수차례 한의사를 공격하는 말을 했었고, 게다가 프 의사를 찾는 전화를 그가 이미 들었을지도 몰랐다…….

그러나 그는 결국 바이원산을 부르러 갔다.

바이원산은 전혀 개의치 않고 바로 대모代瑁테의 검정 안경을 쓰고 함께 징푸의 방으로 와 주었다. 그는 맥을 짚어 보고 얼굴을 자세히 살펴본 뒤 옷을 헤치고 가슴을 보고는 조용히 나갔다. 페이쥔은 그의 방까지 뒤따라갔다.

그는 페이쥔에게 앉으라고 권했지만 입은 열지 않았다.

"원산 형, 동생이 결국……?" 그는 참지 못하고 물었다.

"홍반사紅斑痧요. 벌써 반점이 나기 시작했어요."

"그렇다면 성홍열은 아닌가요?" 페이쥔은 약간 마음이 놓였다.

"서양 의사들은 성홍열이라고 부르지만, 우리 한방에서는 홍반

사라고 하지요."

이때 그는 손발이 차가워지는 것을 느꼈다.

"나을까요?" 그는 근심스럽게 물었다.

"낫지요. 당신 집의 운에 달린 것이지만."

그는 머리가 멍해져서 어떻게 바이원산에게 처방을 받고 그의 방에서 나왔는지 알 수 없었다. 그렇지만 전화기 옆을 지나칠 때는 프 의사 생각이 났다. 그는 다시 한번 병원에 물어보았다. 계신 곳은 이미 찾아냈으나 너무 바빠서 가더라도 아주 늦을 것 같고 어쩌면 내일 아 침에나 갈 수도 있다는 대답이었다. 하지만 그는 오늘 밤 안으로 꼭 와 달라고 신신당부했다.

방에 들어와 불을 켜고 보니 징푸의 얼굴은 더 빨개져 있었다. 분 명히 빨간 반점들이 나타났고, 눈꺼풀도 부어 있었다. 자리에 앉았지 만 거의 바늘방석에 앉아 있는 듯했다. 점점 깊어 가는 밤의 정적 속에 서 이제나저제나 하고 기다리고 있자니 자동차의 경적 소리가 한 대 한 대 더욱 또렷이 들렸다. 어떤 때는 자기도 모르게 프 의사의 자동차 가 아닌가 생각하여 마중하러 뛰어나가기도 했다. 하지만 그가 문 앞 까지 채 가기도 전에 그 차는 벌써 지나가 버리고 말았다. 실망하고는 몸을 돌려 마당을 지나오는데 밝은 달이 서쪽 하늘에 떠올라 옆집의 오래된 홰나무가 땅에 시커먼 그림자를 던지고 있었다. 그것이 그의 침울한 마음을 더 울적하게 했다.

갑자기 까마귀 울음소리가 났다. 이것은 그가 평소에 늘 듣던 소 리였다. 그 오래된 홰나무에는 서너 개의 까마귀 둥지가 있었다. 그렇지만 지금은 너무 놀라서 발이 떨어지지 않았다. 두근거리는 가슴을 안고 조용히 징푸의 방으로 들어가 보니 그는 눈을 감고 누워 있었는데, 얼굴 전체가 부어오른 것 같았다. 그러나 자지는 않고 있었으며 발소리를 들었는지 갑자기 눈을 떴다. 두 눈이 등불 속에서 이상하리만큼 처량하게 반짝이고 있었다.

"편지예요?" 징푸가 물었다.

"아, 아니. 나야." 그는 깜짝 놀라 약간 당황해하며 더듬더듬 말했다. "나야. 아무래도 서양 의사가 보는 게 빨리 나을 것 같은데. 그가 아직 안 오네……."

징푸는 대답하지 않고 눈을 감았다. 페이쥔은 창가의 책상 옆에 앉았다. 모든 것이 조용했고 환자의 가쁜 숨소리와 째깍째깍 하는 자명종 시계 소리만이 들렸다. 문득 멀리서 자동차 경적소리가 울렸고 그의 마음은 갑자기 긴장되었다. 경적 소리는 점점 가까이 와서 문앞에 멈추는 듯하더니 곧장 지나쳐 가버렸다. 이런 일을 수차례 겪다 보니 그는 자동차의 경적 소리도 여러 가지가 있다는 것을 알게 되었다. 호루라기 소리와 같은 것이 있고, 북 치는 소리 같은 것도 있고, 방귀를 뀌는 소리 같은 것도 있고, 개가 짖는 것 같은 소리도 있으며, 오리 울음소리와 소 울음소리 같은 것도 있으며, 암탉이 놀라서 우는 소리 같은 것도 있고, 흐느껴 우는 것 같은 소리……. 그는 갑자기 자신에게 화가 났다. 왜 진작 프 의사 자동차의 경적이 어떤 소리인지 주의해서 알아 두지 않았단 말인가?

맞은편 방에 사는 사람은 아직 돌아오지 않았다. 여느 때처럼 연극을 보러 갔거나 기방[2]에 갔을 것이다. 그러나 밤이 깊어지면서 자동차도 점차 줄어들었다. 강렬한 은백색의 달빛이 종이창을 하얗게 비추고 있었다.

기다림에 지쳐 심신의 긴장이 천천히 풀리면서 그는 더 이상 자동차의 경적 소리에 귀를 기울이지 않게 되었다. 하지만 이 틈을 타고 어지러운 생각들이 일어났다. 징푸의 병이 틀림없이 성홍열이고 또 고칠 수 없을 것 같은 생각이 들었다. 그렇다면 생계는 어떻게 할 것인가, 나 혼자서? 작은 도시에 살고 있지만 물가가 오르기만 하는데……. 나의 세 아이와 동생의 두 아이를 양육하는 것도 힘든데 학교에 보내 공부시킬 수 있을까? 하나나 둘만 공부시킨다면, 물론 우리 아들 캉얼康兒이 가장 총명하지,—— 하지만 사람들이 틀림없이 동생 자식들을 냉대한다고 욕을 하겠지…….

장례는 어떻게 하나, 관을 살 돈도 부족한데 어떻게 고향까지 운구해 가지? 잠시 공공영안실[3]에 맡겨 두는 수밖에 없지…….

갑자기 멀리서 발소리가 들려왔다. 바로 일어나서 밖으로 나가 보니 맞은편 방 사람이었다.

"선제先帝께서는 백제성白帝城에서……."[4]

그는 기분 좋게 나지막히 읊조리는 노랫소리를 듣자 실망하고 화가 나서 달려가 욕을 해주고 싶었다. 그런데 이어서 칸델라[휴대용 석유등]를 들고 이쪽으로 오는 사환의 모습이 보였다. 등불은 뒤를 따라오고 있는 가죽 구두를 비추고 있었다. 위쪽의 희미한 불빛 속에 키가 큰 사람이 있었는데, 흰 얼굴에 검은 턱수염을 하고 있는 그는 바로 프티스였다.

그는 귀한 보물을 얻은 듯 나는 듯이 뛰어가 그를 환자의 방으로 데리고 들어갔다. 두 사람은 나란히 침대 앞에 섰다. 그는 램프를 들어 비췄다.

"선생님, 열이 심하고……" 페이쥔은 헐떡거리며 말했다.

"언제부터 그랬어요?" 프티스가 두 손을 바지 주머니에 넣은 채 환자의 얼굴을 보면서 천천히 물었다.

"그저께. 아, 아니, 그…… 그끄저께."

프 의사는 아무 말도 하지 않고 맥을 짚어 보더니 또 페이쥔에게 램프를 높이 추켜올리도록 하고 환자의 얼굴을 자세히 들여다보았다. 그러고는 이불을 젖히고 환자의 옷을 벗겨 보이게 했다. 보고 난 뒤에는 손가락을 펴서 배를 눌렀다.

"Measles……." 프티스는 낮은 소리로 혼잣말처럼 말했다.

"홍역이요?" 그는 놀랍고 기뻐서 목소리도 떨리고 있었다.

"홍역입니다."

"홍역이란 말입니까……?"

"너 아직 홍역을 치르지 않았었니……?"

그가 기뻐하며 징푸에게 막 묻고 있을 때 프 의사는 이미 책상 쪽으로 다가가고 있어서 하는 수 없이 그의 뒤를 따라갔다. 의사는 한쪽 다리를 의자 위에 올려놓고 책상 위의 편지지를 한 장 뜯은 다음 호주머니에서 아주 짧은 연필을 꺼내 책상 위에 대고 알아보기 힘든 글자 몇 자를 쓱쓱 썼다. 그것은 처방전이었다.

"약방은 벌써 문을 닫았을 텐데?"

페이쮠이 처방전을 받고 물었다.

"내일도 괜찮소. 내일 먹이시오."

"내일 한 번 더 볼 건가요……?"

"다시 볼 필요 없어요. 신 것, 매운 것, 너무 짠 것은 해로우니 먹이지 않도록 하세요. 열이 내리면 소변, 우리, 병원에 보내시오. 검사하겠어요. 그뿐입니다. 깨끗한 유리병에 넣고, 밖에는 이름을 쓰세요."

프 의사는 걸어가면서 그렇게 말하고 5원짜리 지폐 한 장을 받아서 주머니에 넣고는 곧장 나가 버렸다. 페이쮠은 따라 나가 그가 차에 타서 출발하는 것을 보고 난 뒤 몸을 돌려 막 아파트 문을 지나치는데 뒤에서 gö, gö 하는 소리가 두 번 들렸다. 그래서 그는 프티스의 자동차 경적 소리가 소 울음소리과 비슷하다는 것을 알았다. 그러나 지금 알아봤자 아무 소용없다는 생각이 들었다.

방 안은 등불마저 기쁜 듯이 보였다. 페이쮠은 만사가 모두 해결되고 주위가 모두 평온한데도 마음은 오히려 텅빈 것 같았다. 그는 돈과 처방전을 따라 들어온 사환에게 건네주고 내일 아침 일찍 메이야美亞 약방에 가서 약을 사 오라고 일렀다. 이 약방만이 제일 믿을 만하다고 프 의사가 지정해 준 곳이었다.

"둥청東城의 메이야 약방! 꼭 그곳에서 사야 해. 잊지 마, 메이야 약방!"

나가는 사환의 등 뒤에다 대고 이렇게 소리쳤다.

마당은 은백색의 달빛으로 가득했다. "백제성에서"라고 노래하던 이웃 사람도 잠이 들었는지 모든 것이 고요했다. 책상 위의 자명종 시계만이 즐거운 듯 규칙적으로 재깍재깍 소리를 내고 있었다. 환자의 숨소리가 들렸으나 편안한 듯했다. 잠시 앉아 있는데 갑자기 즐거워지기 시작했다.

"너, 이렇게 컸는데도 아직 홍역을 치르지 않았단 말이니?" 그는 무슨 기적이라도 만난 듯 놀랍고 신기해서 물었다.

"……."

"너야 기억할 리가 없겠지. 어머님께 물어봐야지."

"……."

"그런데 어머님도 여기에 안 계시니. 아무튼 홍역을 치르지 않았단 말이지. 하하하!"

페이쥔이 침대에서 눈을 떴을 때는 아침 해가 이미 종이창으로 비쳐 들어와 그의 몽롱한 눈을 부시게 했다. 그러나 그는 사지에 힘이 빠져서 바로 움직일 수가 없었다. 또 등은 차가운 땀으로 흠뻑 젖어 있었다. 게다가 침대 앞에는 얼굴이 피투성이가 된 아이가 서 있었는데 자기가 그를 때리려 하고 있었다.

그러나 이런 광경은 한순간에 사라졌다. 그는 여전히 자기 방에서 혼자 자고 있었고, 다른 사람은 아무도 없었다. 그는 잠옷을 벗어 가슴과 등의 식은 땀을 닦고 옷을 갈아입은 다음 징푸의 방으로 갔다. "백제성에서"를 노래하던 이웃 사람이 마당에서 양치질하는 것을 보고는 시간이 꽤 많이 지났다는 것을 알았다.

징푸도 잠이 깨어 눈을 빤히 뜬 채 침대에 누워 있었다.

"오늘은 좀 어떠니?" 그가 곧바로 물었다.

"좀 좋아졌어요……."

"약은 아직 안 가져왔어?"

"아직." 그는 책상 옆에 침대와 마주하고 앉았다. 징푸의 얼굴은 어제처럼 그렇게 빨갛지는 않았다. 그러나 자신의 머리는 아직도 어지럽고 또 꿈속의 단편들이 동시에 희미하게 떠올랐다.

——징푸도 이렇게 누워 있었는데, 그것은 시체였다. 그는 서둘러 입관하고 혼자서 관을 메고 문밖에서 안채까지 옮겼다. 장소는 고향 집인 듯 낯익은 사람들 여러 명이 옆에서 입을 모아 칭찬을 하고 있었다…….

——그는 캉얼과 두 남매를 학교에 보냈다. 그런데 남은 두 아이도 따라가겠다고 울어 댔다. 그는 울어 대는 소리가 귀찮아 견딜 수 없었다. 그러나 동시에 자신이 최고의 권위와 최대의 힘을 갖고 있다고 생각했다. 그는 자신의 손바닥이 평소에 비해 세네 배가 커지고 쇠로 만든 것 같았다. 그 손바닥으로 허성荷生의 뺨을 후려갈겼다…….

이런 꿈의 흔적이 엄습해 와서 무서워진 그는 일어나 방 밖으로 나가려고 했지만 끝내 움직이지 못했다. 또 이런 꿈의 흔적을 억눌러 잊어버리고 싶었으나 이것들은 오히려 물속을 휘젓는 거위 털처럼 몇 바퀴 돌다가 기어이 떠올랐다.

—— 허성은 얼굴이 피투성이가 되어 들어왔다. 자신은 제단[5]에 뛰어올랐다……. 아이 뒤에는 낯익은 사람, 낯선 사람들이 줄줄이 따라왔다. 그는 그들이 모두 자신을 공격하러 오고 있음을 알았다…….

―“나는 결코 양심에 거리끼는 일은 하지 않았어요. 당신들은 아이의 거짓말에 속아서는 안 됩니다……” 이렇게 말하고 있는 자신의 말소리가 들렸다.

　　―허성은 그의 옆에 가까이 있다. 그는 또 손을 들어…….

　　그는 갑자기 정신이 들었다. 심한 피로감을 느꼈으며 등은 아직도 서늘했다. 징푸는 맞은편에 조용히 누워 있었다. 호흡은 좀 거칠었으나 아주 일정했다. 책상 위에 있는 자명종 시계는 째각째각 더 큰 소리를 내고 있었다.

　　그는 몸을 돌려 책상 쪽으로 방향을 바꾸었다. 책상에는 가벼운 먼지가 덮여 있었다. 다시 얼굴을 돌려 종이 창문 쪽을 보니 달력이 걸려 있었고 거기에는 예서체隸書體로 이십칠卄七이란 두 글자가 새까맣게 씌어 있었다.

　　사환이 약을 가지고 왔다. 또 책 한 보따리도 들고 왔다.

　　“뭔가요?” 징푸는 눈을 뜨고 물었다.

　　“약이야.” 그도 망연자실한 상태에서 깨어나 대답했다.

　　“아니, 그 보따리요.”

　　“그건 나중에 보고, 약이나 먹자.” 그는 징푸에게 약을 먹이고 나서 그 책 보따리를 들고 말했다. “쒀스索士가 보낸 거네. 분명 네가 빌려 달라고 했던 ‘Sesame and Lilies’[6]겠지.”

　　징푸는 손을 내밀어 책을 받았으나 책 표지를 보고 책등의 금박 글자를 쓰다듬어 보았을 뿐, 곧 베개 머리맡에 놓고 조용히 눈을 감았다. 잠시 뒤에 기쁜 듯이 작은 소리로 말했다.

"병이 나으면 번역해서 문화서관文化書館에 보내 보겠어요. 얼마나 될지 모르지만 돈은 되겠지요. 그들이 받아 줄지는 모르겠지만……."

이날 페이쥔이 공익국에 도착한 것은 평소보다 훨씬 늦어서 곧 오후가 될 무렵이었다. 사무실에는 벌써 친이탕의 물담배 연기로 자욱했다. 왕웨성이 멀리서 알아보고 맞으러 나왔다.

"여! 왔구만. 동생은 다 나은 거야? 난 괜찮을 거라고 생각했는데, 전염병은 해마다 있는 거니까 뭐 대수롭지는 않았겠지. 방금도 나와 이탕이 왜 안 오는가 하고서 걱정하고 있던 참이었어. 이제 왔으니 다행이야! 그런데 안색이 좀……. 그래, 어제와 좀 다른데."

페이쥔도 이 사무실과 동료들이 어제와 좀 다르고 낯설었다. 모든 것이 그가 익히 보아 왔던 것인데도 말이다. 부러진 옷걸이, 이 빠진 타구唾具, 먼지 가득한 어수선한 서류더미, 다리 부러진 소파, 그 소파에 앉아서 물담뱃대를 들고 기침을 하며 머리를 흔들면서 탄식을 하는 친이탕…….

"그놈들은 또 안채에서 문 앞까지 나가며 계속 싸워 대고……."

"그래서요," 웨성이 그에게도 응대를 하였다.

"내가 말했죠, 페이쥔 형제의 일을 자식들한테 얘기해 줘서 본을 받도록 해야 한다고 말예요. 그렇지 않았다가는 정말 아버지가 울화통이 터져 죽을 거예요……."

"셋째 놈이 그러는 거야. 다섯째가 복권으로 날린 돈은 공금으로 처리할 수 없고, 당연히······ 당연히······." 이탕은 기침을 하면서 허리를 굽혔다.

"정말 '사람의 마음은 달라서'······." 그렇게 말하며 웨성은 얼굴을 페이쿼에게 돌렸다. "그래, 동생은 이제 괜찮은거야?"

"네, 아무 일도 아니었어요. 의사가 홍역이래요."

"홍역? 그랬구나. 지금 바깥에 아이들이 홍역으로 야단들이더군. 우리 이웃도 아이들이 셋이나 홍역에 걸렸어. 그거라면 전혀 걱정할 것 없어. 그나저나 자네가 어제 그렇게 다급해하는 모습은 옆에서 보기에도 감동적이었어. '형제는 화기애애하다'[7]라는 말은 바로 이런 것이지."

"어제 국장은 왔었어요?"

"아직 '행방이 묘연한 것이 황학과 같'지요. 가서 출근부에다 '출' 出이라고 기입하면 돼요."

"당연히 자신이 배상해야 한다는 거야." 이탕은 혼잣말을 했다. "그 복권이라는 게 정말 골치 아픈 것이더군. 난 도무지 모르겠어. 손을 대기만 하면 당하기 마련이라는 거야. 어제도 밤이 되자 또 안방에서 문 앞까지 계속해서 싸워 댔지. 다섯째 놈의 말로는 셋째 놈이 학교 다니는 아이가 둘이나 더 있어서 공동의 돈을 더 많이 쓰고 있으니 안된다는 거야······."

"이건 정말 갈수록 태산이구먼!" 웨성은 실망한 듯이 말했다. "그래서 자네들 형제를 보면, 페이쿼, 나는 정말 '감복할 따름이야'. 아니, 분명히 말하지만 이건 면전이라고 칭찬하는 게 아니야."

페이쥔은 아무 말도 하지 않았다. 사환이 서류를 가져오는 것을 보고는 일어나 가서 받았다. 웨성이 따라가서 그의 손을 들여다보며 읽었다.

"'공민公民 하오상산邠上善 등의 청원서. 동쪽 교외에 신원불명의 남자 시체 한 구가 있으니 위생과 공익의 견지에서 관을 지급하고 매장하도록 신속히 분국에 지시하여 주시기를 청원합니다, 라. 내가 처리하지. 자네는 일찍 들어가게. 동생의 병이 걱정될 거 아닌가. 자네들은 정말 '할미새가 들에 있도다'[8]네그려……."

"아니요!" 그는 서류를 놓지 않았다. "제가 처리하겠어요."

웨성도 더 이상 뺏으려고 하지 않았다. 페이쥔은 안심한 듯이 천천히 자기 책상으로 돌아가서 공문을 보면서 손을 뻗어 청록색으로 얼룩진 먹물통의 뚜껑을 열었다.

1925년 11월 3일

주)_____

1) 원제는 「弟兄」. 베이징의 반월간 『망위안』(莽原) 제3기(1926년 2월 10일)에 처음 발표되었다.

2) 원문은 '打茶圍'. 옛날 기루(妓樓)에 가서 차를 마시거나 기녀를 희롱하는 등의 행위를 부르는 속칭.

3) 공공영안실(義莊). 자선이나 공익의 명의로 시체를 잠시 안치해 두도록 제공한 곳.

4) "선제께서는 백제성에서"(先帝爺, 在白帝城). 경극(京劇) 「실가정」(失街亭)에서 제갈

량(諸葛亮)이 부른 창의 한 구절이다. 선제는 유비(劉備)를 가리킨다. 유비는 이릉(彝
陵) 전투에서 오(吳)의 육손(陸遜)에게 패하고 백제성(지금의 쓰촨성 펑제현奉節縣의
동쪽에 있다)에서 죽었다.

5) 제단(神堂). 선조의 위패와 화상을 모셔 놓는 곳. 신감(神龕)이라고도 한다. 보통 본채
의 정면에 설치한다.

6) 『참깨와 백합』(*Sesame and Lilies*)은 영국의 예술비평가 러스킨(John Ruskin, 1819~
1900)의 강연 논문집이다.

7) "형제는 화기애애하다"(兄弟怡怡). 『논어』 「자로」(子路)편에 나오는 말이다.

8) "할미새가 들에 있도다"(鶺鴒在原). 『시경』 「소아(小雅)·상체(常棣)」의 "척령(脊令)이
들판(原)에 있는데, 형제가 위급하다"에 나오는 말이다. 할미새(鶺鴒)는 원래 '脊令'
(척령)으로, 『시경정의』(詩經正義)에 의하면 이것은 물가에서 생활하는 새의 일종으
로 고원(高原)에서 위급함을 당했을 때 울면서 날아와 동료를 구한다고 한다. 시에서
는 이것으로 형제가 곤란에 처했을 때 서로 돕는 것에 비유하였다.

이혼[1]

"아, 무木 아저씨! 새해 복 많이 받으시고 돈도 많이 버세요!"

"잘 있었나, 바싼八三! 새해 복 많이 받어……!"

"네에, 새해 복 많이 받으세요! 아이구愛姑도 여기서……."

"아아, 무木 노인장!……"

좡무싼莊木三과 그의 딸 —— 아이구 —— 이 막 목련교木蓮橋 어귀에서 배로 뛰어오르자, 배 안에는 일제히 왁자지껄하게 인사하는 소리가 울리고, 그 가운데 몇 사람은 주먹을 쥐고 공수拱手의 예를 하였다. 이와 동시에 뱃전의 좌판坐板에도 네 사람이 앉을 만한 자리가 마련되었다.

좡무싼은 딸을 부르면서 앉더니 긴 담뱃대를 뱃전에 기대어 세워 놓았다. 곧이어 아이구도 그의 왼쪽에 앉았는데, 갈고리 모양의 두 다리를 바싼과 마주하니 '팔'八자가 되었다.

"무 노인장은 읍내에 가는 길입니까?" 게딱지 얼굴이 물었다.

"아닐세." 무 노인장은 약간 의기소침했다. 하지만 검붉은색의 얼굴은 원래 주름이 많아서 무슨 큰 변화를 엿볼 수 없었다. "팡좡龐莊에나 한번 가 보려고."

배 안의 사람들이 모두 말없이 그들을 볼 뿐이었다.

"또 아이구의 일 때문입니까?" 얼마 후에 바싼이 물었다.

"여전히 이 아이 일이지……. 이건 뭐 정말 귀찮아 죽겠어. 벌써 꼬박 3년간 소란을 피웠네그려. 몇 번이나 싸웠다가 화해했다가 했는지, 좀체 결판이 나지 않아……."

"이번에도 웨이慰 나으리 댁으로 가세요……?"

"그 댁에 가네. 그분이 우리를 화해시키려고 한 것도 한두 번이 아니야. 내가 모두 따르지 않았지. 그건 그렇다 치고, 이번에는 그 집에서 새해 모임이 있어 성안의 치七 대인도 오신다더군……."

"치 대인?" 바싼의 눈이 커졌다. "그 어르신도 나서서 참견하시나요……? 그것은……. 사실인즉슨 작년에 우리들이 그분들 집의 부뚜막을 죄다 뜯어 버렸거든요.[2] 이미 화풀이를 한 셈이지요. 그런데 아이구가 그곳으로 돌아간다면 사실 또 무슨 재미가 있겠어요……." 하고는 바싼은 눈을 내리깔았다.

"나는 그리로 돌아가고자 욕심부리는 것이 결코 아니야, 바싼 오빠!" 아이구는 격분하여 머리를 들고 말했다.

"나는 화가 치밀어요. 생각 좀 해봐요, 그 '짐승만도 못한 새끼'는 젊은 과부와 바람을 피우고는 날 차던지는데 제 뜻대로 될까? '짐승만도 못한 늙은 놈'은 아들 감쌀 줄만 알고 나를 내쫓으려고 하는데, 어림도 없는 일이지! 치 대인이 뭐 어쩌겠어요? 설마 지현知縣 나으리와 의형제간이라고 해서 바른말을 안 하지는 않겠지요? 웨이 나으리처럼 단지 '헤어지는 것이 좋아, 헤어지는 것이'라는 되지도 않는 말을 하지는 않겠지요. 나는 이 몇 년간 내가 고생한 걸 얘기하고 치 대인이 누가 맞다고 할지 볼 거예요!"

바싼은 설복당하고 다시는 입을 열지 않았다.

뱃머리의 물결 부딪히는 소리만이 찰랑찰랑 들릴 뿐 배 안은 아주 조용했다. 쨩무싼은 손을 뻗어 담뱃대를 더듬어 잡고는 담배를 재웠다.

대각선으로 바싼 곁에 착 붙어 앉은 뚱보가 복대에서 부시를 꺼내어 쳐서 불꽃을 일으키더니 그의 대통 위에 올려놓았다.

"고맙소, 고마워."* 무싼이 머리를 끄덕이며 말했다.

"초면이지만 무 아저씨의 이름은 벌써부터 알고 있습니다." 뚱보가 공손히 말했다. "그렇고말고요. 이 바닷가 부근의 삼육 열여덟 마을에서 모르는 사람이 누가 있어요? 스施씨네 아들이 과부와 정을 통한 것은 우리도 이미 알고 있어요. 작년에 무 아저씨가 아드님 여섯 분을 데리고 가 그 집의 부뚜막을 부순 일도 다들 잘했다고 합니다…….
아저씨는 어떤 고관대작의 집도 거침없이 드나드는데 그들쯤이야 뭐가 대수겠습니까!……"

---

* "고맙소, 고마워"(對對)는 "미안합니다, 미안합니다"(對不起, 對不起)의 줄임말이거나 "죄송합니다, 죄송합니다"(得罪, 得罪)의 합음(合音)이나, 분명하지 않다.—원주

"이 아저씨 정말 사리가 밝은 분이네요." 아이구가 기뻐하며 말했다. "누구신지는 잘 모르지만 말이에요."

"나는 왕더구이汪得貴라고 합니다." 뚱보가 재빨리 말했다.

"나를 내치게 두지 않을 거예요. 치ㄴ 대인도 좋고 바ㅅ 대인도 좋아요. 나는 그들 집을 패가망신시킬 거예요! 웨이 나으리가 내게 네 번이나 권하지 않았겠어요? 아버지까지도 위자료에 눈이 멀어 가지고……."

"제기럴!" 무싼이 낮은 소리로 말했다.

"그런데 저는 작년 연말에 스씨네가 웨이 나으리에게 술 한 상을 차려서 보냈다는 얘기를 들었어요, 바싼 아저씨."

게딱지 얼굴이 말했다.

"그건 별거 아니에요." 왕더구이가 말했다.

"술상으로 사람들을 현혹시킬 수 있을까요? 술상으로 사람들을 현혹시킬 수 있다면 서양 요리를 보내면 어떻게 되겠습니까? 학식과 교양이 있는 사람들은 남을 대신해 바른 도리를 얘기하지요. 예를 들어 어떤 사람이 여러 사람들에게 모욕을 당하면 그분들이 나서서 바른 도리를 설명하는데, 술을 마셨는지 아닌지는 아무 상관없는 일이죠. 지난해 말 우리 마을의 룽榮 나으리가 베이징에서 돌아왔는데, 큰 무대를 밟은 분이라서 그런지 우리 촌뜨기들과는 달랐어요. 그분 말씀으로는 그곳에서 첫번째 인물은 광光 부인인데, 그게 또……."

"왕자후이터우汪家滙頭3)에 내릴 손님은 나오시오!" 뱃사공이 큰 소리로 외쳤고, 배는 벌써 멈추려고 했다.

"여기, 여기 내려요!" 뚱보가 담뱃대를 집어 들고 선창 중간에서 뛰어나가 전진하는 배를 따라 강가에 올랐다.

"미안, 미안합니다!" 그는 배 안의 사람들을 향해 머리를 끄덕이며 말했다.

배는 새로운 정적 속에서 앞으로 계속 나아갔다. 물소리도 찰랑 찰랑 너무 잘 들렸다. 바싼은 줄기 시작했고, 점점 반대편의 갈고리 모양의 다리를 향해 입을 벌렸다. 배 앞칸에 앉아 있던 두 노파는 낮은 목소리로 염불을 외고 있었다. 그녀들은 염주를 돌리면서 아이구를 보고 서로 마주 본 다음 입을 삐죽거리며 고개를 끄덕였다.

아이구는 눈을 크게 뜨고 배에 친 뜸의 천정을 쳐다보고 있었다. 앞으로 어떻게 하면 그들 집을 패가망신시킬까 궁리하고 있는 모양이었다. '짐승만도 못한 늙은 놈', '짐승만도 못한 새끼' 모두 막다른 골목으로 몰아 버리는 것이다. 웨이 나으리 따위는 그녀의 안중에 없었다. 두 번 보았는데 둥근 머리통의 난쟁이에 지나지 않았다. 이렇게 생긴 사람은 우리 마을에 지천으로 있는데, 얼굴색이 그보다 좀더 검붉을 뿐이다.

쫭무쏸의 담배는 이미 다 타서 불이 끝까지 타들어 간 담뱃진이 끼익 소리를 냈는데도 또 빨았다. 그는 왕자후이터우를 지나면 곧이어 팡쫭에 도착한다는 사실을 알고 있었다. 게다가 그 마을 입구의 괴성각[4]이 벌써 분명히 보였다. 팡쫭에는 여러 차례 왔으니 특별한 것은 없었다. 웨이 나으리도 마찬가지였다. 그는 딸이 울고 돌아왔던 일, 그녀의 시댁과 사위의 악랄함, 그 뒤에 그들에게 얼마나 피해를 입었는지 아직 기억하고 있었다. 여기까지 생각하니 과거의 일들이 하나하나 눈앞에 떠올랐다. 그 시댁을 괴롭혀 준 장면에 이르면 그는 원래 차갑게 미소를 지었는데, 이번에는 그렇게 되지 않았다. 어찌 된 영문인지 갑자기 뚱뚱한 치 대인이 나타나 그의 머릿속 정경들을 헝클어 놓는 것이었다.

배는 이어지는 정적 속에서 계속 앞으로 나아갔다. 오직 염불 소리만이 크게 들릴 뿐, 그 밖의 모든 것이 무 아저씨와 아이구를 따라 함께 깊은 생각 속에 잠긴 듯했다.

"무 아저씨, 내리세요, 팡쫭에 도착했어요."

무싼 일행이 뱃사공의 소리에 놀라 깼을 때, 앞에는 이미 괴성각이 있었다.

그가 강 언덕에 뛰어내리자 아이구가 뒤따랐고, 괴성각 밑을 지나 웨이 나으리 집을 향해 걸어갔다. 남쪽으로 서르나문 집을 지나 다시 모퉁이를 한 번 도니 다다랐다. 먼저 문 입구에 일렬로 네 대의 오봉선[5]이 정박하고 있는 것이 보였다.

검은 칠을 한 대문에 들어선 그들은 문간방으로 안내되었다. 대문 뒤에는 벌써 두 개의 탁자에 뱃사공과 머슴들이 꽉 들어차 앉아 있었다. 아이구는 그들을 쳐다볼 엄두가 나지 않아 그저 힐끗 눈길을 던졌다. '짐승만도 못한 늙은 놈'과 '짐승만도 못한 새끼'의 종적은 전혀 보이지 않았다.

심부름꾼이 녠가오탕[6]을 가져왔을 때, 아이구는 까닭없이 아주 불안해지는 것이 자신도 왜 그런지 이유를 알 수 없었다. '설마 지현 나으리와 친구라고 해서 바른말을 안 하는 것은 아니겠지?' 그녀는 생각했다. '학식과 교양이 있는 사람들은 바른 도리를 얘기하는 법. 나는 세세하게 치 대인에게 고할 거야, 열다섯 살에 시집가서 며느리 노릇을 할 때부터…….'

녠가오탕을 다 마신 그녀는 때가 오고 있음을 느꼈다. 과연 얼마 뒤 그녀는 이미 머슴을 따라 그녀의 아버지와 함께 대청大廳을 지나고 또 한 번 돌아 응접실의 문턱을 넘어 들어갔다.

응접실에는 여러 가지 물건들이 있었지만, 그녀는 자세히 볼 겨를이 없었다. 또 손님이 여러 명 있었는데 붉고 푸른 비단 마고자가 반짝이는 것만 보였다. 그 가운데 단번에 눈에 띄는 사람이 있었는데, 그 사람이 바로 치 대인인 듯했다. 둥글둥글한 머리이지만 웨이 나으리에 비하면 체구가 크고 훤칠했다. 크고 둥근 얼굴에 작은 눈과 새까만 가는 수염이 있었고, 정수리는 벗겨졌지만 그 머리통과 얼굴은 불그스름하고 번들번들 윤기가 흘렀다. 아이구는 기이하다고 느꼈지만 곧 스스로 해석하고 이해했다. 그것은 분명히 돼지기름을 바른 것이라고 말이다.

"이것이 바로 '비색'[7]이란 물건인데, 옛날 사람들이 염을 할 때 항문을 막았던 것이지." 치 대인이 단물난 조약돌 같은 것을 들고 설명하고는 자신의 코 옆에 두 번 문지르더니 다시 말을 이었다. "애석하게도 '신갱'新坑이야. 그래도 살 만한 가치는 있어. 늦어도 한나라 때 거니까. 자, 보라구. 이 반점이 '수은침'水銀浸이야……."

'수은침' 주위로 금세 여러 개의 머리가 모여들었다. 그중 하나는 말할 것도 없이 웨이 나으리의 머리였다. 또 젊은 나으리들의 머리도 여럿 있었지만, 그들은 위세에 눌려 마치 말라빠진 빈대 꼴을 하고 있었는데, 아이구는 예전에 이런 모습을 본 적이 없었다.

그녀는 치 대인이 뒤에 한 말은 알아듣지 못했다. '수은침'이 뭔지 알고 싶지도 않았고 또 알 수도 없었으므로, 이 틈을 타서 사방을 한번 둘러보다가 그녀 뒤에 '짐승만도 못한 늙은 놈'과 '짐승만도 못한 새끼'가 문 옆의 벽에 바싹 붙어 서 있는 것을 보았다. 언뜻 보았을 뿐이지만 반년 전에 우연히 봤을 때보다 확실히 늙어 보였다.

이윽고 사람들이 '수은침' 주위에서 떨어져 나왔다. 웨이 나으리가 '비색'을 받아 들고 자리에 앉더니 그것을 손가락으로 문지르면서 고개를 돌려 좡무싼에게 물었다.

"그래, 자네들 둘뿐인가?"

"네에."

"자네 아들은 하나도 안 왔는가?"

"그 애들은 시간이 없어서요."

"사실 정초부터 자네들을 오라고 한 것은 좀 안된 일이나, 또 그 일 때문에, …… 나는 자네들도 할 만큼 했다고 생각해. 벌써 2년이 넘었지 않은가? 내 생각에 원한은 풀어야 하는 것이지 맺혀서는 안 되는 거야. 아이구는 남편과 뜻이 안 맞고, 시부모도 좋아하지 않으니…… 일전에 말한 대로 갈라서는 것이 좋아. 나야 도량이 작은 사람이라 말해도 듣지 않는다 하더라도 치 대인께서는 공평한 판단을 한다는 걸 자네들도 알잖는가. 지금 치 대인의 뜻도 나와 같단 말일세. 하지만 치 대인은 양쪽 모두 운수가 나빴다고 생각하고, 스씨네에서 10원을 더 내어 90원을 내라고 하셨어!"

"……."

"90원이야! 자네들이 황제 할아버지 앞에 가서 소송을 건다고 해도 이보다 더 받지는 못할 거야. 이런 말은 우리 치 대인이니까 할 수 있는 거라고."

치 대인은 가는 눈을 크게 뜨고 좡무싼을 바라보며 머리를 끄덕였다.

아이구는 일이 좀 묘하게 돌아간다고 생각했다. 그녀는 평소에 바닷가 주민들이 너나없이 두려움을 갖고 대하는 자기 아버지가 왜 여기서는 한마디도 못하는지 이상했다. 그녀는 그럴 필요가 없다고 생각했다. 그녀는 치 대인의 말을 듣고 나서 잘 이해할 수는 없었지만 웬일인지 예전에 자신이 생각했던 것처럼 그렇게 무서운 사람이 아니라 사실은 친절하고 너그러운 사람이라는 생각이 들었다.

"치 대인은 학식이 있고 사리에 밝으시니 어떤 일이든 잘 아시겠지요." 그녀는 용감해졌다. "우리 촌사람들과는 다른 분입니다. 저는 원망이 있어도 호소할 곳이 없어서 치 대인을 찾아뵙고 말씀을 드리려고 했습니다. 제가 시집을 온 뒤로 정말 머리를 숙이고 들어가고 머리를 숙이고 나오고 한 번도 예법에 어긋난 적이 없었습니다. 그런데 저 사람들은 저와 적대하여 한 사람 한 사람 모두 '살기등등한 표정'이었습니다. 그 해에 족제비가 큰 수탉을 물어 죽인 것도 내가 잘못한 것입니까? 그것은 처죽일 비루먹은 개가 몰래 겨 이긴 밥을 먹고 닭장

문을 열어 놓아 그렇게 된 것입니다. 그런데 저 '짐승만도 못한 새끼'
는 다짜고짜 제 뺨을 때리는 것이 아니겠어요…….'

치 대인이 아이구를 슬쩍 쳐다보았다.

"여기에는 까닭이 있습니다. 이것도 치 대인의 밝은 눈을 속일 수
야 없겠지요. 학식이 있고 사리가 밝은 분들은 뭐든 다 잘 알지요. 그
가 화냥년에게 빠져서 나를 내쫓으려고 하는 거지요. 나야말로 육례[8]
를 갖추고 꽃가마를 타고 온 사람이에요! 이게 그렇게 간단한 일입니
까…….? 저는 꼭 저들에게 본때를 보여 줄 겁니다. 소송을 해도 문제
없어요. 현縣에서 안 되면 부府라도 갈 거예요…….'

"그런 일은 치 대인이 다 알고 계셔." 웨이 나으리가 얼굴을 들고
말했다. "아이구, 네가 생각을 바꾸지 않으면 득 될 게 하나도 없어.
너는 늘 이 모양이야. 네 아버지를 좀 봐라, 다 알고 있잖니. 그런데 너
나 네 형제는 아버지를 하나도 닮지 않았어. 소송을 해서 부로 가져간
다고 설마 관청에서 치 대인에게 묻지 않을 것 같애? 그때는 '공적인
일은 공정하게 원칙적으로 처리할' 것이니, 그렇게 되면……넌 그야
말로…….'

"그러면 전 서로 다 망가지더라도 목숨을 걸고 해볼 거예요."

"그건 절대 목숨을 걸 일이 아니야." 치 대인이 그제서야 천천히
입을 열었다. "젊은 나이군. 사람은 좀 부드러워야 해. '웃는 얼굴에 복
이 온다'는 말이 있지, 안 그래? 내가 단번에 10원을 더 내게 해줬고,
이것만으로도 '상상할 수 없는 일'이야. 그렇지 않아도 시부모가 '나
가!'라고 하면 나가야 돼. 부는 말할 것도 없고 상하이, 베이징, 심지어

서양까지 다 그래. 자네가 믿지 못하겠다면 저 사람이 바로 베이징의 양학당洋學堂에서 막 돌아왔으니 직접 물어봐." 그리고 얼굴을 뾰족한 턱의 젊은 나으리에게 돌리고 말하기를, "그런가, 안 그런가?"

"마──맞습니다." 뾰족한 턱의 젊은 나으리는 황망히 몸을 곧추 세우고 낮은 목소리로 공손하게 말했다.

아이구는 자신이 완전히 고립되었다는 것을 깨달았다. 아버지는 입을 다물고 오빠들은 오지 않았으며 웨이 나으리는 애당초 그들의 편을 들고 있었다. 치 대인 역시 믿을 수 없는데 뾰족한 턱의 젊은 나으리까지 빈대처럼 납작 엎드려 '맞장구를 치고' 있었다. 그녀는 머리가 어리벙벙하기는 했으나 그래도 최후의 분투를 해야겠다고 결심한 듯했다.

"어떻게 치 대인께서도……." 그녀는 얼굴 가득히 놀라움과 실망의 빛을 드러냈다.

"그렇지요……. 알고 있습니다. 우리같이 못 배운 사람들은 아무것도 모릅니다. 제 아버지가 세상물정을 모르고 늙어 노망 든 것이 원망스러워요. 그러니 저 '짐승만도 못한 늙은 놈'과 '짐승만도 못한 새끼'가 하자는 대로 했지요. 저것들은 상喪을 당한 듯 아주 급해 가지고서는 더러운 수를 써서 높은 사람들에게 알랑거리며……."

"치 대인 좀 보세요." 아이구 뒤에 묵묵히 서 있던 '짐승만도 못한 새끼'가 갑자기 입을 열었다. "저것은 대인 앞에서도 이 모양입니다. 그러니 집에서는 정말 개와 닭까지도 불안할 정도로 소란을 피워 댔죠. 제 아버지를 '짐승만도 못한 늙은 놈'이라고 부르고, 저를 말끝마다 '짐승만도 못한 새끼', '사생아'*라고 불렀어요."

"그 '화냥년'9)이 너를 '사생아'라고 부르더냐?" 아이구는 머리를 돌려 큰소리로 말하고는 다시 치 대인을 향해 말했다. "저는 여러분들 앞에서 할 말이 있습니다. 저것들도 어디 말투가 부드럽고 태도가 온화한 줄 아세요? 말끝마다 '더러운 년', '쌍년'이라고 하지요. 갈보년이랑 눈이 맞고 난 뒤부터는 제 조상까지 들먹였어요. 치 대인께서는 혼쭐을 내주시기 바랍니다, 이······."

그녀는 몸을 부들부들 떨면서 얼른 입을 다물었다. 갑자기 치 대인이 눈을 위로 치켜뜨고 둥근 얼굴을 쳐들더니 동시에 가늘고 긴 수염으로 둘러싸인 입으로 높고 큰 소리를 길게 질렀기 때문이었다.

"이리 ── 오너라!"

그녀는 순간 심장이 멈추었다가 이어서 갑자기 세차게 뛰는 것을 느꼈다. 대세가 이미 기울고 형세가 모두 변한 것만 같았다. 발을 헛디뎌 물 속에 빠진 듯한 기분이었다. 그리고 그것은 사실 자기 잘못임을 깨달았다.

바로 남색 두루마기에 검정 등거리를 걸친 사내가 들어와 치 대인 앞에 허리를 쭉 펴고 두 손을 드리운 채 말뚝처럼 마주 섰다.

응접실 전체가 '쥐 죽은 듯 조용했다'. 치 대인이 입을 놀렸으나 누구도 무슨 말을 했는지 알아듣지 못했다. 하지만 그 사내는 벌써 알아듣고 그 명령의 위력이 골수에 스며들기라도 한 듯 몸을 두어 번 움

---

* '逃生子'는 사생아이다.─원주

직이더니 '모골이 송연'한 듯한 표정을 짓고는 대답했다.

"예." 그는 몇 걸음 물러나더니 몸을 돌려 나갔다.

아이구는 뜻밖의 일이 벌어질 거라고 생각했다. 그것은 전혀 예상하지 못했으며 또 방어할 수도 없는 일이었다. 아이구는 이때 비로소 치 대인이 정말 위엄 있는 사람이라는 것을 알았다. 지금까지는 자신이 오해를 했고 그래서 너무 방자하게 버릇없이 굴었다는 것을 깨달았다. 그녀는 몹시 후회하면서 자신도 모르게 말했다.

"저는 처음부터 치 대인의 분부대로 하려고 했어요……."

응접실 안은 '쥐죽은 듯이 조용했다'. 아이구의 말이 모기 소리처럼 가늘었지만 웨이 나으리에게는 벽력 같은 소리로 들렸다. 그는 벌떡 일어났다.

"그렇지! 치 대인은 정말 공평하시고 아이구도 잘 알아들었어!" 그는 한바탕 칭찬을 하고 나서 말했다. "무싼, 자네는 더 할 말이 없겠지. 당사자가 이미 승낙했으니 말이야. 내가 가지고 오라고 한 사주단자[10]도 어김없이 가지고 왔겠지. 미리 알렸으니까. 자, 그럼 다들 여기에 내놓게……."

아이구는 그녀의 아버지가 호주머니에 손을 넣어 무언가를 꺼내는 것을 보았다. 말뚝같이 서 있던 사내가 들어와서 작은 거북 모양의 새까맣고 납작한 물건[11]을 치 대인에게 건넸다. 아이구는 또 무슨 일이 생길까 두려워 얼른 쫭무싼을 바라보았다. 그는 차 탁자 위에 남색 무명 보자기를 펼쳐 놓고 은화를 꺼내고 있었다.

치 대인도 작은 거북의 머리를 뽑더니 그 몸통에서 무언가를 손바닥에 좀 쏟아내었다. 말뚝처럼 서 있던 남자가 그 납작한 것을 받아 들고 나갔다. 치 대인은 즉시 한쪽 손의 손가락으로 손바닥 한가운데를 찍어서 그것을 자신의 콧구멍에 두어 번 밀어 넣었다. 콧구멍과 인중이 곧 노랗게 되었다. 그는 재채기를 하려는 듯 코를 찡그렸다.

쫭무싼은 은화를 세고 있었다. 웨이 나으리는 아직 세지 않은 돈 더미에서 얼마인가 집어서 '짐승만도 못한 늙은 놈'에게 주었다. 그러고는 사주단자 두 개를 바꾸어 놓고 양쪽에 밀어 주면서 말했다.

"자, 간수들 잘 하시오. 무 영감, 잘 세어 보게. 돈 거래는 장난이 아니라고⋯⋯."

"에취" 하는 소리가 났다. 아이구는 분명 치 대인이 재채기하는 소리임을 알면서도 저도 모르게 눈을 돌려 보았다. 치 대인이 입을 벌리고 여전히 코를 찡그리고는 한쪽 손의 두 손가락으로 '옛사람들이 염을 할 때 항문을 막았던' 것을 집어 들고 코 옆을 문지르고 있었다.

쫭무싼이 간신히 은화를 다 세었다. 사주단자도 양쪽이 다 걷어 넣었다. 모두들 웅크렸던 허리가 바로 펴진 듯했고, 긴장했던 얼굴들도 한결 풀어졌으며, 응접실 안은 금세 화기애애한 분위기가 되었다.

"좋았어! 일이 원만히 해결되었어." 웨이 나으리가 양쪽이 모두 돌아가려는 기색을 보이자 숨을 한 번 내쉬고 말했다. "그럼, 응, 더 이상 무슨 다른 일은 없겠지. 모두 잘 해결되었으니 축하를 해야겠네. 자네들은 돌아갈 건가? 가지 말고 우리 집에 가서 새해 술이나 한 잔씩 들고 가게. 좀처럼 이런 기회도 없겠고."

"저희들은 안 마시겠어요. 내년에 다시 와서 마시지요." 아이구가 말했다.

"고맙습니다, 웨이 나으리. 우리는 마시지 않겠습니다. 볼일이 있어서……." 쫭무싼, '짐승만도 못한 늙은 놈'과 '짐승만도 못한 새끼' 모두 이렇게 말하고 공손하게 물러나왔다.

"음? 어떤가? 한잔 하지 않겠나?" 웨이 나으리가 맨 나중에 가는 아이구를 지켜보면서 말했다.

"네, 안 마시겠어요. 감사합니다, 웨이 나으리."

1925년 11월 6일

주)_____

1) 원제는 「離婚」, 이 글은 1925년 11월 23일 『위쓰』 제54기에 처음 발표되었다.

2) 부뚜막을 부수는 것은 옛날 사오싱(紹興) 등 지방 농촌의 풍속 가운데 하나였다. 민간에서 분규가 발생했을 때 한쪽이 상대방의 부뚜막을 부수면 그것이 가장 큰 모욕이라고 생각했다.

3) 후이터우(滙頭)는 지류가 본류로 흘러드는 합류점으로 선착장이 되었다.

4) 괴성각(魁星閣). 괴성을 모시는 누각이다. 괴성이란 본래 중국 고대천문학에서 말하는 소위 28수(宿)의 하나인 규성(奎星)의 속칭이다. 한나라 때 사람의 위서(緯書) 『효경원신계』(孝經援神契)에 "규성이 문필의 흥성을 주재한다"는 설이 처음 나왔고, 뒤에 규성을 과거와 문운(文運)의 흥망성쇠를 주재하는 신으로 모시게 되었다.

5) 오봉선(烏篷船). 자가용과 화물용의 두 종류가 있었고, 보통은 관료와 신사계급(紳士階級)이 타는 용도로 쓰였다.

6) 녠가오탕(年糕湯). 녠가오(年糕)는 우리의 정월 떡에 해당하는 것으로 그 제조법과 형태는 지방에 따라 다양했다. 나미(糯米; 찹쌀)와 나율(糯栗)로 만드는 두 종류가 있다.

7) 비색(屁塞). 옛날에는 사람이 죽으면 자그마한 옥이나 돌 같은 것으로 죽은 사람의 입, 귀, 코, 항문 등을 틀어막았는데, 그렇게 하면 시체가 오래 썩지 않는다고 하였다. 항문을 틀어막은 것을 '비색'이라고 한다. 옛날에는 입관할 때 시체가 오래 썩지 않게 하기 위해 시체에 수은을 발랐다. 그래서 출토된 금, 옥 등의 순장품에는 수은이 묻어 생긴 반점이 있는데 그것을 '수은침'(水銀浸)이라고 했다.

8) 육례(六禮). 6가지 전통 혼례 의식으로 납채(納采), 문명(問名), 납길(納吉), 납정(納征), 청기(請期), 친영(親迎)을 말한다.

9) 화냥년. 원문은 '娘濫十十萬人生'으로 원래 뜻은 어머니가 다수의 남자와 난교해서 낳은 아들이다.

10) 사주단자. 원문은 '紅綠帖'. 옛날 남녀가 정혼을 할 때 양가가 교환하던 첩지.

11) 비연호(鼻煙壺)를 가리킨다. 비연(鼻煙)은 코로 흡입하는 분말 형태의 담배다.

해제 | 『방황』에 대하여

루쉰의 두번째 소설집 『방황』은 1924년부터 1925년까지 집필한 11 편의 단편소설을 묶어서 1926년에 출판한 것이다. 11편 가운데 「고독자」, 「죽음을 슬퍼하며」 두 편을 제외하고는 모두 당시의 잡지 『위쓰』, 『망위안』, 『천바오 부간』(이상 베이징), 『소설월보』, 『동방잡지』, 『부녀잡지』(이상 상하이 상우인서관 간행) 등에 게재되었다. 훗날 『방황』은 1981년판 『루쉰전집』 제2권에 수록되었다.

『방황』의 창작 배경과 관련해서 두 가지 사실 즉 개인적인 것과 시대적인 것에 대해 소개할 필요가 있겠다. 개인적인 것은 번역을 하거나 강의안을 정리하여 『중국소설사략』을 쓴 것을 제외하고는 절필에 가까울 정도로 평론이나 소설은 거의 쓰지 않았던 1923년에 문학상의 맹우이자 동생인 저우쭤런周作人과의 불화로 인해 베이징의 바다오완八道灣의 집에서 나와 좐다후퉁磚塔胡同의 빌린 집으로 옮겼다가 다시 1924년 푸청먼阜成門 내 시싼탸오후퉁西三條胡同의 새 집으로 이사했던 일이다. 좐다후퉁의 집에서 『방황』의 앞 네 편이 쓰여졌고, 시쌘탸오후퉁의 집 그리고 그 집의 '호랑이꼬리'老虎尾巴라는 서재에서 「장명등」 이하의 소설이 쓰여졌다. 그리고 루쉰의 다른 문집과 달리 서언이나 전기에 해당하는 글이 없는 『방황』은 굴원屈原의 「이소」離騷 8구로 그것을 대신하고 있는데, 이 「이소」의 구절이 바로 이 방의 서쪽벽에 걸려 있었다. 소설집 출판 직전에 루쉰은 자신의 서재에 걸린 이 구절을 떠올리고 『방황』의 제사題辭로 삼았는데, 여기에는 가족이자 친구인 동생과의 이별로 인한 아픔과 슬픔도 교차했을 터이다.

한편 시대적인 것으로는 『방황』의 소설들이 이른바 '5·4운동 퇴조기'라는 시대적 배경 아래 창작되었다는 것이다. 중국의 재야 루쉰 연구자 린셴즈林賢治가 말한 것처럼 "5·4운동은 어떤 의미에서 하나의 시작이자 하나의 끝이었다". 그것은 중국 근대지식인들의 자발적 운동 즉 계몽운동의 독립적 성격이 변화했기 때문이다. 다시 말해 지식인들의 계몽운동은 역사의 진부한 흔적이 되어 버린 점에서 끝이었고, 쑨원孫文의 중국국민당 개조와 중국공산당의 창당 그리고 노동자·농민운동의 흥기 등 본격적인 정치활동의 전개와 그에 따른 몇 차례의 사상투쟁이 바로 그 시작이었다. 이런 상황하에서 이제까지 근대화의 지도적 존재였던 지식인들은 미묘한 입장에 서게 되었고 문화진영에서의 분화 또한 불가피했다.

1932년 루쉰은 「『자선집』自選集 자서自序」에서 "뒤에 『신청년』 그룹이 해산되면서 어떤 사람은 지위가 올라갔고 어떤 사람은 떨어졌다. 어떤 사람은 계속 전진했다. 나는 전장에서 같이 싸웠던 전우들이 이렇게 변할 수 있음을 다시 한번 경험하고서 어쩌다 붙여진 '작가'라는 직함을 갖고 여전히 사막 속을 걷게 되었다. '떠돌이 용사'가 된 것이다"라고 당시의 상황과 자신의 처지에 대해 기술하였다. 민족자산가 계급이나 프롤레타리아 계급이 아직 완전하게 존재하지 않고 그 대신에 전국의 문화인과 학생들이 모여 있던 '문화성'文化城 베이징에는 혁명 제당파의 움직임은 예각화·관념화하는 경향이 있었고, 관용의 여지란 없는 전체주의적 상황까지 나타났다. 게다가 혁명의 중심은 점차 남방으로 이동하고 있었고 이로 인해 5·4운동의 발원지 베이징은 적막하고 황량한 옛 전쟁터의 풍경만 드러내고 있었다. 이를 루쉰은 『『방황』이라 지으며」題『彷徨』에서 "새 문단은 쓸쓸하기만 하고, 옛 전장은 평안하네. 천지간에 병졸 하나 남아, 창 메고 홀로 방황하고 있네"라고 노래했다.

이처럼 사막과 같은 베이징에서 루쉰은 쓸 재료만 좀 갖추어지면 단편소설을 써 내었다. 첫번째 소설집 『외침』에 실린 작품들과 마찬가지로 봉건제도와 봉건예교에 대한 비판을 진행하면서도 지식인에 대한 문제를 새롭게 제기하였다. 즉 「축복」과 「이혼」은 공교롭게도 『방황』의 처음과 마지막에 실린 소설이면서 동시에 여성에 대한 봉건사상의 속박을 폭로하고 피압박 여성의 비참한 운명을 동정하며, 그녀들의 봉건질서에 대한 회의를 반영하고 있다. 한편 지식인의 고통과 저항을 묘사하고 그들이 중국혁명에서의 역할과 성과를 탐색하는 주제도 『방황』에서 커다란 비중을 차지하고 있다. 「술집에서」, 「고독자」, 「죽음을 슬퍼하며」 등은 서로 다른 유형의 지식인 형상을 창조하였다. 이상과 현실에서 고민하다 결국 현실과 타협한 뤼웨이푸, 웨이롄수를 그려 내고, 궁핍한 생활을 이겨 내지 못하고 서로에 대한 회한만 남긴 채 이별한 쯔쥔과 쥐안성을 형상화하였다. 이런 작품들은 지식인의 새로운 사물에 대한 예민한 감각을 긍정하는 동시에 사회 개조에 대한 그들의 이상이 좌절되고 마는 현실을 비판하고 있다. 『외침』의 열정과는 반대로 『방황』은 당시 루쉰의 우울과 고적한 정서를 드러내고 있다. 하지만 사회에 대한 냉정한 분석을 드러내고 또 점차 외국 작가의 영향을 벗어나서 기교도 원숙해졌으며 묘사 또한 섬세해지고 있음을 알 수 있다. 「비누」, 「이혼」과 같은 작품에서 쓰밍의 음흉하고 비열한 모습이라든지 치 대인의 위세 부리는 것이라든지 하는 묘사들은 예술적으로 아주 훌륭하다.

이와 같이 『방황』에 수록된 단편들은 전통에 대해서만이 아니라 그 전통비판을 통해서 중국인이 획득하고 있는 근대성에 대한 깊은 성찰을 담고 있다. 『외침』과 비교해서 편수는 네 편 줄었지만 장수는 10% 정도 늘어난 것처럼 전체적으로 작품이 길어지고 있는 점도 특징이라고 할 수 있다.

『방황』의 첫머리에 쓴 굴원의 「이소」 한 구절은 사막에서 방황하고 있지만, 여전히 비판의 무기를 내려놓지 않고 탐색의 노력과 전진의 발걸음을 멈추지 않으려는 결의를 보여 준다고 할 수 있다. 그런 점에서 『방황』은 단지 '방황'으로만 끝나는 것이 아니라 새로운 출발을 위한 고뇌를 보여 준 소설집으로 볼 수 있다. 실제로 1924, 25년 두 해 동안 루쉰은 상당히 많은 문장을 발표했는데, 그 가운데 산문시집 『들풀』野草 또한 이 시기에 쓰여졌다. 『들풀』을 함께 읽는다면 위의 평가가 그렇게 이상하지 않을 것이다. 이런 사색적인 측면만이 아니라 동시에 실제적인 사건(베이징여사대 사건, 현대평론파와의 투쟁 등)에 연루되면서 그의 '방황'은 더욱 깊이를 더하게 되었다. 따라서 『방황』기의 루쉰을 보다 전체적으로 이해하려면 당시에 발표된 『무덤』, 『화개집』, 『먼 곳에서 온 편지』兩地書 등을 함께 읽으면 좋겠다.

옮긴이 서광덕